Michael Rasch

Giraffe im Schlafrock

Michael Rasch

Giraffe im Schlafrock

Für Monika Langer

Es wird Menschen geben, die sich bemühen werden, im vorliegenden Text eine gewisse Ähnlichkeit zu realen Personen, Tieren oder Orten zu erkennen. Dies kann unmöglich der Fall sein, da die Handlung, Orte, Namen, Personen und Tiere frei erfunden worden sind.

Bibliografische Information der Deutschen Nationalbibliothek:
Die Deutsche Nationalbibliothek verzeichnet diese Publikation in der Deutschen Nationalbibliografie; detaillierte bibliografische Daten sind im Internet über http://dnb.dnb.de abrufbar.

Edition Expo 3000
Lektorat: Daniel Aldridge
Umschlag: Spunk Seipel

Herstellung und Verlag: BoD – Books on Demand, Norderstedt
ISBN: 9783754351666

Am frühen Morgen kitzelten Sonnenstrahlen die Nasenspitze von Museumsdirektor Anselm Scharrer. Ohne lang zu zögern sprang er aus seinem weichen Bett und zog sich seinen geliebten weißen Seidenschlafrock mit den großen blauen Punkten an.

Frohgemut trat er vor das Fachwerkhäuschen, in dem er mit seinem Hund Franz lebte. Kein noch so kleines Wölkchen trübte den Eindruck eines wundervollen, strahlenden Tages. Die Vögel gaben lautstark ihr Morgenkonzert. Vom etwas seitlich gelegenen Blumengarten, hinter einer dichten Buchsbaumhecke versteckt, umwehte ihn der betörende Duft seiner von ihm sorgfältig umhegten Rosen. Der Geruch schien ihm heute allerdings weniger intensiv zu sein, als er es sonst gewohnt war.

„Das Wetter", seufzte er.

Seitdem ihm der Arzt geraten hatte, mehr auf seine Gesundheit zu achten, machte er jeden Morgen zehn Kniebeugen vor der Haustür. Heute schien er es besonders nötig zu haben. Denn seine Glieder und sein Kopf schmerzten wie seit langem nicht mehr. Was war nur los? Ach ja, die Feier gestern Abend. Die frische Luft und etwas Bewegung würden ihm gut tun.

Anselm reckte sein Kinn weit nach vorne, zog den stattlichen Direktorenbauch ein und drückte die männliche Brust hervor. Rücken gerade, Füße parallel. Alles richtig, wie im Lehrbuch zur Leibesertüchtigung von Turnvater Jahn beschrieben. Er hob die Arme im rechten Winkel zum Körper an und machte seine erste Kniebeuge, als Franz mit lautem Gebell in den Rosengarten sprang.

So kannte er seinen Hund gar nicht. Wie sollte er sich bei diesem Lärm auf seine Leibesübungen konzentrieren können? Eins, zwei oder schon vier? Aber sein kleiner Mischling war durch Zurufen nicht zu beruhigen. So raffte der Museumsdirektor seinen blaugepunkteten Schlafrock und ging hinter die dichte, hohe Buchsbaumhecke nachsehen, warum der Hund so laut kläffte.

„Franz, Ruhe! Mein Kopf tut doch weh! Aua! Willst du wohl still sein?"

Der Vierbeiner zupfte aufgeregt an seinem Morgenmantel. Aber Anselm bemerkte das nicht mehr, denn was er jetzt in seinem geliebten Rosengarten sah, raubte ihm die Sinne. Anselm Scharrer wurde dunkel vor den Augen. Die Welt vor ihm verschwand. Der Museumsmann sank zu Boden.

Als er wieder zu sich kam, wäre der kleine, dicke Mann beinahe gleich wieder ohnmächtig geworden. Denn alles was er sah, waren eine riesige schwarze, feuchte Nase und zwei große dunkelbraune Augen direkt über sich. Plötzlich wurde es sehr klebrig - nass in seinem Gesicht. Ihn überkam am ganzen Körper eine Gänsehaut.

Dabei leckte ihn Franz nur aus Besorgnis mit seiner großen rosa Zunge. Er hatte den Museumsdirektor noch nie bewusstlos gesehen.

„Nein. Aus. Mach das nicht. Pfui Deibel", rief Anselm Scharrer, stieß seinen kleinen Freund zur Seite und rappelte sich mühsam auf. An seinem Hinterkopf bildete sich bereits eine kleine Beule, verursacht durch den Sturz. Das war aber im Moment nicht seine größte Sorge, denn er konnte immer noch nicht fassen, was er an diesem sonnigen Morgen in seinem geliebten Rosengarten sehen musste.

Vor ihm lag mitten auf seinen wertvollen, alten Rosenstöcken eine riesige Giraffe auf ihrem großen, runden Bauch und schnarchte leise. Die vier sehr langen, dünnen Beine und den ellenlangen Hals hatte sie weit von sich gestreckt. Kleine, freche Spatzen setzten sich auf die beiden kleinen Hörnchen am Kopf der Giraffe und zwitscherten aufgeregt.

Scharrer zwickte sich mehrmals in seinen Oberarm. Aber es half nichts. Auch nicht, wenn er sich in den anderen Oberarm zwickte. Das war kein Alptraum. Vor ihm lag wirklich ein riesiges afrikanisches Savannentier auf seinen berühmten Rosenzüchtungen und schnarchte. Jedes Mal, wenn sie einatmete, hob sich ihr mächtiger Körper, die Vögelchen hüpften kurz in die Höhe, flatterten ein- oder zweimal mit ihren Flügeln und setzten sich dann wieder auf das fleckige Fell, wo sie mit ihren Kollegen fröhlich weiter zwitscherten.

Scharrer starrte ungläubig auf das afrikanische Wesen. Tränen füllten seine wasserblauen Augen. Die Giraffe hatte es sich in seinem Rosengarten, in dem er seit über dreißig Jahren alte Rosensorten aus der Zeit vor dem Wiener Kongress züchtete, gemütlich gemacht.

Entsetzt erblickte er die Reste seiner geschätzten Jakobitenrose, die unter dem dicken Bauch der Giraffe hervorlugten. Eine rahmweiß gefüllte Rosenart, deren Züchtung um 1600 zum ersten Mal in den botanischen Fachbüchern erwähnt wurde. Scharrer war es umgehend klar: Was unter so einem schweren Tierkörper einmal gelegen hatte, war nicht mehr zu retten.

Schluchzend zupfte er vorsichtig die welke Blüte einer karmesinrot-cremeweiß gestreiften Versicolor, seit 1583 in der Gartenkunde belegt, aus dem Mundwinkel der schnarchenden Giraffe. Mit dieser kostbaren Rose, deren direkter Stammbaum bis zu den schottischen Stuarts zurückzuverfolgen war, hatte er diesen Sommer bei der großen Rosenschau im Landkreis einen Preis gewinnen wollen.

Aus und vorbei. Die Arbeit von über dreißig Jahren, in die er so viel Zeit und Liebe, aber auch Geld gesteckt hatte, lag zerstört vor ihm unter einem dicken, fleckigen Giraffenbauch begraben.

Dem kleinen runden Mann mit der glänzenden Glatze war sofort gewiss: Das war gar keine Giraffe, sondern ein Monster, wie es in alten Büchern beschrieben stand.

Was hatte er getan, dass er so bestraft worden war? Warum wurde er von einer solchen Plage heimgesucht? Welche Sünde hatte er begangen, dass ein Untier in nur einer Nacht seine geliebten Rosen zerdrückt und weggefressen hatte?

Aber da knurrte Franz das schnarchende Monster an. Was würde sein, wenn das Ungeheuer aufwachte? Er selbst war doch recht klein. Sein Hund noch viel kleiner. Wie konnte er sich vor einer gewaltigen Bestie mit Hörnern, das keinen Respekt vor kostbaren und stacheligen Rosen hatte, schützen?

Scharrer wies seinen Hund zurecht, der zum Glück ausnahmsweise einmal auf seine Befehle hörte, wischte sich die Tränen aus den Gesicht und stürmte in sein kleines Haus.

Nach der Angst spürte er jetzt eine unbändige Wut in sich aufsteigen. Man hatte seine Rosen zerstört. Ihm dadurch Schlimmstes angetan. Er musste sich wehren. Zornig rief er die Polizei an. Wozu gab es die? Hätte sie ihre Arbeit ordentlich getan, würde sich jetzt kein exotisches Giraffentier in seinem historischen Rosengarten breit machen können! Giraffen lebten bekanntlich nicht in Vorstädten. Sollte die Stadtpolizei nicht dafür sorgen, dass Ordnung in der Vorstadt herrscht?

Als er aufgelegt hatte, atmete er tief durch und zählte rückwärts von zehn bis eins. Angeblich sollte das beruhigen. Aber davon spürte er nichts. Auch als er von eins bis zehn gezählt hatte, wurde er nicht ruhiger. Im Gegenteil.

Noch zorniger als gerade eben griff er zum Fernsprechhörer und rief beim Zoodirektor Meyerheim an.

Verkatert lag dieser in seinem Himmelbett mit dem dunkelgrünen Damastbaldachin, in den seine früh verwitwete Großtante einstmals das Bild eines großen brüllenden Löwens gestickt hatte. Eine stetige Aufforderung an den Zoodirektor, wie ein König über sein Reich zu herrschen. Als Meyerheim endlich das Telefon abhob, war er sehr verärgert, dass ihn so früh am Morgen schon jemand störte. Wozu wurde man Zoodirektor, wenn die Leute einen nicht so lange schlafen ließen, wie man wollte?

Am anderen Ende der Leitung war nur ein lautes Brüllen zu hören. Meyerheim blickte auf den gestickten Löwen mit dem aufgerissenem Maul über sich und verstand rein gar nichts. Keifen, Röcheln, Stöhnen, Schreien, Brüllen. Es dauerte lange, bis er endlich begriff, dass dieser Unmensch am anderen Ende der Leitung sein Erzfeind Anselm Scharrer war. Warum der sich aber so aufregte, das wurde für den behäbigen Zoodirektor aus dem Wutgeschnaube nicht deutlich. Affe? Gier? Rosen? Schaden? Skandal? Rache? Ende?

Scharrer und er pflegten seit Jahrzehnten ihre Gegnerschaft durch kleinere und größere Sticheleien und auch mal durch den einen oder anderen Streich. Ganz ohne Spaß, ihre Feindschaft war ihnen beiden bitterernst. Als er endlich verstand, was der Museumsdirektor durch die Fernsprechleitung ihn vorwarf, explodierte er geradezu. Das war doch die Höhe! Der Zoodirektor sah zum Wandkalender mit den schönsten Tieraquarellen der Malerin Claudià Borschárdt. Aber heute war ganz eindeutig nicht der erste April.

Meyerheim knallte den Hörer auf die Gabel, sprang aus seinem Himmelbett und lief in seinem blaugepunkteten Seidenpyjama zum Fenster, von dem aus er auf das Giraffen-gehege seines beschaulichen Zoos blicken konnte. Dort stand die Giraffe Monika im frühen Sonnenschein und labte sich am Grün der Bäume. Ein Spatz flog heran und setzte sich auf eines der Hörnchen des afrikanischen Tieres. Alles war so, wie es seit jeher in seinem kleinen Tiergarten gewesen war. Ein jedes Tier tat an seinem Platz, wozu es in der Schöpfung vorgesehen war. Ein friedliches Leben in einer modernen Arche.

Wütend unterzog sich der Zoodirektor einer Katzenwäsche und wechselte seinen Schlafanzug gegen einen dunkelgrauen Nadelstreifenanzug, der ihm mitsamt der dunkelgrünen Krawatte den Eindruck der Seriosität verleihen sollte.

Was fiel dem Scharrer nur wieder ein?! Jeder in der kleinen Stadt wusste, dass es im Zoologischen Garten nur eine Giraffe gab, und diese war, wie er es eben überprüft hatte, nach wie vor in ihrem Gehege. Jetzt übertrieb es dieser Museumsdirektor eindeutig. Sofort würde er zu ihm laufen und ihm seine Meinung sagen. Damit ein für alle mal Ruhe zwischen ihnen sein würde, weil Scharrer ihm den nötigen Respekt, der ihm als Zoodirektor nun einmal gebührte, endlich erweisen musste. Schließlich war ein Zoodirektor doch um vieles bedeutender als ein Museumsdirektor. Oder etwa nicht?

Zoodirektor Meyerheim und die beiden Stadtpolizisten Schötz und Sahm kamen zufälligerweise gleichzeitig vor Anselm Scharrers Haus am Rand der kleinen Stadt an. Ungläubig staunten sie über das, was sie da sahen: Mitten auf den berühmten Rosen lag eine schnarchende Giraffe.

Aber das kann nicht sein", stotterte Meyerheim verdutzt und stützte sich auf den Holzzaun auf. „Meine Giraffe ist doch in ihrem stählernen Käfig."

Oberpolizist Schötz ahnte, dass dies kein gewöhnlicher Einsatz werden würde. Sofort verdonnerte er den Unterpolizisten Sahm dazu, die Giraffe zu bewachen, während er sich um die wirklich großen Tiere kümmern musste.

Unter keinen Umständen wollte Unterpolizist Sahm das schlafende Ungeheuer wecken. Denn als einfacher Polizeibeamter in einer kleinen Stadt hat man keinerlei Erfahrung mit so großen Kreaturen. Im 'Handbuch für Polizisten in Notfällen', in dem er verzweifelt herumblätterte, fand er jedenfalls keinen Paragraphen, in dem stand, wie ein Polizist beim Antreffen eines afrikanischen Tiers in einem historischen Rosengarten reagieren sollte. So war es ihm lieber, die Giraffe schlafen zu lassen. Sollten sich doch später andere um dieses langhalsige Wesen kümmern. Tierfreunde zum Beispiel. Davon gab es in der kleinen Stadt genügend.

Ganz langsam umschritt er das gewaltige Säugetier. Der Unterpolizist stieg vorsichtig über die langen, dünnen Vorderbeine und schritt zögernd am Hals des afrikanischen Tieres entlang. Wenn etwas so weit in alle Richtungen wächst, dann war ihm das einfach nicht geheuer. Das hatte etwas Rebellisches, etwas gegen die Ordnung verstoßendes. Auch wenn es die Gene sind, die den Hals des Tieres so formten und sie bestimmt nicht freiwillig den Kopf so weit vom Bauch entfernt trug, es widersprach seinem Ordnungssinn, dass ein Lebewesen optisch so aus der Reihe tanzte.

'Rehe sind auch schön. Vor allem gucken sie nie auf einen herab. Außerdem sind sie von hier, da kennt man sich doch viel besser mit ihnen aus', dachte sich Sahm.

Er stellte sich mit gehörigem Abstand neben den Kopf der schlafenden Giraffe und harrte todesmutig der Dinge, die kommen sollten. Ein Spatz, der auf einem der Hörnchen der Giraffe saß, legte den Kopf schief und musterte den Unterpolizisten neugierig. Tschilp. Die Sonne schien, als ob sie über Afrika stünde. Kein Wölkchen trübte den weiten, blauen Himmel. Die goldenen Knöpfe auf der dunkelgrünen Uniform blitzten hell auf.

Im Haus vom Museumsdirektor Anselm Scharrer ging es derweilen hoch her. Der berühmte Kunstwissenschaftler und leidenschaftliche Rosenzüchter war mit dem Oberpolizisten Schötz und dem Zoodirektor Meyerheim in sein Schreibzimmer gegangen. Der Polizist hatte ihn eindringlich darum bitten müssen, denn natürlich wollte Scharrer seinen Erzfeind Meyerheim nicht in seinem Heim haben. Aber der Polizist wollte einen öffentlichen Eklat im Vorgarten des Museumsdirektors unbedingt verhindern. Eine schnarchende Giraffe, auf alten Rosen gebettet, war schon Aufregung genug.

Nur mühsam und unter vielem Niesen hatte Scharrer zwei mit Brokat gepolsterte Stühle von verstaubten Folianten befreit, um den beiden Männern Platz zu bieten. Zu trinken bot er ihnen nichts an. Das war seine Art zu zeigen, wie unliebsam ihm der Besuch war. Konnte die Polizei nicht einfach den Zoodirektor verhaften, hinter eiserne Gitter stecken, und die Giraffe in den Tiergarten in einen stählernen Käfig bringen? Wozu sollte ein Gespräch gut sein?

Dieses Häuschen war sein Rückzugsort, in den er sich allzu gerne alleine verkroch, um die gesamte Menschheit zu vergessen. Seine Leidenschaft galt nur den Werken und der Geschichte der Toten. Die Lebenden hingegen mied er, so weit es ging, da sie ihm mit ihren belanglosen Bedürfnissen nur Zeit und Nerven zu rauben schienen.

Das Arbeitszimmer war zum Empfang der beiden Herren der geeignetste Ort in seinem kleinen Heim. In der Küche stapelten sich die dreckigen Tassen, Teller und Töpfe und zeugten von der Freiheit eines glücklichen Junggesellenlebens, in dem man sich um Haushaltskram nicht zu kümmern brauchte.

Das eigentliche Wohnzimmer hatte er schon vor langem in ein Herbarium verwandelt. Ihm schien ein Zimmer, in dem man nur wohnen sollte, vollkommen unsinnig. Früher war er eine Zeitlang täglich in diesen Raum gewesen, um eine Stunde lang auf dem Canapé zu 'wohnen'. Da er aber nicht wusste, was für einen Sinn es ergeben sollte, wenn man 'wohnt', hatte er diese für ihn anstrengende Tätigkeit aufgegeben und das Zimmer in dem vollgestelltem Häuschen einem sinnvolleren Zweck zugeführt.

Dort presste Scharrer seit Jahren die Blütenblätter seiner geliebten Rosen. Er sammelte sie in dicken Alben, in denen zarte Transparentpapierbögen mit arabischen Mustern die einzelnen Seiten trennten. Ihm ging es nicht darum, anders als den meisten Herbaristen, möglichst viele verschiedene Pflanzen zu horten. Scharrer wollte vielmehr nur die Blütenblätter seiner geliebten und preisgekrönten Rosen von Jahr zu Jahr vergleichen. Und so pflückte und presste er regelmäßig die Rosenblätter, seitdem er seine Jugendfreizeitbeschäftigung, die Haltung weißer Kaninchen, aufgegeben und sich der Zucht der Rosen zugewandt hatte.

Inzwischen stapelten sich über dreißig Jahrgänge dicker Alben voll mit trockenen Blütenblättern in den Regalen, in denen sich die dicken Bretter weit nach unten bogen. Daneben lagerte er in mit bunten Glanzbildern beklebten Kartons seine hunderte Briefe umfassende Korrespondenz mit anderen Rosenzüchtern, Blumenhändlern, Parfümherstellern und Gartenhistorikern aus dem gesamten Landkreis und dem Rest der Welt.

Das Arbeitszimmer aber, in dem er nun mit dem Oberpolizisten und dem Zoodirektor saß, war ganz der Kunstwissenschaft gewidmet. An den wenigen, nicht von Regalen verbauten Stellen an den Wänden hingen, hinter Glas gerahmt, winzige erotische Kupferstiche der Nürnberger Kleinmeister. Zudem standen zwischen den Kunstbänden auf den alten Eichenholzregalen verkleinerte Gipsabgüsse des Apolls von Peter Flötner, der seinen Bogen spann, des Herkules Farnese, gestützt auf seine Keule und dem nemeischen Löwenfell, sowie des lockigen Charakterkopfs des grausamen römischen Kaisers Caligula mit seinen tief nach unten gezogenen Augenbrauen.

Der energiegeladene junge Kaiser schien nun zornig vom obersten Regalbrett auf die drei Herren im gesetzten Alter herabzublicken. Wahrscheinlich hätte er einfach den Daumen bei den Spielen im Kolosseum gesenkt und jeder Streit wäre durch wilde Tiere in kürzester Zeit gelöst worden. Scharrer hätte jetzt gerne den Daumen über Meyerheim gesenkt und den Oberpolizisten gleich hinterher geschickt. Aber ihm war bewusst, dass sein Hund Franz allerhöchstens mal jemandem ins Hosenbein zwickte und ob die Giraffe auf seiner Seite war, bezweifelte er sehr.

Schötz zwirbelte nervös die Spitzen seines langen Polizistenschnurrbarts. Er war ein Mann, der Respekt vor den sogenannten besseren Leuten hatte. Auch wenn er wusste, dass vor dem Gesetz alle gleich sein sollten und er das Gesetz hier repräsentierte. Dennoch, er konnte doch unmöglich die beiden Herren aus der besten Gesellschaft der kleinen Stadt so zurechtweisen, wie es mit irgendwelchen Lausbuben gemacht hätte. Wie sollte er hier schlichten, ohne es sich mit dem einen oder dem anderen, oder, sogar noch schlimmer, mit beiden, zu verscherzen? Das 'Handbuch für Polizisten in Notfällen' gab auch für so einen Fall keinen Hinweis.

Dabei wäre jetzt ein Rat so wichtig. Denn Zoodirektor Meyerheim schüttelte seinen mächtigen kahlen Kopf, der hochrot angelaufen war, und schlug mit seiner breiten Faust auf den dunkelgrün bespannten Schreibtisch, sodass die kostbare Schreibtischlampe von Wilhelm Wagenfeld gefährlich wackelte.

Meyerheim hielt sich an die alte Devise des berühmten Militärhistorikers Carl von Clausewitz, 'Angriff ist die beste Art der Verteidigung': „Sie entführen eine Giraffe und wollen mich jetzt auf Schadensersatz verklagen?"

Aber auch der sonst so sanftmütige Museumsdirektor Anselm Scharrer war nicht wiederzuerkennen. Obwohl er nicht dazu gekommen war, seinen blaugepunkteten Schlafrock abzulegen und sich umzuziehen, war er nun eine geradezu angsteinflößende Erscheinung. Sein kahler Kopf war tiefrot angelaufen, und die Zornesfalten warfen dunkle Schatten auf sein Gesicht.

„Ich habe keine Giraffe entführt! Sie sind nicht in der Lage, auf Ihre Tiere aufzupassen!"

„Das schnarchende Tier da draußen ist nicht meine Giraffe!"

„Was soll das heißen?! Wo soll in einer so kleinen Stadt eine Giraffe denn sonst herkommen als aus ihrem Tiergarten? Ihre Giraffe hat meinen wertvollen Rosengarten vollkommen zerstört. Ein Verlust, der nicht wieder gutzumachen ist!"

Meyerheim überkam Panik. Bei Geldangelegenheiten war er sehr empfindlich. Wenn Scharrer ihn auf Schadensersatz wegen seiner blöden Rosensträucher verklagen würde, könnte das teuer werden! Zu oft hat Scharrer die Worte kostbar, historisch bedeutend, unersetzbar im Zusammenhang mit dem blühendem Gebüsch verwendet. Wer weiß, ob das Grünzeug nicht tatsächlich einen finanziellen Wert hatte? Was, wenn die Giraffe doch etwas mit seinem Zoo zu tun hatte? Hatte sein Tierpfleger Schmidt sich nicht letztens eine zweite Giraffe gewünscht? Eine Giraffe allein wäre ein sehr trauriger Anblick, da sie Herdentiere seien. Es gäbe da ein günstiges und einmaliges Angebot vom Giraffenhändler im Norden des Landkreises, zu dem man nicht Nein sagen könnte. Meyerheim wusste im Moment nicht mehr, was er dem Tierpfleger geantwortet hatte. Sicher war an diesem Morgen gar nichts mehr.

Er kümmerte sich recht wenig um den Zoo. Eigentlich hasste er Tiere. Nach seiner Meinung waren es übel riechende Wesen, die Lärm machten und ihn dumm angafften, wenn er mal vor ihren Käfigen stand. Die Kreaturen hinter Gitterstäben langweilten ihn. Wenn er da nur an dieses phlegmatische Krokodil dachte. Das tat nie was, außer mal mit den Augen zu rollen.

Aber was sollte er tun? Meyerheim hatte die Schule nur mit Ach und Krach abgeschlossen und nichts Anständiges gelernt, sondern gleich den Zoodirektorenposten von seiner Großmutter übernommen. Dabei war es ihm ausschließlich um den Titel des Direktors und das Geld gegangen. Die Tiere hatte er zähneknirschend dazu in Kauf genommen. Es schien ihm ein bequemes Leben zu sein, in der altehrwürdigen Direktorenvilla mit ihren kleinen Erkern, Türmchen und Giebeln zu residieren. Die Leute grüßten ihn in der kleinen Stadt respektvoll, und ansonsten konnte er so lange schlafen, wie er wollte. Den Rest erledigte seit jeher der Tierpfleger Schmidt für ihn.

Wie verächtlich hatte er früher auf seinen ehemaligen Klassenkameraden Anselm Scharrer geblickt, als der jeden

Tag brav zur Universität oder in die Bibliothek geeilt war. Er hatte kaum Geld und keinen Titel gehabt, aber einen krummen Rücken vom Bücherschleppen und immer Angst vor der nächsten Prüfung oder einer falsch gesetzten Fußnote. Er selbst war derweilen im Café am Marktplatz gesessen, hatte sich Blaubeerkuchen und Kakao gegönnt und sich mit den Damen der feinen Gesellschaft und all den anderen Fräuleins der Stadt einen schönen Lenz gemacht.

Heute waren sie beide Direktoren. Nur dass Scharrer einen Doktortitel hatte, für den er nicht bezahlt, sondern den er sich wirklich erarbeitet hatte. Dieser Stachel saß tief im Selbstbewusstsein von Zoodirektor Meyerheim. Denn Titel ist nicht gleich Titel. Es kommt auch immer ein bisschen auf die Geschichte dahinter an.

Jetzt standen sie sich im Arbeitszimmer des Kunsthistorikers gegenüber und reckten die geballten Fäuste gegeneinander. Nur der gewaltige Schreibtisch trennte sie. Oberpolizist Schötz sprang von seinem gepolsterten Stuhl auf, schaute nach links, schaute nach rechts, dann wieder nach links und wusste nicht, was er tun sollte, um eine Keilerei der beiden Männer zu verhindern. Was für eine schreckliche Situation. Sollte er etwa? Aber nein, die Handschellen reichten nur für einen der beiden. Außerdem waren sie aus Kostengründen lediglich für hungrige Verbrecher mit schwachen, dünnen Handgelenken gefertigt worden. Vor allem konnte er unmöglich einen der beiden feinen Herren abführen. Aber eine Schlägerei konnte er auch unter keinen Umständen zulassen. Was sollte er bloß tun?

Genau in diesem brenzligen Moment klopfte Unterpolizist Sahm an der Tür und blieb dann respektvoll an der Schwelle stehen: „Draußen am Gartenzaun entsteht ein Auflauf, den ich nicht mehr kontrollieren kann."

Am Holzzaun hatten sich tatsächlich zahlreiche Schulkinder eingefunden, die laut schnatternd die schnarchende Giraffe im Rosengarten des Museumsdirektors bestaunten. Dazu gesellten sich rüstige Rentner und auch die ein oder andere Hausfrau, die mit Lockenwicklern im Haar ihren Hund am frühen Morgen ausführte.

Waren die Hausfrauen sonst immer darauf bedacht, ihre Lieblinge von den anderen Hunden fernzuhalten, war es heute egal, als eine Paisley-Terrierin und ein Turnspit miteinander nähere Bekanntschaft schlossen. Ihre Besitzerinnen waren vom Anblick der schlafenden Giraffe gefangengenommen. Sie suchten sich mit Halbwissen über die afrikanischen Savannentiere und die Rosenzucht des Museumsdirektors gegenseitig zu übertrumpfen. Die Rentner wurden von ihnen geflissentlich ignoriert, aber das war nichts Neues für sie.

Das war eine Sensation! Eine schnarchende Giraffe zwischen Rosen kam schließlich nicht alle Tage in der Vorstadt vor. Genauer gesagt, hatte man so etwas hier überhaupt noch nie erlebt.

Frau Rechzange und Frau Schorek starrten über den Lattenzaun und sorgten sich um das Wohl des Tieres: „Die Rosen haben doch Dornen. Das ist so ein Tier, das sich sonst so weit über der Erde hinweg bewegt, gar nicht gewohnt."

Die berühmten Dichter Georg Philipp Harsdörffer und Johann Leonhard Rost drängten sich ebenfalls an den Holzzaun und überlegten mit theatralischen Gesten, wie man eine schlafende Giraffe im Rosenbett in einem Sonett verewigen könne.

„Mit Rosen bedacht", rief Harsdörffer.

„Mit Rosen bedacht...Schau im Traum 's Paradies", rief Rost.

Doch wie es weiter gehen sollte mit ihrem Giraffensonett, das wussten die beiden Poeten auch nicht. Auf ihrer Dichterschule waren sie niemals auf so ein exotisches Ereignis vorbereitet worden und ihr kleines Ratgeberbüchlein 'Handbuch für Sonettschreiber in allen Lagen' erwähnte ausgerechnet schnarchende Giraffen zwischen historischen Rosen mit keinem einzigen Wort.

„Vielleicht sollte das Sonett mit den Flecken des Tieres weitergehen?", überlegte der Autor von galanten Romanen, Johann Leonhard Rost.

Als die Schulkinder das hörten, lachten sie die beiden Schriftsteller aus. Das wären ja schöne Gedichte, die sie in der Schule bald auswendig lernen müssten, riefen sie und starrten sogleich wieder auf das schnarchende Tier im Rosengarten. Faszinierte sie mehr das fremdartige Tier an sich oder die Tätigkeit des Schnarchens? Sie wussten es wohl selber nicht. Aber ihnen gefiel, was sie sahen: ein Regelbruch.

Als Scharrer und Meyerheim zusammen mit den beiden Polizisten vor die Tür des kleinen Häuschens traten, vergaßen sie für einen Moment ihren Streit. Hilfesuchend sahen sie zu dem Oberpolizisten, denn beiden war sofort klar, dass hier gehandelt werden musste. Doch Schötz sah genauso entsetzt und hilflos die beiden Direktoren an. Die Polizei ist nicht bekannt dafür, in ungewohnten Situationen besonders hilfreich zu sein.

Vom Geschrei der Kinder und dem Gekläff der Hunde wachte die Giraffe nun endlich auf. Sie blinzelte verdutzt mit den Augenlidern. Hob dann ganz langsam den Kopf etwas an und guckte, noch immer liegend, erstaunt die Leute vor dem Zaun an.

Ein Raunen ging durch die Menge. Manche Rentner traten ängstlich einige Schritte zurück und schoben die Kinder als Schutz vor sich. Andere reckten sensationslüstern ihre Hälse weit nach vorne, als seien sie selbst Giraffen.

Die Kinder jubelten, als die Giraffe ihren langen Hals zu ihnen schwenkte und mit ihren verschlafenen Augen sie aus direkter Nähe anstarrte. Die kleine Eva-Maria schob behutsam ihre Hand nach vorne und berührte ganz vorsichtig mit den Fingerspitzen die breite weiche Giraffennase. Ihre Mitschüler bewunderten sie sehr für ihren Mut. Aber keiner traute sich, ihr nachzuahmen.

Sehr langsam und etwas wackelig stand die Giraffe auf. Eigentlich ein Wunder, dass so ein großes Tier auf so dünnen Beinen stehen kann. Die Kinder riefen Ah und Oh. Die Erwachsenen taten es ebenso. Vorsichtig drehte die Giraffe sich um. Da entdeckte sie den Museumsdirektor vor seinem Haus. Ein Zucken durchfuhr den Leib des Tieres. Laut schnaubte es auf. Vier, fünf Sätze über die Buchsbaumhecke und dem englischen Rasen, schon war sie bei ihm.

Scharrer quiekte erschrocken auf und war im Gesicht kreidebleich geworden. Doch ehe er auch nur etwas halbwegs Sinnvolles sagen konnte, schleckte ihm das Tier mit ihrer breiten, rosa Zunge das Gesicht ganz langsam von unten nach oben ab. So kam es, dass Scharrer an diesem Morgen zwar kein einziges Mal im Bad gewesen war, aber schon zweimal feucht von einem Tier geküsst worden war.

Die Kinder jubelten vor Begeisterung über den Giraffenschmatzer und ahmten das Tier nach, indem sie ihre eigenen Zungen ganz lange herausstreckten. Die Erwachsenen vor dem Zaun schüttelten angeekelt von dem Speichel, der dem Museumsdirektor von der Glatze floss, ihre Köpfe.

Anselm Scharrer wischte sich mit dem Ärmel seines blaugepunkteten Schlafrocks die Wangen ab. Doch schon leckte ihn die Giraffe wieder und sah ihn mit ihren großen dunklen Kulleraugen verliebt an. Scharrer drohte zum zweiten Mal an diesem Morgen in Ohnmacht zu fallen.

Der Hund Franz kläffte aufgeregt vor Eifersucht aber Zoodirektor Meyerheim grinste hämisch. Die feuchte Giraffenzunge im Gesicht geschah dem Scharrer ganz recht. Außerdem war doch damit der Beweis erbracht, dass er selber unschuldig am Giraffendebakel war. Offensichtlich hatte sich Anselm Scharrer die Giraffe irgendwo angelacht, und da er von ihr vollkommen überfordert war, wollte er jetzt Meyerheim das Tier unterschieben. Man soll sich eben genau überlegen, ob man sich ein Haustier anschafft, und darüber hinaus, welches. Er jedenfalls würde niemals für den Schaden im Rosengarten aufkommen. Im Gegenteil, vielleicht konnte er den Museumsmann sogar verklagen. Irgendein Grund würde ihm bestimmt einfallen. Üble Nachrede. Zooimitation. Oder sonst etwas, womit er seinem Erzfeind schaden könnte.

Wenn ein Oberpolizist in einer Situation ist, in der er nicht mehr weiter weiß und auch kein Notfallbüchlein hilft, dann brüllt er erst einmal seinen Untergebenen laut an. Das schindet Eindruck, und der Chef gewinnt Zeit, bis ihm etwas Sinnvolles einfällt.

„Unterpolizist Sahm, stehen sie nicht so dumm herum. Tun sie etwas."

„Jawohl, Herr Oberpolizist Schötz, zu Befehl. Was soll ich denn tun?"

„Nicht herumstehen. Hören sie nicht."

Meyerheim half dem ratlosen Oberpolizisten und riet dem Unterpolizisten, das Giraffentier doch von der Eingangstür wegzubringen, so dass er und die anderen sich wieder frei bewegen könnten.

Doch der Unterpolizist, obwohl selber nicht gerade klein gewachsen, stand hilflos zwischen den dünnen, hohen Beinen des Tieres herum. Vergeblich versuchte er den Respekt, den er seiner Meinung nach als Polizist von einer Giraffe erwarten konnte, zu erlangen. Aber die Giraffe blieb stur vor dem Haus stehen und blinzelte verliebt den Museumsdirektor an. Sie kümmerte sich kein bisschen um die Befehle des Stadtpolizisten, was für ihn eine doppelte Schmach darstellte. Zum einen, weil das exotische Tier ihn als Beamten nicht ernst nahm. Zum anderen, weil sein Vorgesetzter seine Inkompetenz beobachten konnte. Nichts davon war gut.

Die Kinder wussten gar nicht, was sie lustiger finden sollten. Den hilflosen Polizisten, die verliebte Giraffe oder den rotangelaufenen Museumsdirektor, der nur mit einem blaugepunkteten Schlafrock bekleidet vor seiner Haustür stand und mit den Händen verzweifelt um Hilfe rang.

Schließlich ließ Meyerheim durch einen rüstigen Rentner den Tierpfleger Schmidt holen. Seine Sorge, dass Scharrer ihn verklagen könnte, war nicht vollkommen beseitigt. Immerhin war noch nicht hundertprozentig sicher, dass die Giraffe Scharrer selber gehörte und nichts mit seinem Zoo zu tun hatte. Was, wenn der Museumsmann ihn nicht nur wegen der zerstörten Rosen, sondern auch noch wegen der Nötigung durch die liebestolle Giraffe vor Gericht ziehen würde?

Außerdem riefen Frau Schorek und Frau Rechzange ihm von jenseits des Gartenzaunes zu, er solle sich endlich um das Savannentier kümmern. Es sei ein Skandal, wie er als Zoodirektor mit dem armen Tier umginge. Seine Großmutter, Gott hab sie selig, hätte ein Tier niemals so vernachlässigt wie er. Ob sie die Tierschützer informieren sollten?

Als der hochgewachsene, dünne Tierpfleger Schmidt auf seinem alten klapprigen Damenfahrrad ankam, war er erst einmal sprachlos. Er hatte schon vieles in der Tierwelt gesehen, doch der Anblick einer liebestollen Giraffe, die nicht von einem kleinen dicken Mann ablassen wollte, war auch für ihn etwas vollkommen Neues.

Die Frage des Oberpolizisten Schötz, ob die Giraffe aus dem Zoo ausgebüxt sei, konnte er nur verneinen. Meyerheim atmete sichtbar auf. Es hatte also doch keine zweite Giraffe, die er einfach vergessen hatte, gegeben.

„Sehen Sie, dieser Scharrer unterstellt mir immer die schlimmsten Sachen und dann ist da gar nichts dahinter. Immer geht der auf mich los. Der Scharrer hat aber angefangen gemein zu sein. Ich habe mich nur gewehrt."

Schötz verdrehte die Augen, als er die Sätze eines kleinen Jungen aus dem Mund des stattlichen Mannes hörte. Als ob es immer darum ginge, wer angefangen hatte.

Schmidt hatte zu seinem Leidwesen keine zweite Giraffe bestellen dürfen, und deshalb hatte er keine Ahnung, woher dieses Tier kam. Aber sei es jetzt nicht erst einmal wichtiger, das Langhalstier artgerecht unterzubringen? Soweit er wisse, seien Giraffen nicht gerade die idealen Vorgartenbewohner, und ob historische Rosen wirklich die ideale Diät für ein Savannentier wären, darüber habe er als Zoowärter arge Zweifel.

Allerdings schaffte er es, trotz aller ihm bekannten Tierpflegertricks, mit denen man normalerweise eine Giraffe locken kann, nicht, das Tier von seinem Platz zu bewegen. Es half keine Karotte an der Angelschnur und keine Spur aus weißem Zucker auf dem gepflasterten Weg. Nicht einmal der berühmte pantomimische Sardellengriff, der bislang bei jedem afrikanischen Wildtier zum Erfolg geführt hatte.

Das Tier blieb vor der Tür und schleckte den Museumsdirektor weiterhin Gesicht und Glatze. Der verharrte in Angststarre an seinem Platz, da er nicht wusste, wie so ein wildes Wesen reagieren würde, wenn das Objekt seiner Liebe flieht. Hätte er doch nur in der Schule im Biologieunterricht besser aufgepasst!

Nur gemeinsam mit einigen eiligst herbeigeholten kräftigen Burschen von der Molkerei gelang es schließlich, die Giraffe zum Gartentor zu ziehen und zu schieben. Dort verharrte sie kurz, reckte ihren langen Hals noch einmal zum Museumsdirektor und guckte mit ihren großen braunen Augen verzweifelt in sein Gesicht. Sie streckte sich noch ein Stück.

Die Kinder am Zaun machten: „Ahhh".

Schon schnappte die Giraffe nach dem blaugepunkteten Schlafrock.

Jetzt riefen auch alle anderen: „Ahhh".

Nur Anselm Scharrer nicht. Sein Gesicht lief noch dunkler an vor Scham. Was für ein Kontrast zu seinem porzellanweißen, nackten Leib.

Frau Schorek und Frau Rechzange wendeten sich so diskret zur Seite, dass sie alles genau betrachten konnten, damit sie später über einige Details noch diskutieren konnten. Die beiden Dichter Harsdörffer und Rost zückten Stift und Papier, und fanden beide einen Reim auf ‚Nackt'.

Der Tierpfleger Schmidt, Zoodirektor Meyerheim, die Polizisten und die jungen Molkereiburschen zogen kräftig an dem Seil, das sie dem verliebten Savannentier um den Hals gebunden hatten. Die Giraffe wurde mit dem seidenen, blaugepunktetem Schlafrock im Maul vom Ort der Schande und Verwüstung weggezerrt.

Scharrer hielt sich die Hände vor das Geschlecht und sah der Giraffe hinterher, aus deren Maul sein geliebter Morgenmantel hing. Zusammen mit seinem Hund Franz verschwand er schnell hinter der Haustür. Was für eine Blamage! So etwas Peinliches hatte er noch nie erlebt.

Die Kinder liefen lachend und schreiend dem Pulk um die Giraffe hinterher. Frau Rechzange und Frau Schorek folgten ihnen im größeren Abstand. Es gab so viel zu besprechen. Die beiden Dichter taten es den beiden Frauen nach und die Rentner und Hausfrauen verstreuten sich kopfschüttelnd mit ihren Hunden.

Inzwischen war die Gruppe mit der Giraffe am Oberen Stadttor angekommen. Der Tierpfleger Schmidt und die Burschen von der Molkerei waren tatkräftig damit beschäftigt, den langen Hals der Giraffe nach unten zu ziehen und das Tier durch das enge Tor zu schieben. Diese schnaubte nur widerwillig, schwang den blaugepunkteten Schlafrock von Anselm Scharrer elegant um ihren Hals und stand breitbeinig vor der engen Durchfahrt. Die Giraffe ließ sich nicht bewegen und starrte sehnsuchtsvoll zurück in Richtung Scharrers Haus, das man von hier aber nicht mehr sehen konnte.

Der hochgewachsene Tierpfleger Schmidt wusste keinen Rat. Manch einer der herbeigelaufenen Gaffer schlug eine Betäubung des Tieres vor. Aber sollte man eine schlafende Giraffe bis zum Zoo bringen? Die Molkereiburschen waren vom Fässerstemmen zwar stark, aber eine ausgewachsene Giraffe war doch etwas ganz anderes als ein großes Fass.

Ein Mann schlug vor, das Stadttor abzureißen. Es werde ja doch nicht mehr gebraucht. Allgemeines Gelächter war die Folge. Prinzipiell habe er ja recht, aber wie sollte man so schnell das alte Gemäuer abbauen?

Da kamen Frau Schorek und Frau Rechzange endlich an das Tor und sahen das Desaster. Sie mussten nicht lange überlegen, sondern liefen zum Bettengeschäft gleich rechts hinter dem Tor und liehen sich einen Morgenmantel, der dem Schlafrock des Museumsdirektors verblüffend ähnlich sah. Es dauerte etwas, Meyerheim zu überzeugen, diesen anzuziehen und sich als sein Erzfeind Scharrer auszugeben. Aber als er es endlich tat, sah er von fern wirklich aus wie der Museumsmann. Ein glatzköpfiger Mann im blaugepunkteten Seidenschlafrock!

Vorsichtig trat er, wie ihm die beiden Frauen befahlen, auf die Mitte des Marktplatzes. Auch wenn ihm das in diesem blaugepunktetem Schlafrock sehr peinlich war. Aber als die Giraffe ihn von weitem durch das Tor sah, duckte sie blitzschnell ihren langen Hals und stürmte, einem Rammbock nicht unähnlich, durch das gotische Sandsteintor auf den vermeintlichen Freund zu.

Frau Rechzange und Frau Schorek schubsten Meyerheim schnell in das Rathaus hinein, wobei ihm der Morgenmantel von den Schultern fiel, und schlugen die schwere Tür hinter ihm zu.

Vor dem Rathaus stoppte die galoppierende Giraffe abrupt, guckte verdutzt, wo ihr Geliebter sei, entdeckte den blaugepunkteten Morgenmantel auf dem Pflaster, hob ihn mit dem Maul in die Höhe, ließ ihn dann aber angewidert fallen. Giraffen haben vielleicht nicht die besten Augen, aber eine sehr gute Nase. Das, was sie da roch, war sicher nicht der Duft des Mannes, in den sie unsterblich verliebt war.

Verwirrt schaute sie sich um. Rund um sie versammelten sich die Bürger des kleinen Städtchens. Der Bäcker ließ den Kuchen im Ofen verbrennen. Dem Metzger konnte ein schlachtreifes Schaf entweichen. Der Gemüsehändler verscheuchte die Fliegen nicht mehr von seinem Obst. Alle kamen angelaufen und reckten ihre Hälse hinauf zu dem hohen Tier.

Das hatte sich inzwischen zu dem aus grauem Sandstein errichteten Rathaus mit dem barocken Giebel gedreht und fing nun ungerührt von dem Tumult um sie herum an, die roten und weißen Geranien in den Blumenkästen im ersten Stock zu fressen. Wie geschwind sie dabei war! Schon war der erste Blumenkasten kahl. Es ragten nur noch einzelne Stümpfe aus den Kästen. Da nahm sich die Giraffe schon des nächsten Blumenkastens an.

Frau Schorek und Frau Rechzange nutzten das Frühstück der Giraffe und führten den Zoodirektor von allen unbemerkt durch den Hinterausgang aus dem Rathaus hinaus, an der ehrwürdigen Laurentiuskirche vorbei eine kleine Treppe in eine stille Seitengasse hinab, damit er gut und sicher in seinen Zoo kommen könne. Denn die beiden Frauen waren sich nicht sicher, ob eine Giraffe nicht nachtragend sein würde, wenn man sie einmal getäuscht hatte.

Vor dem Rathaus liefen der Oberpolizist und der Unterpolizist mit wild fuchtelnden Armen und schrill klingenden Trillerpfeifen in ihren Mündern in der Menge umher. Doch niemand beachtete sie. Nur die Kinder und die Molkereiburschen, die das alles als Riesengaudi ansahen, machten sich über sie lustig. Überhaupt schien die geranienfressende Giraffe den einfachen Leuten der kleinen Stadt, im Gegensatz zu den feinen Herren, nicht wirklich Angst zu machen. Im Gegenteil.

Derweilen erwachte im Rathaus in seinem getäfelten Amtszimmer der Bürgermeister von dem Lärm auf dem Platz aus seinem behördlichem Vormittagsschlaf. Verwundert rieb er sich die Augen, trat an ein Fenster und öffnete es. Was erschrak er da! Ein Ungeheuer starrte ihn aus nächster Nähe an. Ein Monster mit riesigen dunklen Augen, die beängstigend leuchteten. Mit bedrohlichen Hörnern und gewaltigen Ohren, die nervös zuckten. Ein Untier mit bebenden Nüstern. In dessen grässlichem Maul mit den unheilvollen, großen Zähnen gerade einige liebliche Geranienblüten verschwanden.

Es war ein Glück für ihn, dass niemand auf dem Marktplatz sein Gesicht in diesem Moment sehen konnte. Es hätte sicher nicht zur Wiederwahl beigetragen, wenn die Bürger gewusst hätten, dass das Oberhaupt ihrer Stadt eine ausgewachsene Giraffophobie hatte. Und schon wieder wurde an diesem Tag in der kleinen Stadt einem Mann schwarz vor Augen.

Museumsdirektor Scharrer war nach der Blamage, vor seinem Haus vor den Augen so vieler Leute von der Giraffe nackt ausgezogen worden zu sein, und dem schrecklichen Verlust seiner geliebten Rosenstöcke direkt zu seiner besten Freundin Moni gegangen, um sich bei ihr auszuheulen.

Er hatte einen Umweg durch einige stille Seitenstraßen genommen, damit ihn möglichst niemand sah. Wer weiß, wie schnell sich die Ereignisse des Morgens in der kleinen Stadt herumgesprochen hatten? Er wollte sich keinesfalls dem Gespött der Kaffeehausgäste am Marktplatz aussetzen. So hatte er von dem Trubel, der inzwischen am Marktplatz herrschte, nichts mitbekommen.

Moni betrieb in einer etwas abschüssigen Seitengasse vom Marktplatz ein kleines Lädchen in einem grauen Sandsteinhaus, das Ende des vorletzten Jahrhunderts nach dem großen Stadtbrand gebaut worden war. Von außen wirkte der Laden mit seinen beiden schmalen Schaufenstern unscheinbar. Tatsächlich war es aber die mit großem Abstand beste Hundeschleifenhandlung in der kleinen Stadt, wenn nicht im gesamten Landkreis.

Dabei hatte Moni ursprünglich gar keinen Hundeschleifenladen eröffnen wollen, als sie sich gleich nach der Schule mit dem Geschäft selbständig gemacht hatte. Ihr großer Traum war es gewesen, die alte Tradition der Faltschulen wieder aufleben zu lassen. In der großen Stadt in der Nähe hatte im 17. Jahrhundert Mattia Giegher eine Faltschule geleitet und in Italien sogar ein Buch zur Faltkunst veröffentlicht. Was war im prunkverliebten Barock eine festliche Tafel ohne kunstvoll gefalteten Tischschmuck gewesen? Man konnte die ganze Welt aus Stoff und Papier nachfalten. Blumen, Bäume, wilde Tiere, Vasen, Krüge, große Galeeren und all die Dinge, die sich Menschen ausdenken, für die es aber nichts Vergleichbares auf der Erde zu finden gibt. Es war eine Zeit der Erfindungen an grotesken Figuren und Monstern. Als man zum Beispiel von Giraffen schon gehört hatte, aber niemand in Europa je eine gesehen hatte.

Doch bald hatte Moni feststellen müssen, dass die Nachfrage nach gefalteten Dekorationen nicht so groß war, wie sie erwartet hatte. Ihr Freund Scharrer war der Meinung, es läge an der Tatsache, dass es keine Schauessen und auch keine gehobene Tischkultur mehr gäbe. Selbst der traditionelle Kaffeeklatsch wäre vom Aussterben bedroht, da die Frauen arbeiten gingen, statt sich mit anderen Hausfrauen die Zeit mit Blaubeerkuchen und Kakao zu vertreiben.

Moni zog die Konsequenzen und verkaufte krisensichere Schleifen für Hunde und machte viele Vierbeiner und noch mehr ihre Besitzer glücklich. Statt bunter Papierbögen oder daraus gefalteter Objekte lagen nun in den Schubschränken, die die Wände vom Boden bis zur Decke füllten, tausende von Rollen mit Bändern aus den verschiedensten Materialien. In den unterschiedlichsten Farben, Mustern und Breiten. Kostbar mit Gold bestickte Stoffstreifen aus dem Fichtelgebirge, handgewebte Zierbänder vom Main und von Kindern liebevoll bemalte Baumwollbänder aus Borrioboolah-Gha.

Nur bei Moni konnte der Besitzer, wie auch der Hund, mit dem richtigen Band zufriedengestellt werden. Zudem beherrschte Moni selbst die ausgefallensten Hundeschleifentechniken. Denn ein Hundeband kommt erst durch die richtige Bindung zur Geltung und unterstreicht das Äußere, wie den Charakter des Vierbeiners.

Zur Überraschung von Anselm Scharrer war der Laden leer, als er ihn betrat. Normalerweise war das Geschäft vormittags sehr gut von den stolzen Hundebesitzern und ihren verwöhnten Lieblingen besucht. Doch Scharrer war es nur recht, allein mit seiner Freundin zu sein.

Moni und er kannten sich seit klein auf. Sie waren zusammen mit Meyerheim, dem Bürgermeister und vielen anderen heute mehr oder minder wichtigen Personen der kleinen Stadt gemeinsam in die Knaben- und Mädchenschule aus rotem Backstein, die inzwischen abgerissen worden war, gegangen. Sie hatten sich schnell angefreundet und waren es bis heute geblieben.

Als Moni ihn hereinkommen sah, lächelte sie ihn freundlich an. Sie hatte langes, dunkles Haar, das glatt über ihre Schultern fiel und große dunkelbraune Augen mit sehr langen Wimpern. Scharrer stutzte einen Moment. Noch nie zuvor war ihm eine gewisse Ähnlichkeit von Monis Augen zu denen einer Giraffe aufgefallen. Aber er hatte auch noch nie einer Giraffe so nah in die Augen sehen müssen wie heute.

„Guten Morgen, Anselm. Du siehst gar nicht gut aus. Ist etwas passiert?"

Scharrer strich sich mit der Hand über seine spiegelnde Glatze: „Was ich dir jetzt erzählen werde, klingt wie erfunden. Aber es ist die bittere Wahrheit."

Während Moni ihm einen Kakao in der engen Teeküche zur Nervenstärkung warm machte, blätterte er in den neuesten Ausgaben von 'Hund und Schleife' und dem Konkurrenzblatt 'Schleife und Hund' herum. Solche Zeitschriften können etwas sehr Beruhigendes für ihre Leser haben, da sie die wirklich wichtigen Probleme des Lebens einem vor Augen führen und von eher belanglosen Ereignissen, wie dem Verlust eines historischen Gartens, gut ablenken.

In dem einen Blatt wurden Querstreifen für Hundeschleifen als Trend ausgerufen, im anderen empfahlen die Schreiberlinge Längsstreifen, wenn man seinem Hund in dieser Saison eine modische Freude machen wollte. Scharrer schnaubte verächtlich. Ihm war nämlich nach dem Verlust seines geliebten Schlafrocks nach gepunkteten Schleifen für seinen Hund Franz zumute. Was kümmerten ihn da die neuesten Schleifentrends in der großen Stadt? Dennoch begann er zu überlegen, welche Zeitschrift nun recht hatte mit ihrem Urteil, was modisch gelungener sei. Quer- oder Längsstreifen war hier die Frage. Schon fing er an, die Erlebnisse von heute Morgen etwas leichter zu nehmen, da es doch in der Hundeschleifenmodeszene so wichtige Fragen zu entscheiden gab.

Moni kam aus der Teeküche und setzte sich mit dem warmen Kakao zu ihrem Freund. Für den Hund Franz gab es eine Schale katholischen Kakaos. Nun hörte sie sich geduldig an, was Scharrer an diesem Morgen, der mit den wunderbaren Sonnenstrahlen so gut begonnen hatte, geschehen war. Hin und wieder rührte sie dabei ihren immer kälter werdenden Milchtrunk um. Manchmal konnte sie sich ein Lächeln nur mit Mühe verkneifen. Wie albern hatte sie schon immer die Vorliebe von Anselm für blaugepunktete Schlafröcke gefunden. Wie lächerlich war es, dass dieser Mann über den Verlust des Morgenmantels solch dicke Tränen vergoss. Wenn sie ehrlich war, sie wäre zu gerne dabei gewesen, wie die Giraffe Scharrer geleckt und ihm den Morgenrock vom Leib gezogen hatte. Männer waren so furchtbar eitel und nie mit ihren Körpern zufrieden.

Natürlich musste sie auch zugeben, dass diese Geschichte unglaublich war. Eine wildfremde Giraffe im Garten, die den kostbaren und liebevoll gepflegten Rosengarten in nur einer Nacht zerstört hatte. Das war nicht lustig. Das war traurig.

Moni seufzte, denn sie wusste, wie viel ihrem Freund an den Rosen lag. Sie fragte sich aber auch, was die Bewohner der kleinen Stadt an Sonntagnachmittagen in Zukunft tun sollten, wenn sie nicht in den Zoo gehen wollten. Der Rosengarten war zumindest im Sommer immer einen Besuch wert gewesen. Mit seinem herrlichen Duft und den vielen bunten Schmetterlingen, die von Blüte zu Blüte flatterten.

Konnte es wirklich sein, dass der seit über dreißig Jahren während Streit der beiden Männer Scharrer und Meyerheim nun so eskaliert war? Dabei konnte sie sich gar nicht mehr daran erinnern, was die Ursache des jahrelangen Konflikts gewesen war. 'Es wird schon so eine Eseley gewesen sein, wie damals mit Goethe und Lenz in Weimar', dachte sie sich schließlich und machte sich deshalb keine weiteren Gedanken darüber.

Die Frage heute war, ob Meyerheim wirklich seine Giraffe in den Garten des Feindes geführt hatte, damit sie diesem alles platt treten würde. Moni konnte sich das nicht wirklich vorstellen, und sie kannte sich mit Giraffen gut genug aus, um zu wissen, dass eine Giraffe sich normalerweise zum Schlafen nicht hinlegt. Schnarchen, ja, das kam bei diesen hochgewachsenen Tieren schon einmal vor, aber dass sie sich auf den Boden legten, das war sehr selten. Da musste etwas Besonderes dahinter stecken.

„Außerdem", sagte sie laut und nahm einen Schluck Kakao aus der blaugepunkteten Tasse, „denke ich nicht, dass Meyerheim so dumm wäre, ausgerechnet eine Giraffe zu benutzen, um deinen Rosengarten zu vernichten."

„Dieser Tierpfleger Schmidt hat behauptet, dass die Giraffe gar nicht aus dem Zoo stamme. Aber kann man dem glauben? Der steht ja im Dienst von Meyerheim."

„Für Schmidt lege ich meine Hand ins Feuer. Wenn er sagt, dass es nicht die Giraffe aus dem Tiergarten ist, dann stimmt das."

„Und wenn Meyerheim gestern eine neue Giraffe geliefert bekommen hat, von der niemand gewusst hat? Nicht einmal sein Tierpfleger?"

„Das glaube ich nicht. Meyerheim interessiert sich überhaupt nicht für Tiere. Wieso sollte er eine Giraffe bestellen, ohne die Arbeit seinem Tierpfleger zu überlassen?"

„Da muss ich dir Recht geben. Meyerheim findet sogar Meerschweinchen langweilig."

„Vielleicht ist die Giraffe aus einem Zirkus entlaufen?"

„Der einzige Zirkus, der in den letzten Monaten in der Stadt Halt gemacht hat, war der Flohzirkus von Maestra Boutros."

Im Rathaus war inzwischen der Bürgermeister mit Hilfe seines Vorzimmerfräuleins Elke und eines exzellenten Riechwassers aus der Ohnmacht erwacht. Zusammengekrümmt und leichenblass saß er nun an seinem Schreibtisch und starrte auf das offene Fenster, vor dem die Giraffe die letzten Blüten der Geranien vernaschte. Seine Hände verkrampften sich, die Knöchel traten weiß hervor: „Fräulein Elke, tun Sie doch etwas."

Er tat so, als ob Giraffenverscheuchen unter der Würde eines Bürgermeisters war. Ein ziemlich lächerliches Unterfangen, angesichts der Tatsache, dass er vor wenigen Minuten noch ohnmächtig auf dem harten Holzboden gelegen war. Eine kleine Beule bildete sich an seinem kahlen Hinterkopf. Aber das war nicht seine größte Sorge. Er war ein Mann, der wie so viele andere Männer niemals offen zu seinen Ängsten stand. Erst recht nicht zu seiner Giraffophobie. Männer haben keine Angst vor sanften Tieren zu haben. Aber ist eine geranienfressende Giraffe wirklich ein friedliches Lebewesen? Wer weiß, was sie als nächstes tat?

Fräulein Elke stand am Fenster und redete geduldig auf die Giraffe ein, damit diese endlich verschwinden mochte. Als das nicht half, wedelte sie mit einem feuerroten Hefter vor den Augen der Giraffe herum. Die ließ sich aber gar nicht von einer Frau im Faltenrock und Dutt im Haar beeindrucken, sondern fraß nach den Blüten nun die dunkelgrünen Geranienblätter.

Die Leute auf dem Platz sahen die mit einer Akte herumwedelnde Vorzimmerdame des Bürgermeisters und johlten und jubelten ihr zu. Der Bürgermeister wurde daraufhin noch ein Stück blasser um seine Nasenspitze. Schließlich reichte es Elke. Sie schloss das Sprossenfenster mit einem lauten Knall, zog die dunkelgrünen Vorhänge zu und ging achselzuckend am vor Angst zitternden Bürgermeister vorbei in das Vorzimmer, wo der Fernsprecher ununterbrochen klingelte.

Der verzweifelte Bürgermeister holte aus der Schublade die schwere, goldene Amtskette und hängte sie um seinen stiernackigen Hals. Er zwirbelte die Schnurrbartspitzen in die Höhe und legte die einsame lange Haarsträhne quer über seine glänzende Glatze. Ihm war klar, jetzt musste er als Respektsperson vor den Bürgern der Stadt auftreten. Wenn schon so ein großes Tier vor ihm keine Achtung hatte, sollten es wenigstens die Bürger der kleinen Stadt haben.

Doch als er vor die kleine Seitentür des Rathauses trat, war er sich nicht mehr sicher, dass sein Plan eine gute Idee gewesen war. Denn niemand beachtete ihn. Im Gegenteil. Claudià Borschárdt, die bekannteste lebende Malerin des Städtchens, rannte ihn beinahe um. Sie suchte aufgeregt nach einem geeigneten Platz, um ihre Staffelei aufzustellen. Sie wollte unbedingt diesen für die Stadt so wichtigen Moment für zukünftige Generationen in Öl auf Leinwand festhalten. Ärgerlich schob der Bürgermeister die Künstlerin zur Seite. Die Schmach mit der geranienfressenden Giraffe sollte nicht für die Ewigkeit festgehalten werden.

Der Bürgermeister winkte hilfesuchend dem Oberpolizisten Schötz zu. Doch dieser sah ihn in dem Tumult nicht, sondern machte weiterhin einen ohrenbetäubenden Krach mit seiner Trillerpfeife und wedelte wild mit den Armen, als ob der Auflauf der Leute eine Verkehrsübung wäre.

Ebenso wenig sah ihn der Zoodirektor Meyerheim, der mit einigen kräftigen Burschen von der Molkerei und dem Unterpolizisten Sahm die Leute von der Giraffe fernzuhalten versuchte. Irgendwie mussten sie das gefräßige Tier doch in den Zoo zwingen können. Aber fast alle Bürger wollten wenigstens einmal das exotische Tier kurz streicheln und standen so dem Abtransport im Weg. Es war, als ob die Leute ihren Augen nicht trauten und erst durch die Berührung von der Erscheinung des exotischen Tieres auf dem Marktplatz überzeugt sein konnten. Dem Bürgermeister schüttelte es bei dem Gedanken an Körperkontakt mit dem Monster.

Es war zum Verzweifeln. Niemand schien den gewichtigen Bürgermeister mit seiner in der Sonne glänzenden Amtskette wahrzunehmen. Das hohe Tier hatte alle Aufmerksamkeit auf sich gezogen und ihm seinen Respekt geraubt.

Da entdeckte ihn die Journalistin Heidrun Albern von der Stadtzeitung 'Pudel und Krone', wie er hilflos vor dem Rathaus mit seinen kurzen, dicken Armen wild in der Luft herumfuchtelte. Dass die Reporterin ihn gesehen hatte, passte dem Bürgermeister nun auch wieder nicht. Er liebte nämlich nur Berichte, die ihn im guten Licht dastehen ließen. Was konnte daran gut sein, dass eine Giraffe seine Autorität untergrub, indem sie am helllichten Tag die Geranien vor seinem Bürofenster wegfraß?

Der Bürgermeister trat den Rückzug an. Doch ehe er die schwere Eingangstür zum Rathaus aufziehen konnte, klopfte ihm die Journalistin heftig auf die Schulter und stach ihm mit ihrem spitzen Bleistift fast ins rechte Auge, als er sich umdrehte.

Statt sich zu entschuldigen, fragte sie nur: „Welche Erklärung haben Sie für den Geranienverlust durch die Giraffe, Herr Bürgermeister?"

Ihm wurde heiß, ein Schweißtropfen lief ihm die linke Wange herunter.

„Kein Kommentar", stotterte er.

Sicher das Dümmste, das man einer Reporterin wie der Albern sagen konnte. Denn das spornte sie nur an, noch hartnäckiger nachzufragen.

„Aber die Leser von 'Pudel und Krone' haben ein Recht darauf, zu erfahren, was sie als oberster Vertreter der Stadt zum Kahlfraß der behördlichen Geranien durch ein ortsfremdes Tier zu sagen haben."

Seine ehemalige Englischlehrerin hatte ihm für solche Momente Atemübungen nahegelegt. Einatmen. Ausatmen. Irgendwie, irgendwo, irgendwann, irgendwas im Körper spüren, und schon wäre alles gut. Gelassenheit und Selbstbewusstsein würden sich allein durch das Atmen bemerkbar machen. Doch das half ihm jetzt nicht wirklich. Zum Ein- und Ausatmen brauchte man ja auch ein bisschen Zeit, und die ließ ihm die Albern gerade gar nicht.

So brummte er so undeutlich wie möglich, damit er sich später auf ein Missverständnis hinausreden konnte: „Zoodirektor Meyerheim wird den entstandenen Schaden an meinen Geranien, ich meine natürlich, an den städtischen Geranien, begleichen müssen."

„Sehen sie keine Gefährdungslage für die Bürger, wenn wilde Tiere ohne Erlaubnis durch die Stadt laufen?"

„Keine Genehmigung? Unerhört! Giraffen sind ein nicht einzuschätzender Risikofaktor für Gesundheit und Leben eines jeden Bürgers. Auch dafür wird Meyerheim einstehen müssen. Aber ich versichere ihnen, unsere beiden Polizisten werden sich um Recht und Ordnung kümmern. Auf Wiedersehen, ich habe leider viel zu tun. Sie verstehen, die Lage."

Genau in diesem Moment machte die Giraffe einige wenige Schritte, beugte ihren Kopf zum glatzköpfigen Bürgermeister, kam ganz nah mit ihren riesigen Augen an ihn heran, schnupperte mit ihren großen, weit aufgeblähten Nüstern an seinem linken Ohr und hob dann enttäuscht wieder ihren Kopf, um weiter in Ruhe Geranien zu fressen. Das Volk schrie begeistert auf, vor allem, als es sah, wie das Oberhaupt der Stadt reagierte.

Der Bürgermeister hatte nämlich erschrocken einen Satz nach hinten gemacht, die kurzen Arme hilfesuchend in die

Höhe gerissen und wie ein gestochenes Ferkel um sein Leben gequiekt.

Heidrun Albern konnte gar nicht so schnell schauen, wie der Bürgermeister im Rathaus verschwunden war. Dort holte er aus seiner rechten Hosentasche schnell den großen gusseisernen Schlüssel hervor, schloss die schwere Holztür dreimal zu und legte noch extra einen Riegel davor. Dabei hätte die Albern noch so viele Fragen an ihn gehabt.

Auf der Treppe des Rathauses kramte der Bürgermeister aus der linken Hosentasche sein blaugepunktetes Stofftaschentuch und wischte sich den Schweiß von der Stirn. Die Lage war ernst. Bitter ernst sogar. Die Journalistin hatte gar nicht so unrecht. Was, wenn ein Bürger zu Schaden kommen würde? Das wäre noch schlimmer als abgefressene amtliche Geranien vor seinem Fenster! Was war nur in Meyerheim gefahren, dass er seine Giraffe aus dem Gehege gelassen hatte?

Der Bürgermeister wusste nicht, was er tun sollte. Wie seine beiden Polizisten Schötz und Sahm war er ein Mann, der an Vorschriften und Regeln glaubte. Aber auf der Bürgermeisterschule hatte er niemals etwas über Maßnahmen gegen wilde Tiere auf einem Marktplatz gelernt. Oder hatte er in dieser Unterrichtsstunde mal wieder geschlafen? Irgendwo musste er doch noch das 'Handbuch für Bürgermeister in Notfällen' herumzuliegen haben. Vielleicht stand dort, was zu tun war, wenn plötzlich eine Giraffe mit blaugepunktetem Schlafrock um den Hals auf dem Marktplatz erschien und die Geranien am Rathaus fraß.

In den Hundeschleifenladen in der stillen Seitengasse war bislang nichts von dem Aufruhr am Rathaus gedrungen. Es war an diesem Vormittag ein zeitvergessener Ort, an dem leise die alte Standuhr tickte und eine Fliege vergeblich auf den bunten Bändern nach Nahrung suchte. Doch jetzt stutzte Moni, da immer mehr Leute an ihrem Schaufenster eilig in Richtung Marktplatz vorbeiliefen, ohne dass auch nur einer von ihnen für einen kurzen Gruß bei ihr hereingeschaut hätte. So viel Hektik war sie in der engen Gasse mit den Sandstein- und Fachwerkhäuschen nicht gewohnt. Neugierig trat sie vor die Tür.

„Was ist denn da los?", fragte sie Walburga, die Holzkleiderbügelfachgeschäftsfilialleiterin von nebenan, die an ihr vorbeilief. Die rief ihr gehetzt zu: „Am Rathaus. Am Rathaus." Schon war sie außer Sicht- und Hörweite verschwunden.

Moni band dem Hund Franz ein zartrosa Band mit gestickten dunkelroten Rosen in Hegel'scher Schleifenart um den Hals. Eine moderne Rosenzüchtung hatte als Vorlage für die gestickten Blumen gedient, was bei Anselm Scharrer Stirnrunzeln hervorgerufen hatte. Dem Mischlingshund schien das aber egal zu sein, er hatte wenig gartenhistorisches Bewusstsein. Dann gingen die Drei gemeinsam zum Marktplatz die Gasse hinauf.

So einen Auflauf hatten sie in der kleinen Stadt noch nie gesehen. Nicht einmal bei den alle drei Jahre stattfindenden Pudelfestspielen war der Platz jemals so voll gewesen. Es schienen fast alle Einwohner auf einmal da zu sein.

Ob jung oder alt, alle schrien durcheinander. Sie gaben lauthals ihre Meinung kund, änderten diese aber schnell, sobald sie bruchstückhaft irgendeine unausgegorene Idee, wie das eine mit dem anderen zusammenhängen würde, vernahmen und fingen wieder von Neuem an, laut zu rufen. Ein jeder glaubte, nur er wüsste, was richtig sei, welche Meinung die einzig wahre wäre. Niemand verstand, warum die anderen ihm nicht Recht geben wollten, sondern selber ihre dümmlichen Ansichten herausposaunen mussten.

Schnell wurde mit Gewalt gedroht, nur weil jemand eine andere Ansicht hatte als der andere. Moralisch war schon längst ein jeder verurteilt worden, in der falschen Ecke der Meinungsvielfalt zu stehen.

Mitten auf dem Platz stand inzwischen ein knallrotes Feuerwehrauto. Darauf saßen junge, kräftige Männer. Sie versuchten vergeblich, durch Rufe die Leute dazu zu bringen, zur Seite zu gehen, damit der Wagen zum Rathaus vorfahren könnte. Schließlich gaben sie auf und sprangen von dem Rettungswagen herab. Sie schoben die lange Feuerwehrleiter über ihren Köpfen durch die Menge. Das führte zu noch mehr Geschrei, da niemand einsehen wollte, warum ausgerechnet er den Rettern aus dem Weg gehen musste. Sollten das doch die anderen tun.

Anselm Scharrer erstarrte, als er die Giraffe die seelenruhig die Geranien im ersten Stock des Rathauses fraß, in der Menge entdeckte. Einige der Blumenkästen hatte sie schon vollkommen kahlgefressen. Statt blühender Blumenkissen, die an der grauen Steinfassade weit herabhingen, sah er jetzt nur noch dunkelbraune Plastikkästen mit traurigen Pflanzenstielen, die wie Stacheln wirkten.

Sogleich wurde er wütend. Hatte dieser Unhold von Zoodirektor nun also die Giraffe auch noch auf die städtischen Geranien gejagt! Was war das nur für ein respektloser Kerl, dieser Meyerheim! Dem schien nichts heilig zu sein, was mit Botanik zu tun hatte. Erst seine historischen Rosen, jetzt die behördlichen Blumen. Aber was wollte der Zoodirektor damit erreichen, dass seine Giraffe in der ganzen Stadt die schönsten Blumen fraß?

Moni stand neben ihm und beobachtete gelassen das ganze Spektakel, das sich vor ihnen auf dem weiten Platz mit den alten Sandsteinhäusern ausbreitete. Sie sagte nichts, sondern schüttelte nur leicht ihren Kopf und lächelte still.

Da kamen aus einer Gasse auf der gegenüberliegenden Seite des Marktplatzes die Professoren von der ehrwürdigen Universität, die am Rand des kleinen Städtchens lag, herangelaufen. Sie hatten ihre langen dunklen Talare gerafft, so sehr eilte es sie, den Ort des Geschehens zu erreihen.

Tatsächlich schienen sie wie immer, wenn sich in der Gesellschaft etwas tut, die letzten zu sein, die etwas davon mitbekommen hatten. Erst als kein einziger Student zu einer Vorlesung erschienen war, weil sie lieber die Giraffe sehen wollten als öde Formeln zu lernen, hatten die Gelehrten von der Aufregung in der Stadt überhaupt Notiz genommen.

Zuerst hatten sie mit der Frage gehadert, ob es für Wissenschaftler angemessen sei, sich unter das erlebnishungrige Volk zu mischen. Würden sie damit nicht einem so profanen Ereignis wie einem blumenfressenden Säugetier eine unnötige Aufwertung zukommen lassen? Aber dann hatte auch bei ihnen die Sensationslust, sie nannten es natürlich wissenschaftliche Neugier, die Überhand gewonnen.

Wie immer, wenn die Herren Professoren sich in der Öffentlichkeit einmischten, führte das nur zu Verwirrung und Streit. Denn sie begannen stante pede mit Theorien, Namen und Fußnoten um sich zu werfen, die entweder richtig oder falsch zitiert, aus den Zusammenhang gerissen oder für das Ereignis vollkommen bedeutungslos waren. In jedem Fall aber verwirrten sie die Umstehenden restlos. Für all jene, die durch die wissenschaftlichen Argumentationsketten noch nicht vollkommen durcheinandergebracht worden waren, begannen die Professoren mit der Kunst der Statistik zu spielen. So wurden noch die letzten Zweifelnden mundtot gemacht, was den Professoren als der endgültige

Beweis ihrer geistigen Überlegenheit und Unabkömmlichkeit für die kleine Stadt galt.

Wer konnte, nahm kopfschüttelnd Reißaus vor den Universitätsgelehrten. Denn ob man nun die Theorien von Max Stirner oder Anton Wilhelm Amo für dieses ungewöhnliche Ereignis zu Rate ziehen sollte, war fast allen egal. Im Gegensatz zu den Professoren wollten sie statt Theorien das Ereignis, also die Giraffe, selbst erleben und genießen und waren ansonsten mit selbsterdachtem Halbwissen ohne Fußnoten mehr als zufrieden.

So griffen sich die Professoren die Studenten, derer sie habhaft werden konnten, zogen ihnen die Ohren lang, im Aberglauben, sie würden so die Wissenschaft besser verstehen, und beschwatzten diese mit ihren Theorien. Immer mit der Drohung verbunden, dass alles, was sie ihnen hier auf dem Marktplatz erzählten, in Kürze Prüfungsstoff sein würde.

Die Studenten mit ihren schmerzenden Ohren nickten zu jeder angeführten Fußnote unglücklich und sahen sehnsüchtig den Kommilitonen, die den Professoren entwischen konnten, hinterher. Denn die verbündeten sich, nicht ganz standesgemäß, mit den Burschen von der Molkerei, um gemeinsam einige Fässchen aufzumachen. Als dies die Männer von der Feuerwehr sahen, ließen sie die Leiter angelehnt am Rathaus neben der Giraffe stehen und liefen zu ihnen. Durstig könne man ja unmöglich die restlichen Geranien retten oder gar eine Giraffe in den Zoo zwingen.

Der Wirt vom Gasthaus gegenüber des Rathauses witterte sofort eine Gelegenheit, an einem gewöhnlichen Wochentag den großen Reibach machen zu können. Schnell rief er seine Lehrjungen zu sich und befahl ihnen, mit Krügen voll Gin und Kakao durch die Menge zu gehen und den Trunk an die durstigen Leute zu verkaufen.

Natürlich hatte der eine oder andere Stift reichlich von dem Gin genascht, als er beim Wirt seine Krüge wieder auffüllen ließ. Doch statt wie sonst setzte der diesmal den Jungen keine Backpfeife. Denn er war, ob des plötzlichen klingenden Geldsäckchens, so zufrieden, dass er die pädagogische Gepflogenheit der körperlichen Strafe ganz vergaß.

Die anderen Wirte und die Kaffeehausbesitzer eiferten ihm in Windeseile nach, und so gab es noch vor dem Mittagsläuten ein großes Hallo auf dem Platz. Die Leute tranken, sangen und tanzten. Die Professoren erklärten und zogen allen, derer sie habhaft werden konnten, die Ohren lang. Die Borschárdt malte ein Bild nach dem anderen, und die Albern fragte alle über ihre Meinung und das Leben an sich aus.

Mitten in der Menge tanzte ein Mann mit vollem verfilzten Haar und ungepflegtem Bart. Im Mund hatte er nur einige wenige schiefe gelbe Zähne, seine Fingernägel waren lang und schmutzig. Seine ausgewaschene Nietenhose rutschte ihm bei jedem Schritt tief herunter, aber das störte Wieland nicht, denn heute gab es für ihn reichlich Frei-Gin. Er war der selbsternannte Messias der kleinen Stadt.

Im Rathaus zitterte der Bürgermeister derweilen am ganzen Leib wie Espenlaub. Die schwere Amtskette um den Hals klapperte, als sei sie nicht aus Gold, sondern eine rostige Zuchthauskette. Was sollte er nur tun? Giraffophobie klingt in vielen Ohren lächerlich, zumindest wenn man weit weg von Afrika lebt. Aber wer einmal eine solche Angststörung gehabt hatte, der weiß, welch unangenehme Folgen sie haben kann. Der Spott der Menschen machte den Umgang mit der Krankheit nicht leichter.

Nun kam zur Furcht vor Langhalstieren beim Bürgermeister auch noch die Angst vor dem Wahlvolk hinzu.

Spott und Hohn waren kein gutes Argument für eine Wiederwahl. Dabei konnte er als historisch gebildeter Mann sich noch viel Schlimmeres vorstellen als eine Abwahl. Vorsichtig fasste er sich an seinen Hals. Noch saß der runde Kopf fest auf seinem Rumpf. Trotzdem blieb dem Bürgermeister nichts anderes übrig, als unter den Schreibtisch zu kriechen und sich dort zusammengekauert zu verstecken. Den Papierkorb schob er zur Sicherheit vor sich wie einen Stein, den man vor den Eingang einer Höhle rollt.

Das Vorzimmerfräulein Elke stand derweilen am Fenster und musste ihm berichten, was sich auf dem Marktplatz tat. Sie wäre gerne unter die Leute gegangen, denn sie fand die Stimmung sehr anregend, und sie hatte auch keine Angst vor Giraffen. Aber als Sekretärin konnte sie schlecht ihren Chef alleine lassen. Dabei stellte er sich alles, was sie ihm schilderte, trotz ihrer beruhigenden Worte, tausendmal schlimmer vor, als es tatsächlich war. Lachende Menschen wurden in seinen Vorstellung zu höhnisch grinsenden Revolutionären. Diskutierende Professoren zu ungerechten Richtern. Kräftige Molkereiburschen zu finster blickenden Henkern. Ach, hätte er doch nur den Mut gehabt, selbst hinzusehen. Doch so bangte er in seinem vermeintlich sicheren Loch immer mehr um sein Leben. Die Bastille und Jekaterinburg waren das, was in seinem Hirn herumspukte. So war Elke verdammt dazu, dem Volksfest nur zuzusehen und ihrem Chef weiterhin beschwichtigende Worte zuzusprechen.

Nach einiger Zeit hatte Moni genug von dem wüsten Gelage, zu dem sich der Auflauf dank des Ausschanks der Wirte entwickelt hatte. Sie zog Scharrer am Ärmel, damit sie zurück zum Hundeschleifenladen gingen. Aber gerade als sie sich umdrehten, entdeckte die Giraffe den kahlen

Kugelkopf des Museumsmanns zwischen all den anderen Menschen. Sie schnaubte laut auf, schaute weder nach rechts noch nach links, vor allem nicht nach unten, und stürmte zielgerichtet auf Scharrer los. Die Leute sprangen erschrocken zur Seite und schrien in Panik auf. Je weiter sie vom Geschehen weg waren, um so lauter und hysterischer wurden sie.

Als Scharrer und Moni das hochgewachsene Tier mit dem gesenkten Kopf auf sie zurennen sahen, erschraken sie gewaltig. Scharrer packte den Hund Franz unter den Arm, dann drehten sie sich auf den Fersen um, rannten, so schnell sie konnten, die enge Gasse hinab und schlossen sich in dem Hundeschleifenladen ein. Als sie vorsichtig durch das Schaufenster zwischen den neu eingetroffenen Bändern aus Bayreuth hindurchsahen, erblickten sie nichts als vier sehr dünne lange Beine mit braunen Flecken. Konnten sie da beruhigt durchatmen? Nein, denn plötzlich kam von oben, wie aus dem Nichts, der Kopf der Giraffe ganz nah an das Fenster. Sie drückte ihre breite Nase fest an die Schaufensterscheibe und starrte sehnsuchtsvoll mit ihren großen dunklen Augen auf den kleinen runden Mann, der zitternd hinter den Verkaufstresen sprang. Dort wurde Anselm Scharrer heute zum zweiten Mal schwarz vor Augen.

Als Museumsdirektor Anselm Scharrer langsam wieder zu sich kam, sah er nichts als eine dunkle, feuchte Nase und zwei riesengroße braune Augen ganz nahe vor seinem Gesicht. Er fiel sofort wieder in Ohnmacht.

Später brauchte er einige Zeit, bis er verstand, dass er auf dem Biedermeiersofa im Büro des Hundeschleifenfachgeschäfts seiner Freundin Moni lag. Es war abermals sein geliebter Hund Franz gewesen, der auf seiner Brust gesessen hatte und ihn mit seinen großen braunen Augen sorgenvoll angesehen hatte.

Schon drei Mal war er heute in Ohnmacht gefallen. Wenn er gewusst hätte, dass auch der Bürgermeister schon ohnmächtig geworden war, hätte er sich noch mehr gewundert. Aber so war das an diesem seltsamen Tag in der kleinen Stadt, als die Giraffe aus dem Nichts auftauchte. Die stärksten Männer fielen reihenweise um und es schien sich alles irgendwie ständig zu wiederholen. Ein Kreislauf, der nicht aufzuhören drohte.

Moni stellte Scharrer einen frisch angerührten Kakao auf das Beistelltischchen und setzte sich in den schwedischen Schaukelstuhl mit dem schottischem Stoffbezug daneben.

„Sie haben die Giraffe in den Zoo gebracht."

„Ist sie wirklich weg?"

„Soweit ich weiß, sind alle wilden Tiere hinter Schloss und Riegel. Ob es allerdings gut ist, Tiere in diese engen Käfige zu sperren, möchte ich bezweifeln."

„Da magst du im Prinzip Recht haben. Im Moment fühle ich mich aber einfach sicherer, wenn mich keine Giraffe mehr verfolgt oder meine Rosen frisst."

„Wieso ist diese Giraffe denn eigentlich so vernarrt in dich?"

„Wenn ich das wüsste. Ich weiß nicht, wo sie herkommt. An allem ist nur Meyerheim schuld."

Was sollte Anselm Scharrer mit der Giraffe zu tun haben? Er hatte sich noch nie sonderlich für exotische Tiere, die bedeutend größer waren als er, interessiert. Ihm reichte die Freundschaft zu seinem Hund Franz, zu dem er gerne herabblickte.

Keine Stunde später betrat Anselm Scharrer zusammen mit seinem Mischlingshund endlich das Museum der kleinen Stadt, das er seit vielen Jahrzehnten leitete. Reismund, der an der an der Kasse saß und für die Aufsicht wie für das Staubwischen im Museum zuständig war, guckte verdutzt von der Lokalzeitung 'Pudel und Krone' auf.

Der Museumsdirektor hatte sich noch nie verspätet gehabt. Im Gegenteil, man hätte die Turmuhr der Laurentiuskirche nach ihm stellen können. Aber Reismund, der vom ganzen Trubel um die Giraffe nichts mitbekommen hatte, zog es vor, nicht nachzufragen. Er war zwar ein Mann, der die Routine liebte, aber noch mehr liebte er seine Ruhe. 'Es wird schon einen Grund haben, warum der Direktor zu spät kommt', dachte er sich und damit war es gut für ihn.

Was er nicht wusste, machte ihn nicht heiß. Gerade deshalb war die Arbeit als Aufsicht im städtischen Museum für ihn ideal. Hier gab es keine Massen von Leuten, wie in anderen Museen, die sensationsheischend und ungeduldig durch die Säle liefen, um enttäuscht festzustellen, dass Kunst nur dann Freude macht, wenn man Zeit und Mühe in ihr Verständnis investiert. Bekanntlich sieht man nur, was man weiß. Aber das widersprach der Haltung der meisten Menschen, die irgendetwas von Gefühlen beim Betrachten eines Bildes brabbelten und damit nur eine Ausrede für ihr kulturelles Desinteresse hervorbrachten. Dabei fühlten sie sich zugleich benachteiligt, weil sie nichts von dem verstanden, worüber Kenner sprachen. Kunst durfte doch keine Anstrengung kosten!

Das Schöne an dieser Sammlung war, dass hier, wie in den guten alten Tagen der Museumswelt, die Dinge unbeachtet herumstanden und darauf warteten, eines Tages von einem sehr belesenen Fachmann entdeckt zu werden.

Reismund grüßte den Museumsdirektor also wie jeden Tag nur mit einem kurzen Nicken, biss genussvoll in eine Gelbwurstsemmel und wandte sich dann wieder den schönsten Wolkenlichtbildern zu, die die Leser der Zeitung 'Pudel und Krone' zugeschickt hatten. Die Wolkenkunde war nämlich die einzige Freizeitbeschäftigung von ihm. Sonst wusste er nicht viel mit seinem Leben anzufangen. Alles machte ja ein bisschen Mühe und die Anstrengung lohnte sich viel zu selten, wie man an der oft belanglosen Kunst sah, befand er.

Der Museumsdirektor war heute sehr froh, dass Reismund so ein langweiliger Zeitgenosse war und stieg das monumentale Treppenhaus in die Kunstabteilung des Museums hinauf. Er ging durch den Saal mit Gemälden der Malerin Dora Hitz, der bekannten Künstlerin, die in der kleinen Stadt geboren worden war, zu seinem Büro. Machten die Frauen auf den Bildern Witze über ihn? Natürlich war das eine dumme Vorstellung. Die Gemälde waren alt und sicher hätte sich die Hitz niemals vorstellen können, dass in ihrer Geburtsstadt dereinst einmal eine liebestolle Giraffe die schönsten Blumen fressen und einen ehrwürdigen Museumsdirektor vor allen Leuten ausziehen würde. Trotzdem wurde er beim Anblick der Frauenporträts nervös.

Ihm fiel ein Bild des amerikanischen Malers Norman Rockwell ein. 'The Art Critic'. Darauf steht ein Kopist, mit Staffelei und Palette unter dem Arm, gebeugt vor dem Porträt einer kessen barocken Dame und betrachtet mit einer Lupe das gemalte Schmuckstück auf ihrem üppigen Dekolletee. Was der Betrachter der Goldschmiedearbeit nicht wahrnimmt, ist der amüsiert - spöttische Blick der porträtierten Frau über diesen etwas heiklen Studieneifer. Oder blickte die Frau auf dem Gemälde immer so? Wer weiß. Es wurde Zeit, sich die Bilder von Dora Hitz wieder einmal genauer anzusehen. Gute Kunst zeichnet sich unter anderem dadurch aus, dass man immer wieder neue Aspekte in ihr entdecken kann.

Schnell schlüpfte Scharrer durch die Tapetentür in sein Direktorenbüro, das Zeugnis seiner jahrzehntelangen Forschungsarbeit über tote Künstler abgab und seinem Arbeitszimmer zu Hause verblüffend glich. Menschen haben eben nur ein Einrichtungssystem, oder sollte man Stil sagen, egal wie viele Räume ihnen zur Verfügung stehen. Scharrer konnte nur im kreativen Chaos leben und arbeiten. Ein aufgeräumter, leerer Schreibtisch hätte seinen mentalen Tod bedeutet.

Bücher über Bücher stapelten sich in den Regalen, auf Stühlen und Tischen. Dazwischen verstaubten Skulpturen und ausgestopfte Tiere, die den Direktor immer daran erinnerten, dass das Museum nicht nur eine Kunstsammlung beherbergte, sondern auch mumifizierte Tiere.

Noch viel langweiliger für Anselm Scharrer waren aber die Paläontologie und die Mineraliensammlung. Als Kind hatte er sich noch für bunte und seltsam geformte Steine sowie die Skelette von Urtieren begeistern können. Er liebte es, zusammen mit seinem Großvater, einem stadtbekannten Geologen, die Sonntagnachmittage vor den Glaskästen mit den seltene Steinen und den versteinerten Abdrücken längst ausgestorbener Tiere zu verbringen. Damals wollte er in die Fußstapfen des Großvaters treten und Mineralienforscher werden, oder noch besser, Dinosaurierknochen ausgraben und unbekannte Urzeitechsen entdecken.

Doch nun ging er meist ärgerlich durch den Urzeitechsensaal mit den rekonstruierten hoch aufragenden Skeletten, die doch nie vollständig waren. Immer fehlte ein Knochen, oder mehr. Er schritt stets schlechtgelaunt durch die

Säle mit den Dioramen, in denen präparierte Tiere in scheinbar natürlicher Umgebung präsentiert wurden. Er lief an den Schaukästen mit den Steinen aus allen Ecken der Welt entlang und ärgerte sich, dass diese toten und stummen Zeugnisse der Naturgeschichte ihm den Platz nahmen, um noch mehr Kunst auszustellen.

Was sollte das Sammeln von diesen Fragmenten der Natur bringen? War es nicht die Kunst, die das Leben erst erträglich machte? Schopenhauer, dem er äußerlich und charakterlich immer ähnlicher wurde, wenngleich dieser statt eines Mischlings einen Pudel sein Eigen genannt hatte, hatte Recht gehabt, sagte sich Scharrer. So weigerte er sich im Laufe der Jahre immer mehr, sich um die Naturaliensammlung des Museums zu kümmern. Sollte doch der Museumswärter Reismund die ausgestopften Tiere und die Vitrinen mit Mineralien vom Staub befreien, er würde sich nicht mehr um das Knochengerüst eines Kleinen Kaninchennasenbeutlers oder eines Grandidierit aus Madagaskar kümmern. Wenn in Dioramen die ausgestopften Spatzen von ihren Ästen fielen, war ihm das einfach nur egal.

Nun aber saß Anselm Scharrer an seinem Schreibtisch und versuchte sich mit Atemübungen zu beruhigen. Einatmen. Ausatmen. Irgendwas, irgendwo im Körper spüren. Oder so ähnlich. Es half nichts. Die Erlebnisse heute hatten es wahrlich in sich gehabt. Die Zerstörung seines geliebten historischen Rosengartens. Die Peinlichkeit, von der Giraffe vor den Schulkindern und vor allem vor Frau Schorek und Frau Rechzange, den Rentnern, Meyerheim, dem Tierpfleger Schmidt und den beiden Polizisten nackt ausgezogen worden zu sein, war für ihn schwer zu verkraften. Die Verfolgung durch die Giraffe am Marktplatz war ein Alptraum gewesen. Das alles war zu viel für einen Mann in seinem Alter, der das ruhige Leben eines Kunsthistorikers gewählt hatte. Kunstgeschichte ist nicht gerade als die Wissenschaft bekannt, die ihre Forscher in den Herzinfarkt treibt.

Sein Hund Franz rollte sich derweilen in seinem Bastkörbchen ein und schlief den verdienten Schlaf eines Museumsdirektorenhundes. Ein Hund müsste man sein, dachte sich Anselm Scharrer. Da er aber keiner war, sondern ein ehrenwerter Museumsdirektor, ballte er wütend seine Hände zu Fäusten. 'Am liebsten würde ich...' Aber den Gedanken durfte er gar nicht erst zu Ende denken. Nein, denn wäre einmal so etwas überhaupt erst gedacht, wie er jetzt am liebsten gedacht hätte, dann wäre der Gedanke in der Welt. Was aber erst einmal in der Welt der Gedanken ist, lässt sich allein als Gedanke schon gedanklich nicht mehr rückgängig machen. Also dachte sich Scharrer, dass er das alles lieber nicht denken sollte, was er gerne denken wollte, sondern dass es besser wäre, ganz etwas anderes zu denken, als er gerade dachte.

Anselm Scharrer sprang von seinem Stuhl auf. Ein Stapel alter Bücher fiel von einem ungenutzten Skulpturenpodest. Eine Staubwolke wirbelte auf. Scharrer störte das nicht. Wütend trat er an das große Sprossenfenster und starrte auf das leere Plätzlein vor dem Museum. Er hatte so eine Wut im Bauch, er fand gar keine Worte mehr dafür, und das Denken hatte er sich leider gerade selber verboten gehabt.

Sicher war für ihn nur, dass hinter diesem gemeinen Streich mit der Giraffe ausschließlich der Zoodirektor Meyerheim stecken konnte. Seit Jahrzehnten gab es zwischen ihnen Streit. Dabei waren sie einst die besten Freunde gewesen. Hatten im Sommer in den Kirschbäumen zusammen gesessen und sich die damals schon stattlichen Bäuche mit den süßen Früchten vollgeschlagen. Oder die Ferien zusammen im Schwimmbad verbracht und den Bademeister mit ihren Arschbomben vom Drei-Meter-Brett geärgert. Sie hatten sich alles erzählt und waren immer füreinander eingestanden. Scharrer wusste noch, dass sie einmal an einem stillen Waldsee sich gegenseitig die Haut mit einem billigen Taschenmesser geritzt und ihre blutigen Unterarme aneinandergepresst hatten. Sie wollten ihr Leben lang Blutsbrüder sein. Wer von ihnen hatte diese schon damals altmodische Idee gehabt? Das wusste Scharrer nicht mehr, aber es ärgerte ihn nun ungemein, das Blut seines Erzfeindes in seinem Körper zu wissen.

Ihm war nicht klar, warum und wann genau sie sich zerstritten hatten. Er konnte sich beim besten Willen nicht erinnern. Irgendjemand hatte einmal behauptet, ihr Zerwürfnis hätte im Lateinunterricht angefangen. Er hätte den Meyerheim bei einer wichtigen Prüfung nicht abschreiben lassen wollen. Aber Scharrer konnte sich nicht vorstellen, dass das stimmte. Ihm war es doch immer egal gewesen, dass Meyerheim die Schule vernachlässigte und für Bücher, Kunst oder seine damalige geliebte Kaninchenzucht kein Interesse hatte. Es gab anderes, wichtigeres, was sie verbunden hatte.

Also musste denn, wenn er wirklich Meyerheim nicht in Latein hat abschreiben lassen wollen, zuvor etwas wichtiges Anderes vorgefallen sein. Aber was? Er wusste es nicht, und niemand konnte es ihm sagen. Mit Meyerheim redete er nicht. Sonst hätte er vielleicht den ursprünglichen Grund ihres Zerwürfnisses erfahren. Wahrscheinlich war es etwas Lächerliches, das man nur als Heranwachsender ernst genommen hat. Aber das wäre nun auch egal. Denn in den letzten Jahrzehnten hatten sie sich mit zahlreichen Beleidigungen und leider noch viel Schlimmerem nichts Gutes getan. Das war nicht so einfach wettzumachen. Scharrer musste zugeben, dass er keinesfalls ein Unschuldslamm in dieser leidvollen Geschichte war. Stolz konnte er wirklich nicht auf sich sein.

Aber heute die Giraffe! Das war eine ganz andere Geschichte als die Streiche bisher. Meyerheim hatte sicher gedacht, dass er ihm damit erheblich schaden könne und trotzdem niemand ihm die Schuld zuschieben würde. Tieren verzeiht man alles. Vor allem, wenn sie solch wunderschöne Augen wie eine Giraffe haben. Zugleich war Scharrer ein bisschen eifersüchtig auf die Idee, die Phantasie und die Energie, die Meyerheim in seinen Rachefeldzug gelegt hatte. Mit einer Giraffe im Rosengarten konnte er nun wirklich nicht mithalten.

Um sich abzulenken, kümmerte sich Scharrer um seine Arbeit. Anfragen anderer Museen, ob er eine der Marmortafeln mit Versteinerungen aus dem örtlichen ehemaligem Steinbruch, die Goethe schon zu schätzen gewusst und in seine Sammlung aufgenommen hatte, verleihen würde, warf er unbeantwortet in den Papierkorb. Solch ein Leihverkehr machte nur Mühe. Zudem entschuldigte er sich damit, dass er keinesfalls für die Langeweile von Museumsbesuchern an anderen Orten verantwortlich sein wollte.

Lieber kümmerte er sich um die Kunst. Es gibt Künstler, die trotz ihrer überragenden Leistung kaum jemand kennt. Anselm Scharrer machte sich als Kunsthistoriker für die Wiederentdeckung dieser großen Unbekannten stark. Derzeit lief noch eine Ausstellung über das Werk von Gustav Metzger. Das war an sich schon eine Leistung, denn der in der nahen großen Stadt geborene Künstler war nicht nur einer der bedeutendsten Künstler des letzten Jahrhunderts gewesen, sondern auch für den Kunstbetrieb einer der schwierigsten. Wenn ein Künstler vor allem mit der Zerstörung seines eigenen Werkes beschäftigt ist, was außer Theorie bleibt dann zu zeigen?

Trotzdem hatte Metzger mehr Einfluss auf die Kultur, als viele ahnten. Seine Fragen nach Schaffung und Bewahrung von Kunst verliehen der Bedeutung eines materiellen Kunstwerkes und der Kreativität an sich eine neue Wertigkeit.

Auch in der populären Kultur hatte er überraschend tiefe Spuren hinterlassen, ohne dass dies kaum einer wusste. Hatte nicht dieser englische Rockmusiker mit der großen Nase, der einst Schüler von Gustav Metzger an der Akademie gewesen war, die Zerstörung seiner Gitarren auf Konzertbühnen mit der Kunst seines Lehrers begründet? Folgten ihm wiederum nicht unzählige Musiker in diesem Beispiel bis heute, ohne auch nur zu ahnen, welch komplexe konzeptuelle Kunst hinter dieser Attitüde des sogenannten wilden Lebens eigentlich einmal gestanden hatte?

Wie erwartet, war die Ausstellung über Gustav Metzger kein Publikumserfolg geworden. Aber Scharrer ging es ja nie darum, die Massen in sein Museum zu locken. Ihm ging es um die vielgerühmte Qualität in der Kunst, und die bestimmte als Museumsdirektor noch immer er selbst.

Das nächste Ausstellungsprojekt war einem weiteren großen Unbekannten, dem Maler Johann Kupetzky, gewidmet. Was den Barockmaler mit dem Konzeptkünstler Metzger verband? Nichts. Außer einem biographischen Zufall. 1939 musste Metzger als Kind seine Geburtsstadt wegen seiner jüdischen Herkunft verlassen, um zu überleben. 216 Jahre zuvor war Kupetzky in eben diese Stadt aufgrund seines protestantischen Glaubens geflohen und hatte dort Asyl gefunden. Eine schwierige Geschichte, und es schmerzte Scharrer sehr, dass in seiner Heimat Toleranz nur für die eigenen Glaubensbrüder existiert hatte.

Kupetzky stammte aus der heutigen Slowakei. Seine Familie waren Weber gewesen und hatten den Böhmischen

Brüdern angehört. Unter den Habsburgern hatten sie einen schweren Stand gehabt. Kupetzky, der seinem protestantischen Glauben sein Leben lang treu blieb, hielt sich trotzdem jahrzehntelang in Rom auf. Auch verbrachte er längere Zeit am Hof in Wien und wurde ein Günstling der Kaiser Leopold I. und Joseph I.. Der Fürst Liechtenstein und viele andere Adelige schätzten ihn sehr. Wer damals zur Gesellschaft gehörte, musste sich von ihm porträtieren lassen.

Scharrer liebte diese in dunklen Farben gehaltenen Porträts. Obwohl es Forscher gab, die Kupetzky bis zu 15.000 Bilder zusprachen, eine Zahl, die Scharrer maßlos übertrieben erschien, war der Künstler nie ins Serielle abgeglitten. Er schien jede Persönlichkeit, die er gemalt hatte, individuell erfasst zu haben und deren Wesen und Charakter auf das Vortrefflichste wiedergegeben zu haben.

Es gab zwei Dinge, die Anselm Scharrer derzeit am Leben und Werk des Künstlers besonders beschäftigten. Da gab es zum einem den rätselhaften Hinweis auf seine Mitgliedschaft in dem Geheimbund 'Wolfsorden'. Die Freimaurer mit all ihren Untergruppen und Nebenströmungen waren zu Kupetzkys Zeit eine große Bewegung gewesen, die die Aufklärung vorangetrieben hatte. Gerade hier, in der kleinen Stadt mit ihrer alten Universität, war eines der Zentren der Illuminaten gewesen, und bis heute hielten sich Gerüchte in der Stadt, dass der eine oder andere Professor noch immer sich im Geheimen mit Gleichgesinnten zu rätselhaften Zeremonien traf. Wenn er doch nur Zugang zu diesen Kreisen hätte, vielleicht würde er etwas über diesen Wolfsorden herausfinden.

Das andere, was Scharrer derzeit im Zusammenhang mit Kupetzky beschäftigte, war das gestern aus Leipzig eingetroffene Porträt des Malers David Hoyer. Der sächsische

Hofmaler, von dem nur wenige und nicht sehr überzeugende Arbeiten bekannt waren, soll von seiner Schwester Susanna, der sogenannten Wittenberger Giftmischerin, aus Habgier getötet worden sein. Kannte man diese Geschichte, schien Kupetzky schon etwas in dem Porträt von dem Ende des Künstlerfreundes vorweggenommen zu haben. Oder bildete er sich da einfach nur etwas ein?

Scharrer vertiefte sich in das Studium des Bildes. Im dunklen Hintergrund, auf einer Staffelei, war ein Porträt eines sächsischen Kurfürsten zu sehen. Es wirkte fast, als ob sich Kupetzky über das mangelnde Talent von Hoyer lustig gemacht hatte und ihm mit seinem Bild dazu geraten hatte, lieber Musik zu machen als zu Malen. Oder sollte die Laute in den Händen von Hoyer darauf hindeuten, dass sich der sächsische Künstler zu wenig um die Malkunst und zu viel um andere Freuden gekümmert hatte, überlegte der Museumsdirektor und machte sich Notizen zur protestantischen Arbeitsethik, als es an der Tür dreimal laut klopfte.

Statt Museumswärter Reismund, den der Direktor erwartet hatte, trat Heidrun Albern, die rasende Reporterin von 'Pudel und Krone', mit großem Hallo ein. Anselm Scharrer hob sofort das Gemälde von Kupetzky an, um sich dahinter zu verstecken. Es war eine Reaktion wie die eines kleinen Kindes. Die Albern verzog ihr Gesicht zu einem verächtlichen Grinsen: „Männer!"

Achtlos setzte sie sich auf einige kostbare Folianten aus dem frühen 18. Jahrhundert, die auf einem kunstvoll gedrechselten Stuhl der Renaissance aufeinandergestapelt waren. Sie zog ihren Notizblock und einen gespitzten Bleistift, der in diesem Moment für Scharrer wie ein bedrohliches Stilett wirkte, aus ihrer fleischfarbenen Krokodilimitathandtasche hervor.

Franz, um seine Ruhe gebracht, sprang wütend aus seinem Körbchen und knurrte die Journalistin mit gefletschten Zähnen an. Das verunsicherte die rasende Reporterin keineswegs. Sie trat im Sitzen leicht nach dem Hund, der sich mit eingezogenem Schwanz verzog und sie aus sicherer Distanz wachsam im Auge behielt.

Mit einem süffisanten Lächeln wandte sich die gertenschlanke Heidrun Albern an den übergewichtigen Museumsdirektor: „Erzählen sie!"

Scharrer wurde es schlagartig heiß. Wenn die Albern so mit ihm sprach, dann war das keine Frage, sondern eine Anklage. Am besten, er redete über ein Thema, in dem er sich durch Fachwissen auf sicherem Boden zu bewegen wusste und jeden Laien mit Verweis auf willkürlich genannte Namen und Theorien demütigend zum Schweigen bringen konnte: Die Kunst. Notfalls zitierte er den Dialektiker Hegel, der einer der wichtigsten Kunstphilosophen gewesen war. Es gibt ja kaum einen Philosophen, dessen Werk mehr Angstzustände der geistigen Überforderung erzeugt als dieser. Dabei war es durchaus denkbar, dass Hegel aus der nahen großen Stadt, wo er am Gymnasium unterrichtet hatte, auch einmal in die kleine Stadt gekommen war. 'Etwas Lokalpatriotismus in der Metaphysik würde dem einen oder anderen sicher gut stehen', dachte Scharrer. Aber dies war nun wirklich ein ganz anderer Diskussionsstoff.

So fing der Museumsdirektor mit allgemeinen Sätzen zum Museum an: „Unsere nächste Ausstellung ist dem wunderbaren Porträtisten Johann Kupetzky, der in der nahen großen Stadt als Glaubensflüchtling gestorben ist, gewidmet."

„Herr Scharrer, sie wissen sehr gut, dass ich nicht wegen Ihrer nächsten Sonderausstellung gekommen bin, sondern wegen der Ereignisse heute Morgen. Das ist es, was unsere Leser interessiert. Nicht verstaubte Kunst aus längst vergangenen Zeiten."

„Keine Kunstgeschichte?"

„Nein. Keine Geschichten. Nur Fakten."

„Die Ereignisse heute Morgen?" Scharrer wischte sich mit einem blaugepunkteten Stofftaschentuch, in das mit silbernem Faden seine Initialen gestickt waren, den Schweiß von der Stirn. Über die Geschehnisse um das Giraffentier mit der Presse zu reden lag ihm gar nicht. Ihm war peinlich, vor allen nackt gewesen zu sein. Davon wollte er in der Zeitung nichts lesen. Sein Körper gehörte ihm.

Andererseits, wenn er es recht bedachte, konnte er die Gelegenheit nutzen, um den Zoodirektor in ein schlechtes Licht zu rücken. Warum nicht die Medien für seine Rache nutzen?

„Nun, ich habe noch keine endgültige Bestandsaufnahme machen können, aber ich fürchte, dass alle meiner historischen Rosen für immer zerstört sind. Es ist eine ungeheure Katastrophe. Ein Verlust, über dessen Ausmaß ich mir in seiner Wirkung noch nicht vollkommen bewusst werden konnte. Diese wundervollen, kostbaren alten Rosenstöcke sind unersetzlich. Meine geliebte Violacea oder meine preisgekrönte Perle von Weißenstein. Plattgedrückt, weggefressen, in einem Giraffenbauch vermischt mit ordinären Rathausgeranien! Man muss es so drastisch sagen, aber mein Lebenswerk, abgesehen von der Arbeit hier natürlich, ist ausgelöscht worden und das alles ausschliesslich, weil Meyerheim nicht auf seine Tiere aufpassen kann. Stellen sie sich vor, nicht die Giraffe wäre aus dem Zoo geflohen, sondern der brüllende Löwe Dieter!"

„Aber die Giraffe stammt nicht aus dem Tiergarten. Niemand weiß, woher die Giraffe stammt."

„Nicht aus dem Zoo? Das ist eine Behauptung von Meyerheim. Bewiesen ist das noch lange nicht."

„Wie wir heute alle am Marktplatz beobachten konnten, hat die Giraffe eine sehr starke Neigung zu ihnen."

„Zu mir? Das mag so scheinen. Aber ich bestreite es."

„Die Giraffe scheint geradezu verliebt in sie zu sein."

„Das ist lächerlich. Eine verliebte Giraffe. In mich? Können Giraffen überhaupt lieben?"

Aber natürlich hatte die Albern ihn bei seiner Eitelkeit gekitzelt. Jeder hört gerne, dass er geliebt wird. Selbst wenn er nur von einer dahergelaufenen Giraffe begehrt wird.

„Es gibt Gerüchte, dass sie mit der Giraffe etwas nicht so Schönes vorhatten."

„Was für Gerüchte? Ich weiß von nichts." Jetzt erschrak der Museumsmann. Hatte Meyerheim an die Medien bösartige Gerüchte gestreut? Zuzutrauen war ihm jede Gemeinheit.

„Seit Jahren staubt die Naturkundeabteilung des Stadtmuseums vor sich hin, und zugleich fehlt ihnen ein besonderes Highlight für das große Treppenhaus. Könnte es nicht sein, dass sie die Giraffe eigentlich ausstopfen und in das Treppenhaus stellen wollten?"

Das war die Höhe. Selbst wenn er keine Tiere außer Hunde und Kaninchen mochte, er würde doch nicht einfach ein Langhalstier schlachten lassen, um eine Museumsattraktion zu haben! Vor allem wollte er keinesfalls noch so ein dummes ausgestopftes und Motten anziehendes Ding in seinem Museum haben! Scharrer sprang auf. Barsch wies er die Journalistin aus dem Zimmer.

Die aber fotografierte mit gleißendem Blitzlicht den Museumsdirektor, wie er mit knallrotem, wutverzerrtem Gesicht, einen Briefbeschwerer aus böhmischem Kristallglas in der erhobenen Hand, hinter seinem Schreibtisch stand und sie anbrüllte.

Beim Hinausgehen rief sie ihm in der offenen Tür noch zu: „Was ist gestern Nacht eigentlich geschehen?"

Wutschnaubend stapfte Anselm Scharrer mit seinem Hund auf knirschenden Kieswegen durch den botanischen Garten der Universität. Der war nach den Plänen von Professor Ludwig Jungermann streng symmetrisch und nach wissenschaftlichen Regeln angelegt worden. Selbst die aufgestellten Kopien antiker Statuen konnten die langweilige Atmosphäre des Gartens nicht aufheben, weswegen hier selten jemand anzutreffen war. Ein Ort der Ruhe und Abgeschiedenheit. Frische Luft tat Scharrer jetzt gut. Aber den Anblick seines zerstörten Rosengartens hätte er sich im Moment nicht antun können.

Nach dem Gespräch mit der Journalistin hatte er nicht mehr weiter arbeiten wollen. So sehr hatten ihre Unterstellungen ihn aufgeregt. Die Behauptungen der Reporterin waren ungeheuerlich und gefährlich. Aber Heidrun Albern war nicht irgendein Biest, das ihn nur aus sadistischen Vorlieben heraus quälen wollte. Sie hatte ein gutes Gespür für das, was die Leute in der kleinen Stadt dachten. Das Problem war, dass sie diese Stimmungen nach Lust und Laune stärken oder dämpfen konnte.

Die Meinung der Albern und der Leute durfte ihm nicht egal sein. Wenn es wahr sein sollte, dass man ihn für einen potentiellen Giraffenmörder hielt, dann war alles verloren. Ein Museumsdirektor musste auf seinen Ruf achten, und die Artefakte eines Museums brauchten einen einwandfreien und ethisch halbwegs vertretbaren Herkunftsnachweis. Das stand außer Frage. Allein schon der Verdacht, er könnte Tiere töten, um sie auszustellen, würde das Ende seiner Karriere bedeuten.

Nicht Meyerheim schien in der öffentlichen Meinung der Schuldige an den Ereignissen heute Morgen zu sein, sondern er selbst. Dabei war doch ganz eindeutig er das Opfer in dieser Geschichte. Wie hatte es nur der Zoodirektor geschafft, ihn als Täter, gar als potentiellen Tierschlächter, in der Öffentlichkeit dastehen zu lassen?

Scharrers Brust verkrampfte sich. Angst, Wut und Rachegelüste erfüllten ihn. Seit Jahrzehnten machte ihm Meyerheim das Leben schwer. Wie oft hatte der Museumsdirektor schon überlegt, die kleine Stadt zu verlassen, nur um endlich den ewigen Sticheleien des Zoodirektors zu entkommen. Wenn da nicht sein Rosengarten gewesen wäre, er hätte schon längst woanders gelebt. Aber jetzt war die Rosenzucht Geschichte. Gab es noch einen Grund, in der kleinen Stadt zu bleiben?

Scharrer blieb mit seinem Hund Franz vor der blühenden Traubenkirsche stehen. Welch herrlicher Anblick der weißen Blüten. Aber welch bestialischen Gestank diese Pflanze verbreitete! So nahm er auch im Moment seine Heimat wahr, die für jeden Besucher wie ein Paradies wirken musste. Aber der Schein trog.

Oder war er zu hart und ungerecht? Hätte er sich an der Stelle der Leute nicht ähnliche Gedanken gemacht? Was sollte man schon glauben, wenn aus dem Nichts eine Giraffe auftauchte, die den berühmten Rosengarten zerstörte, die Geranien am Rathaus wegfraß und ganz offensichtlich im Liebeswahn den Museumsdirektor verfolgt hatte. Und der einzige sogenannte Fachmann im Ort, der Zoodirektor, verbreitete dann Lügen über ihn! Aber woher sollten das die Menschen wissen?

Meyerheim war nun eindeutig zu weit gegangen! Anselm musste ihm das Handwerk legen. Er würde jetzt gleich zum Oberpolizisten Schötz gehen und eine Anzeige gegen den ehemaligen Freund und jetzigen Feind wegen Tierquälerei, Sachbeschädigung, übler Nachrede und irgendwelchen anderen Dingen, die ihm bestimmt noch einfielen, erstatten. Das konnte er sich nicht gefallen lassen, wie hier mit ihm umgegangen wurde. Irgendwann war die Grenze erreicht!

Scharrer lief eilig an der Kopie der Florentiner Figurengruppe von Herkules und Cacus von Baccio Bandinelli vorbei. Dem Meyerheim würde er es zeigen, wie einst Herkules es dem seine Umwelt terrorisierenden Sohn des Vulkanus gezeigt hatte!

Am Gartenportal angelangt, wo die lieblichen rosa Anemonen blühten, hörte er die Glocken der Laurentiuskirche die sechste Stunde schlagen. Da fielen ihm wieder die Worte ein, die Heidrun Albern ihm zuletzt im Büro zugerufen hatte: „Was ist gestern Nacht eigentlich geschehen?"

Stunden später funkelten am Nachthimmel die Sterne. Der Mond stand tief und war sehr groß. Anselm Scharrer saß auf seiner Terrasse in einem dunkelroten Seidenpyjama ohne Schlafrock.

Es war, als hätt' der Himmel
Die Erde still geküßt,
Daß sie im Blütenschimmer
Von ihm nun träumen müßt'.

Die Luft ging durch die Felder,

Die Ähren wogten sacht,

Es rauschten leis' die Wälder,

So sternklar war die Nacht.

Und meine Seele spannte

Weit ihre Flügel aus,

Flog durch die stillen Lande,

Als flöge sie nach Haus.[1]

Als Scharrer das Gedicht leise vor sich aufgesagt hatte, rollte ihm eine Träne die Wange herunter. So sehr trafen die alten Worte Joseph von Eichendorffs seine Gefühle an diesem Abend.

Scharrer machte sich einen katholischen Kakao warm und dachte über den Tag und vor allem über die letzte Nacht nach. Es war, als ob die griechische Göttin der Magie, Hekate, ihn verzaubert hatte. Er konnte sich nur bruchstückhaft erinnern und fand den Zusammenhang zwischen dem, was er gestern Abend erlebt hatte, und den Geschehnissen des heutigen Tages nicht.

Sicher war für ihn nur, dass er gestern Abend bei *dem* gesellschaftlichen Ereignis des Jahres in der Stadt gewesen war. Die berühmteste Sängerin des Ortes, 'La Grodon', hatte in der klassizistischen Backsteinoper am Stadtweiher ihr großes Comeback gefeiert.

---

1 Joseph von Eichendorff,Mondnacht, Berlin 1837

Vor Jahren hatte sie sich zum Leidwesen aller Opernfreunde der kleinen Stadt von Bühne und Öffentlichkeit zurückgezogen, um sich ganz ihrer Leidenschaft, der Verkostung von Schokoladentrüffeln, hinzugeben. Nichts hatte man von ihr gehört oder gesehen. Nur der Bäcker Wolf schickte dreimal die Woche einen Lehrbuben mit fein eingepackten Schokoladentrüffeln zu ihr.

Scharrer war so manche Nacht an dem Reihenhaus der geheimnisvollen Diva vorbeigegangen, in der Hoffnung, durch die vielen Pflanzen auf ihren Fensterbänken einen Blick auf diese Meisterin der Sangeskunst werfen zu können. Aber vergebens. Sie blieb ein verborgenes Mysterium.

Als dann der glatzköpfige Operndirektor letzten Monat vollkommen überraschend angekündigt hatte, dass 'La Grodon' als Orontea in Antonio Cestis gleichnamiger Oper auftreten würde, war die ganze Stadt natürlich aus dem Häuschen.

Es gab einen erbitterten Wettstreit um die Karten, wie man es schon lange nicht mehr erlebt hatte. Der Operndirektor wurde mit Geschenkkörben, handgestrickten Socken und unmoralischen Angeboten überhäuft, in der Hoffnung Zutritt zu diesem Ereignis gewährt zu bekommen. Denn niemand wollte den Abend verpassen. Die einen, um das Scheitern einer einstmals großen Sängerin zu erleben. Die anderen, um ihren Triumph zu zelebrieren und vor allem, um die unendliche Sehnsucht nach ihrer aufwühlenden Stimme endlich wieder stillen zu können.

So hatten die Eierlieferanten, die Gemüsehändler und die Blumenverkäufer am gestrigen Tag alle Hände voll zu tun gehabt. Ein jeder, der das Glück hatte, im Besitz eines Einlassbilletts zu sein, bereitete sich je nach Gusto für den Vorhang vor. Einige besonders Gewitzte, denen es nur um das Spektakel ging, hatten sowohl Blumen wie altes Gemüse mitgenommen.

Doch am Ende des Abends sprangen auch die größten Skeptiker von ihren dunkelgrün gepolsterten Sitzen auf, klatschten unermüdlich mit erhobenen Händen, trampelten auf dem hölzernen Zuschauerboden, pfiffen mit zwei Fingern und johlten, bis sie heiser wurden. Selbst nach dem zwölften Vorhang war das Publikum nicht zu beruhigen gewesen und rief immer wieder nach der großen, unvergleichbaren Grodon. Sie solle ihnen doch bitte die Gnade gewähren, sich noch einmal vor dem samtenen Vorhang zu zeigen.

Die Grodon war technisch sicher bei weitem nicht so perfekt wie die Tebaldi, aber hatte in ihrer Stimme genau dieses nicht zu erklärende Moment, das Musikliebhaber im Innersten erbeben lässt und den Gesang über die Technik zur Kunst erhebt. Eine Stimme, die die Hörer leiden und lieben lässt. Von ihrer schauspielerischen Leistung wollten die begeisterten Opernbesucher erst gar nicht anfangen zu schwärmen, so ergriffen waren alle davon, wie sie ihre kurzen Finger abwinkeln konnte, um damit Leid oder Begierde auszudrücken. Ihr unvergleichlicher Wimpernschlag schien Tyrannen morden zu können und Helden zu erweichen.

Nach diesem Höhepunkt der Unterhaltungskultur hätte Scharrer unmöglich einfach nach Hause gehen können. Zusammen mit Bekannten war er in die Spelunke 'Na Und' gleich gegenüber der Oper am Stadtweiher gegangen.

Sie feierten bei Gin-Kakao die Rückkehr der einzigartigen Künstlerin auf die Bühne und die überaus gelungene Inszenierung. Eine Runde des gefährlich leckeren Getränks folgte auf die nächste. Aber an so einem Abend musste man die Kunst und das Leben feiern. Die Liebe sowieso. Mit wem auch immer.

Die Nacht wurde lang, und da gab es die eine oder andere bacchantische Szene, an die Anselm Scharrer nun lieber nicht mehr denken wollte. Räusche soll man vergessen. Sie sind für den Moment gemacht, aber nichts für die Erinnerung.

Wann und wie war er nach Hause gegangen? Konnte es sein, dass er noch im 'Bilitis' gewesen war? Wie war er nur vom 'Na Und' am Stadtweiher vor dem Oberen Tor zu dieser kleinen Discothek gekommen? Mit wem und warum?

Er ging doch sonst nie in das Tanzetablissement gleich neben der Polizeiwache. Dort spielten sie Musik, von der er nichts verstand, und es wurde erwartet, sich dazu zu bewegen, wie er es beim besten Willen nicht konnte.

Jetzt saß er allein auf der Terrasse und lief rot vor Scham an, als ihm langsam dämmerte, dass er gestern unter der glitzernden Discokugel zum neuesten Hit der 'Enzo Mafia Band' getanzt hatte. Ein Bein vor und zurück, seitwärts doppelt und dann Step. In seinen Händen ein weiterer Gin-Kakao.

Das war das letzte, an das er sich erinnern konnte. Das nächste, wovon er etwas wusste, war dieser Morgen, als er die schlafende Giraffe in seinem Rosengarten entdeckt hatte. Zwischen dem wüsten Tanz und dem süßen Schlaf, musste etwas geschehen sein. Irgendwie, irgendwo, irgendwann dazwischen musste die Giraffe erschienen sein. Aber wie konnte es sein, dass er das vergessen hatte? Ach Hekate, geheimnisvoll sind deine Taten.

So sternklar war die Nacht, doch Meyerheim stand versteckt hinter schweren Samtvorhängen und blickte ängstlich auf die Gruppe, die sich vor der Zoodirektorenvilla versammelt hatte.

Anders als Scharrer gedacht hatte, waren die Leute ganz und gar nicht auf der Seite des Zoodirektors. Im Gegenteil. Seit dem Nachmittag hatten sich die ersten Demonstranten gegen Tierhaltung in Zoos und gegen Meyerheim im Speziellen vor der alten Villa versammelt. Vor allem junge Leute, teils noch Kinder, aber auch vereinzelt Senioren, standen dort und protestierten für die Freiheit der Tiere.

Manche hatten billige Tierkostüme aus dem fernöstlichem Versandhandel an und veranstalteten einen Tanz der Pinguine. Zwei junge Männer mit abrasierten Haaren, in schwarzer Kleidung und schweren Schnürstiefeln, gaben den wild herumhopsenden Pinguindarstellern den Takt an. Einer schlug auf eine kleine silberne Trommel, die vor seinem Bauch hing, monoton ein. Der andere feuerte die Demonstranten durch seine buntbemalte Flüstertüte an:

„Geh in die Knie

Und klatsch in die Hände

Beweg Deine Hüften

Und tanz die Pinguine

Tanz die Pinguine

Tanz die Pinguine

Dreh Dich nach rechts

Und klatsch in die Hände...“ [2]

Die Leute schrien begeistert auf, drehten sich in ihren billigen Pinguinkostümen nach rechts, dann nach links, und bewegten ihre Körper im Takt der stumpfen Musik.

---

2 'Der Mussolini', (hier in der unveröffentlichten Originalversion von Pfuschi Glas), 1981

Einige Schritte weiter hatte sich eine Frau an einen Gullideckel angekettet, um zu zeigen, wie schlecht es Tieren in Gefangenschaft ginge. Inzwischen weinte sie aber, weil sie auf die Toilette musste. Die Schlüssel zu den Vorhängeschlössern ihrer schweren Eisenketten waren für immer im Abwasser verschwunden. Ratlos standen ihre Freunde um sie herum und tranken Tee.

Die meisten anderen Demonstranten hielten selbstgemalte Plakate hoch, auf denen sie die Käfighaltung von Tieren als Quälerei bezeichneten. Oder sie riefen im Chor Sprüche gegen Meyerheim, die sich nicht reimen wollten.

Irgendwann stritten sich die jungen Demonstranten mit den alten Demonstranten und bildeten zwei unversöhnliche Blöcke. Die Senioren brachen in Tränen aus, denn sie wollten für ihr Engagement von der Jugend bewundert werden. Aber die Jungen warfen den Alten vor, den Tierpark ihr ganzes Leben lang geduldet und gefördert zu haben. Hätten sie doch nur früher gehandelt, statt sich ihnen jetzt weinerlich anzuschließen. Die erwartete Liebe der Jugend wurde den Alten verwehrt.

Es war ein unüberbrückbarer Generationenkonflikt, in dem die Jugend, wie jede neue Generation, glaubte, die erste zu sein, die die Wahrheit erkannt hatte. Deshalb dachten sie auch, ein Recht darauf zu haben, besonders radikal zu sein. Dabei traten sie recht ideenlos in die ideologischen Fußstapfen der Alten, ohne es zu merken.

Zudem vergaßen sie, dass viele ihrer Altersgenossen ganz andere Sorgen als Tiere hinter Gittern hatten. Aber mit solchen Leuten redeten die Demonstranten nicht. Höchstens redeten sie über solche Menschen und staunten ungläubig, dass jemand andere Sorgen als sie selbst haben könnte.

Mitten in der Menge liefen Frau Schorek und Frau Rechzange mit ihrem weißen Spitz herum. Mal nickten sie anerkennend einigen Protestlern zu, mal schüttelten sie ihre Köpfe. Die beiden hatten sich eigentlich zu einem Zoobesuch verabredet. Aber sie sahen den Besuch eines Protestlagers als angenehme Abwechslung und klatschten sogar ein bisschen in die Hände, als sie die Pinguingruppe tanzen sahen.

Als die Glocken der Laurentiuskirche am Marktplatz sechs Uhr geschlagen hatten, waren die meisten der Demonstranten nach Hause zum Abendessen gegangen. Aber ein radikaler Kern war geblieben und ließ den verängstigten Meyerheim mit Sprechchören nun nicht zur Ruhe kommen. Die Frau, die an den Gulli gekettet war, weinte noch immer. Allerdings nun ganz allein. Ihre Freunde hatte vergessen den Schlosser zu rufen.

Meyerheim lugte hinter den schweren Vorhängen auf die Straße. An Schlaf würde er heute Nacht nicht denken können. An Lyrik sowieso nicht.

Oberpolizist Schötz und Hilfspolizist Sahm, die er frühzeitig informiert hatte, waren der Meinung gewesen, dass der Protest rechtens sei und sie sich um die Angelegenheit, wie sie das Demonstrantenlager nannten, nicht weiter kümmern würden. Zudem gäbe es im 'Handbuch für Polizisten in allen Lagen' keinerlei Handlungsvorgabe gegen Pinguintanzgruppen. Leider gab es im 'Handbuch für Zoodirektoren in allen Lagen' auch keinen Rat. Das vergilbte Büchlein stammte noch aus einer Zeit, in der Kritik an einen Tiergarten unvorstellbar gewesen war.

Diese Polizisten hatten keine Ahnung, welche Probleme die Demonstranten wirklich verursachten. Niemand ging mehr in den Zoo. Die Besucher hatten Angst vor den Beleidigungen der Demonstranten, die sie als Tierquäler beschimpften. Das bedeutete, dass Meyerheim ohne Einnahmen dastand. Dabei hatte er sich doch heute Mittag noch gefreut und gedacht, viel mehr Besucher anlocken zu können, wenn er nun eine zweite, skandalumwitterte, Giraffe zeigen könne. Jetzt hatte er Angst um seine Zukunft. Er hatte doch nichts gelernt, sondern gleich nach der Schule die Direktion des Zoos übernommen.

Meyerheim hielt es in seinem Schlafzimmer nicht mehr aus. Er griff nach dem blaugepunkteten Schlafrock, den er der Giraffe abgenommen hatte, zog ihn über und schlüpfte aus der Hintertür direkt in den Zoo. Die frische Luft würde ihm gut tun.

Doch auch hier merkte Meyerheim, dass nichts war wie sonst. Die Tiere waren unruhig ob der Sprechchöre, die von der Straße in den Zoo schallten. Statt friedlich hinter Gittern zu schlafen, liefen die meisten nun nervös in ihren Gehegen herum. Der Löwe Dieter brüllte lauter als sonst. Die Demonstranten vor dem Zoo antworteten mit begeistertem Gegröle und riefen „Freiheit für Dieter, Freiheit für Dieter!" und überlegten nicht, was sie bei dem armen Tier mit ihrem Geschrei anrichteten.

Meyerheim stand vor dem Löwenkäfig mit seinen im Mondlicht blitzenden Gitterstäben. Kurz überlegte er, ob er nicht einfach die Käfigtür aufsperren sollte. Die Demonstranten hätten so ihr Ziel erreicht, und er würde seine Ruhe bekommen. Leider war er zu so einem Blutbad zu feige. Vor allem, weil er sich nicht sicher war, ob nicht Dieter zuerst ihn schnappen würde.

Vor dem Gehege des phlegmatischen Krokodils Senta traf er den hochgewachsenen Tierpfleger.

„Um diese Zeit noch im Dienst, Schmidt? Ich werde ihnen keine Überstunden bezahlen."

„Ich konnte nicht schlafen. Diese Demonstranten machen mir Angst. Was, wenn sie Erfolg haben und der Zoo geschlossen werden muss?"

Meyerheim seufzte: „Dann muss ich mir einen anständigen Beruf suchen, und sie müssen die Giraffen bei sich zu Hause aufnehmen."

Für einen kurzen Moment kam es Meyerheim so vor, als ob die Augen von Schmidt aufleuchteten. Es war ja allgemein bekannt, dass er zu Giraffen eine sehr spezielle Beziehung hatte.

Am nächsten Morgen hielten drei glatzköpfige, dickbauchige Männer die Zeitung 'Pudel und Krone' in ihren vor Wut zitternden kleinen Händen. Was die Journalistin Heidrun Albern auf dem Titelblatt und auf der Seite Drei der Lokalzeitung geschrieben hatte, konnte keinem von ihnen gefallen.

„Das ist ein Skandal, eine Unverschämtheit, was die Frau da schreibt!", brüllte der Bürgermeister. Er sprang von seinem ledernen Chefsessel, riss das Fenster auf, knallte es beim Anblick der abgefressenen Geranien wieder zu, lief und brüllte in seinem Büro auf und ab, als ob er der eingesperrte Löwe Dieter war. Dieses Bild! Dieser Text! Das war ein Schaden, der nicht wieder gutzumachen war. In seiner grenzenlosen Empörung schmiss er sein gläsernes Tintenfass an die weiße Wand, wo es zersprang und einen schwarzen Fleck hinterließ. Er schrie Wörter, wie man sie in der ehrwürdigen Amtsstube in vielen hundert Jahren nicht gehört hatte. Das Vorzimmerfräulein Elke zuckte erschrocken an der Schreibmaschine zusammen und suchte verzweifelt nach einem Plastikfläschchen Tipp-Ex.

Durch diesen Artikel würde seine Wiederwahl gefährdet sein, stöhnte der Bürgermeister und strich die lange, fettige

Haarsträhne über seine glänzende Glatze. Wer wollte schon einem Bürgermeister, der sich am helllichten Tag die Geranien vor der Nase wegfressen ließ und Angst vor Giraffen hatte, seine Stimme geben? Hatte die Albern das wirklich schreiben müssen? Und dann auch noch dieses Bild von ihm! Was würde seine Mutter nur dazu sagen? Es war einfach entsetzlich. Auf dem Schreibtisch war inzwischen nichts mehr, mit dem er um sich hätte werfen können.

Anselm Scharrer stand wütend zu Hause neben dem Frühstückstisch. Die halbierte Pampelmuse lag unberührt auf dem Teller. Der Kakao war längst kalt geworden. Mit Entsetzen starrte er auf das Bild von sich auf der Titelseite der Zeitung. Da stand er mit rotem, wutverzerrtem Gesicht, einen kristallenen Briefbeschwerer bedrohlich in der erhobenen Hand, in seinem chaotischen Museumsdirektorenzimmer. Unterschrift: „Anselm Scharrer bedroht die freie Presse." Wie konnte diese furchtbare Heidrun Albern ihm nur so etwas antun? Was hatte er ihr denn getan, dass sie ihn so blamierte? Dieses Bild! Dieser Text! Das war ein nicht wiedergutzumachender Schaden. So etwas blieb im Gedächtnis der Leute hängen.

Anstatt über den kulturhistorischen Verlust seines Rosengartens detailliert zu schreiben, hat die Albern die absurdesten Behauptungen und Vermutungen in ihrem Schmierblättchen aufgezählt, regte sich Scharrer auf. Was ging es die Leute an, dass er mit Meyerheim seit Jahren zerstritten war? Was sollte der Verdacht, dass er selbst die Giraffe in seinen Garten gelockt hatte? Der Hinweis, dass sich in das Museum so gut wie nie ein Besucher verirrte, hatte hier nichts zu suchen und war eine vollkommene Missachtung seiner wissenschaftlichen Arbeit. Diese Albern! Wenn er die das nächste Mal sehen würde, die konnte aber was erleben!

Meyerheim stand mit dunklen Augenringen in seinem Büro und hieb verzweifelt mit der Faust auf den Schreibtisch. Die grüne ererbte Schreibtischlampe zitterte gefährlich. Erzürnt knüllte er die neueste Ausgabe vom 'Pudel und Krone' zusammen, warf sie in eine Ecke des Zimmers und brüllte wüste Beschimpfungen auf die abwesende Journalistin. Sogleich hob er aber die Zeitung vom Boden wieder auf, strich sie glatt und studierte noch einmal ganz genau die Bilder und den infamen Artikel, der sich über ganze zwei Seiten zog. Es war wirklich unglaublich, was sich diese Journalistin da erlaubte. Dieses Bild! Dieser Text! Das war ein nicht wiedergutzumachender Schaden.

Meyerheim konnte es nicht fassen. Die Journalistin Albern hatte sich ganz auf die Seite der Demonstranten vor seinem Haus geschlagen und die Frage gestellt, wozu man in der kleinen Stadt überhaupt einen Zoo brauchte. Er als Direktor sei vollkommen überfordert mit der Leitung eines Tiergartens. Wenn er schon nicht in der Lage war, den Rosengarten eines Privatmannes und die Geranien am Rathaus vor einem an sich recht harmlosen Wildtier zu schützen, wie sicher sei die Bevölkerung noch vor dem brüllenden Löwen Dieter oder dem vielleicht nur scheinbar phlegmatischen Krokodil Senta? „Die Albern sollte ihm noch einmal vor die Augen treten", schnaufte der Zoodirektor, zog den blaugepunkteten Morgenmantel von seinem Erzfeind etwas enger um seinen dicken Bauch und knüllte erneut das Blatt zusammen.

Heidrun Albern hatte ganze Arbeit geleistet. Mit ihren Bildern hatte sie die, in ihren Augen, wahren Gesichter der drei bekannten Männer gezeigt: Jähzornige Herren, die sich nicht unter Kontrolle hatten und andere bedrohten. In ihrem langen Artikel hatte sie die, ihrer Meinung nach, richtigen Fragen gestellt. Sie war eben eine Frau, die den

Auftrag der Presse ernst nahm, und da es nun einmal nicht jeden Tag etwas Nennenswertes über Pudel zu berichten gab, erst recht nicht über gekrönte Häupter aller Art, hatte sie sich dem kritischen Lokaljournalismus verschrieben. Der Bürgermeister, der Museumsdirektor und der Zoodirektor waren für sie keine unantastbaren Männer der oberen Gesellschaftsschicht, sondern Menschen, die Verantwortung trugen, aber dieser nicht gerecht wurden, und deren Handeln kritisch hinterfragt werden musste.

Genau diese drei Herren sahen sich nun in Amt und vor allem Würde durch diesen Bericht bedroht und waren schon allein wegen der wenig schmeichelhaften Fotografien beleidigt. Das konnte böse Folgen haben. Aber durfte eine Journalistin Angst haben?

Auf dem Platz vor dem Rathaus war es heute noch voller als am Vortag. Es war Markttag, und an den Ständen boten die Bauern aus der Umgebung die Früchte und die Kräuter vom Großmarkt an. Süße schlachtreife Kaninchen wurden ebenso verkauft wie herzhafte Würste aus Pferdefleisch. Daneben gab es bunte Strohblumen und überflüssige Haushaltswaren aus pflegeleichtem Plastik. Zwischen den überladenen Ständen standen zahlreiche Leute in größeren und kleineren Gruppen und diskutierten hitzig über die Ereignisse vom Vortag.

Heute waren auch all jene gekommen, die gestern die Aufregung um die Giraffe verpasst hatten. Sie wollten verspätet den 'Ort des Schreckens', wie Heidrun Albern ihn in ihrem Artikel genannt hatte, besichtigen. Natürlich war das ein sehr enttäuschendes Erlebnis. Denn das Spektakulärste, was man sehen konnte, war, dass man eigentlich nichts sehen konnte: Kahlgefressene Blumenkästen vor den Fenstern des Bürgermeisterbüros.

Einige besonders Gewitzte versuchten durch laute Rufe, den Bürgermeister dazu zu bringen, sich an einem der Fenster mit den leergefressenen Blumenkästen zu zeigen. Aber es war vergeblich. Das Rathaus wirkte mit seinen fest verschlossenen Türen und Fenstern wie ausgestorben. Der Bürgermeister ließ sich natürlich nicht blicken.

Was war aus dieser ganzen Geschichte für die kleine Stadt zu schließen, überlegten die Leute.

Die einen sahen es als Vorteil, dass ihr Ort nun wegen der Giraffe im ganzen Landkreis das Gesprächsthema schlechthin war. Eine unbezahlbare Werbung für die Stadt.

Irgendwo sollte es eine große Talstadt geben, da war vor Jahrzehnten angeblich ein Babyelefant aus dem Öffentlichen Personennahverkehr in den flachen Fluss gesprungen. Noch heute sprachen die Leute darüber, und jeder Besucher wollte die vermeintliche Absprungstelle sehen. Eine moderne Legende, die zum positiven Bild der grauen Industriemetropole enorm beigetragen hatte. Aber die Giraffe hier, das war Realität. An den abgefressenen Geranien am Rathaus und dem zerstörten Rosengarten des Museumsdirektors war nicht zu rütteln. Da blühte nun nichts mehr. Eine touristische Sensation ohne gleichen!

Besonders Vorlaute riefen, man sollte sich den Zusatz Giraffenstadt geben und alle drei Jahre Giraffenfestspiele veranstalten. Kinder in Tierkostümen könnten einen Festumzug machen, und bei einem Laienschauspiel im großen Hof der Universität würde als dramatischer Höhepunkt eine Giraffe einem Museumsmann einen blaugepunkteten Schlafrock vom Leib ziehen. Allgemeines Gelächter folgte.

Andere wiederum waren der Meinung, ihre kleine Stadt sei wegen der fremden Giraffe der Lächerlichkeit preisgegeben worden. Wenn man nicht einmal in der Lage sei, einige Rosen und Geranien zu schützen, was sagte das über die beiden Polizisten Schötz und Sahm, die Feuerwehrmänner und die sonst so vorlauten Molkereiburschen aus? Ganz zu schweigen von der Leitung der Stadt, dem Bürgermeister. Als rechtschaffender Bürger müsse man sich einfach schämen, dass alle Verantwortlichen der kleinen Stadt so eklatant versagt hatten bei dem unerwarteten Auftauchen eines langhalsigen Wildtieres, das nicht einmal besonders gefährlich war. Oder hatte irgendjemand schon einmal von einem tödlichen Giraffenbiss gehört? Prinzipiell, fanden diese Leute, sei ein Rathaus ohne Geranien das Peinlichste, was sich eine Stadtgesellschaft nur vorstellen könnte. Gar nicht zu reden vom Verlust des schönen Rosengartens von Anselm Scharrer, zu dem man an Sonntagnachmittagen gerne einen Ausflug mit der Schwiegermutter gemacht hatte, falls sie mal nicht gefangene Tiere sehen wollte.

Mitten in der Menge der diskutierenden Bürger vor dem Rathaus standen die Professoren der Universität und besprachen ausführlich die Ereignisse des gestrigen Tages wie auch den Artikel der Albern.

Natürlich war die Lektüre von 'Pudel und Krone' unter ihrer Würde. Da aber die Studenten auch heute nicht zu den Vorlesungen erschienen waren, hatte ihre sogenannte wissenschaftliche Neugier sie erneut in einer sogenannten Exkursion zum Markt geführt, um nachzusehen, was in der kleinen Stadt und der realen Welt passierte. Auch eine Tageszeitung oder die biedere Realität der einfachen Leute konnte unter Umständen eine Quelle für neue Erkenntnisse in der Wissenschaft sein. Oder, wahrscheinlicher, man würde sich über die einfachen Alltagsprobleme der gewöhnlichen Menschen ein bisschen lustig machen können. Was ist schon eine blumenfressende Giraffe gegen die Formulierung einer mathematischen Formel, die die Fragen der Scholastik im Quadrat erfassen kann? Andererseits, konnte man nicht auch eine Giraffe im Schlafrock in einen wissenschaftlichen Zusammenhang stellen, der vielleicht der einen oder anderen rätselhaften Formel endlich Sinn verlieh? Es gab so viele alte geheimnisvolle Bücher und Texte, über die seit Jahrhunderten gerätselt wurde, ohne dass ihr Sinn jemals verstanden worden war. Wer konnte da behaupten, dass nicht eine Giraffe die Lösung aller offenen Fragen darstellte?

Einige Studenten demonstrierten vor dem Zoo gegen die Haltung von Giraffen und Pinguinen hinter Gittern. Bedeutend mehr aber saßen in den Cafés am Markt bei Kakao und Blaubeerkuchen und diskutierten wie ihre Universitätslehrer über die Geschehnisse. Angelesene Theorien wurden zu Rate gezogen. Vergleiche zu historischen Ereignissen, die nichts mit Geranienfraß zu tun hatten, wurden aufgestellt. Chemische Formeln und mathematische Gleichungen wurden mit Kreide auf kleine Tafeln geschrieben, ohne dass irgendjemand erraten konnte, was das Ergebnis der Rechnungen bedeuten sollte. Der wissenschaftliche Nachwuchs sonnte sich in seinem Halbwissen, hob sich von den Leuten an den Nachbartischen überheblich ab und kopierte damit die etwas abseits stehenden Professoren.

Weit entfernt von dem ganzen Trubel am Marktplatz saß derweilen in ihrem kleinen Reihenhäuschen die große Diva Grodon schlechtgelaunt am dunkelgebeizten Esstisch. Sie trank aus einem blaugepunkteten Tonkrug warmen Kakao, was ihrer Stimme und der Laune angeblich guttun sollte. Das Tageslicht drang kaum in ihr Wohnzimmer, da sie die Fenster mit immergrünen Zimmerpflanzen dicht zugestellt hatte, um sich den Anblick auf das allmählich in die Jahre gekommene Neubauviertel mit Reihenhäusern und gesichtslosen Wohnblocks zu ersparen und natürlich auch, um keine Blicke von Außen in ihr kleines Reich zuzulassen.

Entgegen der neidischen Mutmaßungen vieler Zeitgenossen hatte sie als berühmtester Star an der Oper am Stadtweiher bei weitem nicht so viel verdient, als dass sie sich eine Landhausvilla im toskanischen Stil in einem der ausufernden Neubauviertel eines benachbarten Dorfes hätte leisten können. Geschweige denn die goldenen Wasserhähne, von denen sie schon als kleines Kind geträumt hatte, und die der eigentliche Antrieb für sie gewesen waren, Sängerin zu werden. Sie hatte gedacht, goldene Armaturen wären für Opernsängerinnen das Normalste, was es gibt auf der Welt. Den Lebensstil von Liberace hatte sie als das natürliche Habitat einer Künstlerin empfunden.

Dazu gab es auch immer noch die Sorgen um das Alter. Als Sängerin hatte man so wenige Jahre, in denen man in der Bühnenkunst wirklich brillieren konnte. Es war so schwierig, würdig im Alter sein Dasein zu fristen, wenn man nicht eines Tages in der Musikschule in der kleinen Stadt als Blockflötenlehrerin enden wollte. Warum nur hatte sie sich so lange der Schokladentrüffeldiät hingegeben anstatt für ihre spätere Rente auf der Bühne zu singen?

Nun blätterte sie enttäuscht durch die aktuelle Ausgabe von 'Pudel und Krone'. Gestern war sie mit ihrem Comeback noch auf der Titelseite gewesen. Die ganze Seite Drei war ihr und ihrer Glanzleistung auf der Bühne gewidmet gewesen. Das Lob der Journalistin Albern hatte ihr gut getan. Heute dagegen ging es in der Zeitung nur um Rosen, Geranien und eine Giraffe. Keine Zeile über sie selbst. 'Das profane Leben der Provinz!', seufzte die Grodon frustriert und lehnte sich auf ihre dunkelgrünen Brokatkissen zurück.

„Der Ruhm ist wie ein Fluss, der leichte und aufgedunsene Dinge hochspült und schwere und feste Dinge untergehen lässt", zitierte die Grodon ihren Lieblingsphilosophen, Francis Bacon, und griff nach dem Kakaokrug und einem dieser köstlichen Schokoladentrüffel, die vor ihr auf einem Porzellanteller mit aufgemaltem blauen Punkten aufgetürmt waren.

Wie sollte sie als Künstlerin gegen eine Giraffe ankommen? Kinder und Tiere, die gehen immer, sagt man doch in der Journaille. Die hohe Kunst der Koloratur hat es dagegen niemals leicht.

Über all dem Trubel und der Aufregung wurde eines vergessen: Nachzusehen, wie es der neuen, namenlosen Giraffe ging. Wer weiß schon, ob so ein hochgewachsenes Tier so viele bunte Blumen auf einmal gut verträgt? Zudem sollte einem jeden klar sein, dass Liebeskummer eines der furchtbarsten Gefühle überhaupt ist. Die Giraffe war offensichtlich in den Museumsdirektor verliebt. Nur der dumme Glatzkopf weigerte sich beharrlich, ihre Liebe zu erwidern.

Die Demonstranten vor dem Zoo, die die Nacht in ihren selbstgebastelten Zelten aus bunten Stoffen und gefundenen Pappkartons bei schlechter Gitarrenmusik verbracht hatten, waren spät eingeschlafen und standen deshalb auch spät auf. Sie versuchten sich ganz langsam mit dem Tag anzufreunden. Die Glocken der Laurentiuskirche schlugen schon elf. Die Protestler aber diskutierten, ob man getrennt oder zusammen frühstücken sollte. Was man im Falle eines gemeinsamen Frühmahls essen und trinken wolle, und, die wichtigste Frage überhaupt, wie man diese gemeinsame Speise finanzieren könnte. Denn jeder behauptete im Ton der tiefsten Überzeugung über keinerlei Geld zu verfügen. Dabei drückten einige mit Vehemenz ihre Sportzigaretten neben ihren nagelneuen, aber nachhaltigen, Designerturnschuhen aus. Aber fast am wichtigsten war, wer sich überhaupt die Mühe machte, um das Essen zu besorgen.

Wer nichts im Magen hat und wirklich entscheidende Fragen besprechen muss, kann sich nicht zur gleichen Zeit um die Befreiung einer Giraffe kümmern oder wenigstens nachsehen, wie sich das Tier fühlt. So stand der sehr dünne und lange Tierpfleger Schmidt allein vor dem Giraffengehege mit einem Bündel Karotten in der Hand und versuchte den unerwarteten Zuwachs im Zoo der kleinen Stadt aufzumuntern. Doch die Giraffe guckte den Tierwärter Schmidt nur kurz traurig an und streckte dann ihren langen Hals noch ein bisschen höher, um für den Rest des Tages Löcher in die Luft zu starren. Zumindest sah das für die Menschen so aus. Tatsächlich aber machte sie das, was jede Giraffe, ob in Gefangenschaft oder in den weiten afrikanischen Steppen, tut, wenn sie Liebeskummer hat. Im unendlichen Himmel nach sinnvollen Antworten suchen, die es auf der Erde nicht zu geben scheint. Dafür ist wohl keine Tierart besser geeignet als eine Giraffe. Trotzdem ist es eine Methode gegen Liebeskummer, die wie alle anderen auch, nicht hilft.

Monika, die Giraffe, die schon seit vielen Jahren im Zoo lebte und heimlich in Schmidt verliebt war, erkannte natürlich sofort, was mit der Neuen los war. Sie zuckte deshalb nur kurz mit ihren Ohren, weil man bei Liebeskummer nicht helfen kann, beugte dann ihren Kopf zu Schmidt hinunter und ließ sich von ihm zwischen den Hörnchen kraulen, während sie genüsslich die Karotten fraß, die eigentlich für die neue Giraffe vorgesehen waren.

Löwe Dieter sah das von fern und brüllte, denn dieser Löwe fand, dass alles ein Grund war, um zu brüllen. Deshalb nahmen ihn die anderen Tiere im Zoo auch schon lange nicht mehr ernst. Aber auch das war für Löwe Dieter immer wieder ein guter Grund zum Brüllen.

Das phlegmatische Krokodil Senta hob nur einmal ganz langsam die Augenlider und träumte dann wieder von kleinen Kindern mit großen kugelrunden dunklen Augen am Ufer des afrikanischen Flusses Zambezi, die es so gerne alle fressen würde.

Die neue Giraffe schnaubte unglücklich, und Schmidt seufzte ebenso bekümmert. Er mochte es einfach nicht, wenn ein Tier im Zoo nicht aufzuheitern war. So überlegte er, was er machen könnte, um die neue Giraffe glücklich zu machen.

Als er endlich eine Idee hatte, setzte er sich schnell auf seinen grünen Drahtesel und radelte zum Blumenladen. Doch die neue Giraffe mochte zu seiner Enttäuschung weder duftende Rosen noch rote Geranien aus seiner Hand. Schmidt zuckte hilflos mit den Schultern. Da war nun mal nichts zu machen.

Inzwischen versammelten sich einige Kindergartenkinder vor dem Gehege und starrten gebannt auf die beiden depressiven Giraffen. Zoodirektor Meyerheim, der des Weges kam, erschrak gehörig, als er die Gruppe sah. Er sah seit gestern Abend in jedem Menschen, der jünger war als er selbst, einen potentiellen Demonstranten, der ihm an den Kragen wollte. Doch bevor er sich wegschleichen konnte, schnappten ihn gleich von zwei Seiten die gewieften Kindergärtnerinnen Heike und Rieke an seinen kurzen Armen. Meyerheim quiekte angstvoll. Der Löwe Dieter brüllte weithin hörbar. Er träumte seit je davon, den Meyerheim zu verspeisen.

Die Kinder lachten laut, denn so ein quiekender dicker Mann mit riesigem Walross-Schnurrbart war viel lustiger als eine depressiv in den Himmel starrende Giraffe.

Die kräftig gebaute Rieke zog ungeduldig an Meyerheims Jackenärmel: „Keine Angst, Herr Zoodirektor. Die Kinder wollen nicht die Welt retten, sie wollen nur wissen, wie die neue Giraffe heißt."

„Ja! Wie heißt das Fleckentier?", riefen die Kinder und glucksten weiter vor Vergnügen über den ängstlichen Blick des dicken Mannes. Der Löwe Dieter brüllte hungrig. Das phlegmatische Krokodil Senta im Nachbargehege schloss traurig die Augen. So viele Kinder und wieder würde keines in ihren Käfig fallen. Die Gitter im Zoo waren wirklich schrecklich.

Meyerheim begann zu stottern. Einen Namen? Verdammt! Der Bürgermeister drohte ihm mit der Rechnung für die Geranien. Von seinem Erzfeind Scharrer blühte ihm eventuell noch mehr. Wie und wann sollte er dazu kommen, dem dummen Vieh einen Namen zu geben? Er starrte die blonde Heike an. Dann die etwas dunklere Rieke. Nein, Heike, Rieke, das wäre jetzt zu plump und würde außerdem nur zu Streit zwischen den beiden Kindergärtnerinnen führen. Irgendein Frauenname musste her. Das konnte doch nicht so schwer sein. Brigitte? Gudrun? Isabella? Aber hießen nicht schon die drei Kängurus so? Das ging dann natürlich auch nicht.

Er holte sein blaugepunktetes Taschentuch aus der Hosentasche und wischte sich den Schweiß von der platten Stirn. Genau in diesem Moment kam ihm die Idee, wie er diese seltsam in die Luft starrende Giraffe, wegen der er jetzt schon so viel Ärger gehabt hatte, doch noch für eine Werbekampagne für seinen kleinen Zoo nutzen könnte. Alles würde gut werden. Kinder. Tiere. Umsatz. Der eben noch vor Angst quiekende Mann begann zu strahlen.

So kam es, dass eine halbe Stunde später Heidrun Albern zusammen mit Meyerheim trotz ihres Artikels in der heutigen Ausgaben von 'Pudel und Krone' durch den kleinen Tierpark spazierte. Das gemeinsame Foto des Direktors mit der Giraffe wurde aber leider nichts. Die neue Giraffe war nicht dazu zu bewegen, den Kopf zu senken. Die mächtige Figur des Zoodirektors neben den eleganten, schlanken Beinen der Giraffe kam jedoch eventuell nicht bei allen Lesern der Zeitung gut an. Also wurde nur der Zoodirektor mit einem strahlenden weißen Lächeln und großem erhobenen Daumen vor einem neutralen Hintergrund abgebildet. Unterschrift zum Bild: „Meyerheim schreibt Preis für schönsten Giraffennamen aus!"

„Zu gewinnen ist ein Lutscheis", sagte Meyerheim.

„Das klingt knausrig", antwortete Heidrun Albern.

„Meinen Sie? Dann eben zwei Eis am Stiel."

„Ich schreibe einfach, der Gewinner bekommt eine Jahreskarte für Zwei für den Zoo", sagte die Albern. Schon war sie weg.

Wieland, der selbsternannte Erlöser der kleinen Stadt, verbreitete derweilen auf den Stufen des Marktbrunnens die Frohe Botschaft, dass alles schon irgendwie, irgendwo, irgendwann ein bisschen besser werden würde als jetzt. Falls nicht, wäre das dann aber auch nicht weiter tragisch, es hätte ja auch irgendwas schlimmer werden können, als es eingetroffen ist. Statt einer blumenfressenden Giraffe auf dem Marktplatz der menschenfressende Löwe Dieter. Statt Sonnenschein Wolken.

Wieland trat bald an den auf dem Platz flanierenden Astronomieprofessor und Schriftsteller Johann Leonhard Rost heran, denn er war von seiner täglichen Predigt, der wie immer niemand zugehört hatte, hungrig geworden. Rost hatte vor kurzem mit seinem asiatischen Roman 'Die getreue Bellandra', einem Meisterwerk der Galanterie, in der

Literaturwelt brilliert und gab dem Kleinstadtmessias fünf Heller von seinen reichlich fließenden Tantiemen. Dafür musste Wieland versprechen, sich nicht mit ihm zu unterhalten und sich stattdessen dem Genuss von Kakao und Blaubeerkuchen zu widmen. Für einen Heiland gab es schlimmere Arten der Ablehnung der Frohen Botschaft.

Als er mit Kuchen beladen auf den Stufen des Marktbrunnens saß und Walburga, die Holzkleiderbügelfachgeschäftsfilialleiterin, über den Platz genau auf sich zueilen sah, war sein Glück perfekt. Denn auch ein Weltenretter kann Gefühle in sich bergen, die sehr irdisch sind.

„Wally, hallo, hier bin ich. Willst du dich nicht zu mir setzen?"

Walburga hegte nicht dieselben Gefühle für Wieland wie der für sie. Ein Mann, der immer die selben gammeligen alten Jeans, vollgekleckerte Hemden und karierte löchrige Socken in ausgetretenen Sandalen trug, war nichts für sie. Der benutzte garantiert niemals einen Holzkleiderbügel!

Walburga achtete sehr auf Äußerlichkeiten und glaubte fest daran, dass diese auch etwas über die vielgerühmten inneren Werte aussagten. Ein Messias mit ungepflegtem Bart, ungewaschenen Haaren und dreckigen, langen Nägeln, nein, da konnte sie unmöglich den Charakter erhoffen, den sie von einem Mann erwartete. Deshalb war es ihr sehr lästig, dass Wieland sie immer fröhlich grüßte, wenn er sie sah, und manchmal stundenlang vor dem Holzkleiderbügelfachgeschäft herumlungerte. Er war ihr einfach unangenehm und das schon immer gewesen. Schon zu Schulzeiten.

„Wieland, ich habe gar keine Zeit."

„Wo musst du denn an diesem schönen Tag so schnell hin, Wally?"

„Ich habe zu tun."

„Nimm dir Zeit. Entspanne dich. Schau, ich habe hier ein Ei."

Schon kramte er aus seiner ausgebeulten Rocktasche ein angeknacktes, hartgekochtes Ei heraus.

Walburga guckte angewidert auf das Ei in der dreckigen Hand und straffte ihre blaugepunktete Bluse eng an ihren schlanken Oberkörper. Ein zarter Duft von Maiglöckchen stieg von ihr auf und konnte den süßsäuerlichen Geruch des Messias doch nicht überdecken.

„Bäh, nimm das weg und lass mich in Ruhe."

„Wir können das Ei am spitzen oder am stumpfen Ende aufschlagen. Ganz wie du willst", lächelte Wieland verschmitzt über sein großartiges Angebot.

„Ich mag aber gar kein Ei."

„Kein Ei?" Das brachte den Messias aus der Fassung. Bisher hatte er sich nur mit der Frage, an welchem Ende man ein Ei aufschlagen solle, auseinandergesetzt. Er neigte in letzter Zeit stark zur Meinung der Blefuscaner, dass man es am dicken Ende aufschlagen sollte. Aber das, was Walburga nun gesagt hatte, eröffnete ihm eine vollkommen neue Sichtweise im so lange und erbittert geführten Eierstreit. Eine unbekannte Idee, die ihn sehr überraschte. Bedeutete dies nicht gar das Ende für ihn als neuen Jesus? Wo niemand mehr ein Ei aufschlagen will, da braucht man auch keinen Messias, der die Wahrheit kennt.

Walburga war indes auf dem Weg zum Buchladen Gullivers verschwunden. Endlich gab es eine neue Ausgabe von *„A Modest Proposal: For Preventing the Children of Poor People from Being a Burthen to Their Parents or Country, and for Making Them Beneficial to the Publick"* von Jonathan Swift. Das war ihr absoluter Lieblingsautor, nicht nur in Bezug auf Eierdiskussionen.

'Ach ja', dachte sie. So manches Problem auf der Welt wäre so einfach zu lösen, wenn es mehr Männer wie Swift geben würde und man endlich mit kleinen Kindern, erst Recht mit Erwachsenen, das machen würde, was er vor so langer Zeit vorgeschlagen hatte: Die Überflüssigen einfach aufessen. Bei diesem Gedanken senkte sie schuldbewusst ihre großen Augenlider mit den langen Wimpern. Aber lächeln musste sie doch, wenn sie daran dachte, wen sie alles zu Hackfleisch verarbeiten würde.

Der Bürgermeister sah von seinem dunklen, holzgetäfelten Amtszimmer im ersten Stock des Rathauses hinunter auf den Marktplatz. Dort lungerte der zauselige Wieland auf den Steinstufen des Brunnens in der warmen Sonne herum. Der Obdachlose sprach mit den hübschesten Frauen der kleinen Stadt und verschlang einen erschnorrten Blaubeerkuchen nach dem anderen.

Wieland hatte sich als selbsternannter Messias außerhalb der Gesellschaftsnormen gestellt. Er ließ das Leben vor sich hintreiben, ohne Druck oder Plan. Es sei denn, man nannte Süßes zu erbetteln, ein ehrenswertes Ziel. Wieland war ein moderner Diogenes.

Wenn ihr Deutschlehrer damals in der Schule geahnt hätte, was er mit seiner Schwärmerei für den griechischen Philosophen in der Tonne bei dem damaligen Klassenbesten Wieland angerichtet hatte, er hätte bestimmt seinen Mund gehalten. Oder zumindest die öffentlich ausgelebte Bedürfnislosigkeit des Philosophen als reine Eitelkeit enttarnt.

Noch vor der Reifeprüfung war so aus dem braven Musterschüler der Herumtreiber geworden, wie man ihn heute kannte. Wann und warum Wieland vom Epigonen des griechischen Philosophen zum Messias geworden war, das hatte der Bürgermeister allerdings vergessen. Für ihn war das sowieso das gleiche. Eine geschickte Masche, ein fahrlässiges Leben gegenüber der Gesellschaft zu entschuldigen. Als Stoiker verabscheute der Bürgermeister jede Tendenz zum Kynismus und erwartete diese Haltung auch von den Bürgern. Ausnahmslos von allen.

Wieland war einfach ein Schandfleck seiner wunderschönen kleinen Stadt. Ein Vagabund, der auf einer Parkbank am Stadtweiher wohnte. Ein Stadtstreicher gehört in eine große Stadt, aber nicht in einen kleinen Ort, der aussieht wie für Puppen gemacht. Das schien dem Bürgermeister wie ein Naturgesetz. Er wollte weder darüber nachdenken, ob das so richtig war, noch überlegen, wie er Wieland zu einer besseren Bleibe verhelfen konnte.

Muss man aus Nostalgie über die zusammen verbrachten Schuljahre nett zu einem wie dem da sein? Nein. 'Außerdem hat er mich damals nicht in Latein abschreiben lassen', dachte der Bürgermeister und strich die lange, fettige Haarsträhne über seine spiegelnde Glatze.

Wieland war ein Taugenichts, der nie an den nächsten Tag dachte und den alle Stadtbewohner schicksalsergeben wie ein Naturgesetz ertrugen. Er selbst musste dagegen alle vier Jahre um seine Wiederwahl bangen und wurde für Probleme verantwortlich gemacht, für die er nun wirklich nichts konnte. Eine Schlafrock stehlende Giraffe im Rosengarten zum Beispiel.

Das blumenfressende Problem hatte er nur Scharrer und Meyerheim zu verdanken. Sie waren auch in seiner Klasse gewesen, wie Wieland, Walburga und Monika. In der Schule waren die beiden noch die besten Freunde gewesen. Heute machten sie ihm nichts als Scherereien mit ihrem albernen Kleinkrieg. Wenn er nur wüsste, wie das bei denen angefangen hatte mit ihrem ewigen Streit. Aber auch das hatte er leider vergessen.

Der Bürgermeister spürte Wut in sich aufkommen. Er musste handeln und endlich Konsequenzen ziehen. Zeigen, wer der Herr im Rathaus und damit über die Stadt war. Ihm reichte es mit Anselm Scharrer, Meyerheim und vor allem dem selbsternannten Heiland Wieland.

Er musste die Zügel in der kleinen Stadt straffer ziehen. Sonst würde es mit seiner Wiederwahl nichts werden. Er hatte doch nichts gelernt, außer die schwere, goldene Amtskette zu tragen, aus dem Rathaus auf den Marktplatz zu schauen und hin und wieder eine Parkbank am Stadtweiher einzuweihen. Oder einer Hundertjährigen zum Geburtstag zu gratulieren und eine Freikarte für die Oper zu überreichen.

So rief der Bürgermeister sein Vorzimmerfräulein Elke in das Amtszimmer, um einige Erlasse zu diktieren, die der Stadtbote sogleich austragen sollte. Auf die Einwände von Elke hörte er nicht. Wozu noch überlegen, wozu noch warten? Die Geranien vor seiner Amtsstube waren weggefressen und Wieland dort unten am Brunnen hatte die besten Stücke Blaubeerkuchen des Tages verschlungen.

Nach dem Diktat verzog sich der Bürgermeister zu einem Spaziergang in den botanischen Garten gleich hinter der Universität mit ihrem hohen Turm. Er hatte gehört, die vielgerühmte Traubenkirsche stehe in Blüte. Das botanische Ereignis wollte er nicht verpassen. Vor allem aber suchte er einen Ort der Ruhe in dieser gerade so aufgewühlten Stadt.

Tatsächlich blieb er dann lange vor einer Kopie der Rhamnusischen Nemesis stehen und sinnierte darüber, wie einst der griechische Bildhauer Agorakritos aus Wut über eine ungerechte Behandlung aus einer Venusstatue die Nemesis geformt hatte. Das war leichter gewesen, als man es sich gemeinhin vorstellt. Doch war dies einmal geschehen, war die Rückverwandlung vom Zorn zur Liebe nicht so einfach zu verwirklichen wie umgekehrt.

Der Amtsbote Spradtek hatte seine liebe Mühe, die mit rotem Wachs und amtlichem Siegel verschlossene Post des Bürgermeisters an die Adressaten auszuliefern.

Zuallererst versuchte er, Wieland das Schreiben zu überreichen und sich die Übergabe quittieren zu lassen. Aber der selbsternannte Retter der Welt war nirgends zu finden. Weder am Marktplatz oder vor dem Holzkleiderbügelfachgeschäft noch auf seiner angestammten Bank am Stadtweiher. So ein freilebender Geist hat nun einmal keine festgelegten Zeiten, wann und wo er zu sprechen sei. Für einen Stadtboten, der seinen Beruf sehr ernst nimmt, kann das ein ziemliches Problem darstellen.

So ging der Botengänger auf einen Kakao in die Kneipe 'Na Und' am Stadtweiher gleich neben Wielands Stammbank, um dort den Messias zu erwarten. Da der Tag so schön war und der Wirt ausnahmsweise einmal gute Laune hatte, wurde der Kakao mit feinen Gin veredelt. Auf einem Bein lässt sich schlecht stehen, lallte der Wirt schon bald und gab Spradtek einen zweiten Gin-Kakao aus. Dann tranken sie zusammen einen dritten. Oder war es schon der vierte? Das war jetzt auch egal.

Auf jeden Fall war es sinnvoller, im 'Na Und' auf Wieland zu warten, um ihm den Brief des Bürgermeisters zu geben, als nebenan auf der Parkbank allein zu sitzen und auf den Erlöser zu hoffen. Schon schlugen die Glocken von der Laurentiuskirche Vier.

„Oha, jetzt muss ich aber gehen. Das Museum schließt um fünf, und der Zoo macht sein Portal um sechs Uhr zu."

„Ei der Daus! Jetzt, wo es gerade so schön ist, willst du gehen? Du weißt doch, wo die Herren Direktoren wohnen. Die Briefe kannst du ihnen auch später bringen", rief der Wirt mit glänzenden Wangen und stellte zwei frische Gin-Kakao auf den Tisch.

Genau in diesem Moment kam Walburga in die Spelunke am Weiher, unterm Arm ihr neues Buch von Jonathan Swift, und bestellte sich, als sie sah, was die beiden Männer tranken, ebenfalls einen Gin-Kakao.

„Am Marktplatz ist mir zu viel Trubel. Jetzt kommen schon Busse mit Touristen aus dem gesamten Landkreis, nur, um Blumenkästen mit abgefressenen Geranien zu sehen. Als ob das die größte Sehenswürdigkeit in unserer Stadt wäre! Ich verstehe den modernen Tourismus wirklich nicht mehr."

Schweigend starrten der Wirt und der Amtsbote sie an. Irgendwo in ihren Köpfen war ihnen klar, dass Walburga nicht nur unheimlich kluge Sachen sagte, sondern dass sie selbst nicht in der Lage waren, etwas halbwegs intelligentes zu äußern. Sie schoben es auf den Gin.

„Zum abgefressenen Rosengarten von Scharrer pilgern die Touristen ebenfalls. Der Höhepunkt für die sensationslüsternen Reisenden ist aber natürlich die neue Giraffe im Zoo. Alle machen Lichtbilder von sich, ihren Angehörigen und Freunden vor dem leergefressenen Rosengarten oder der Giraffe."

„Ich dachte, die Demonstranten halten alle Besucher davon ab, in den Zoo zu gehen?", fragte der Briefbote und unterdrückte einen kleinen Rülpser.

„Die hat der Meyerheim ausgetrickst. Die Besucher gehen jetzt alle durch ein Seitentor in den Tiergarten."

„Und das stört die Demonstranten nicht?"

„Die haben es noch nicht einmal gemerkt. Im Moment streiten sie alle miteinander."

„Über was zanken die denn?"

„Sie streiten sich, zu welchem Lied die Pinguintanzgruppe tanzen soll und ob sie überhaupt tanzen soll. Manche meinen nämlich, dass tanzende Pinguindarsteller das Leid der gefangenen Tiere nicht respektieren würden. Andere halten es für eine unverschämte Aneignung einer fremden Spezies, wenn man sich ein Pinguinkostüm anziehe. Und dann gibt es noch die Gruppe, die radikale Maßnahmen gegen Meyerheim fordert und die Pinguingruppe als eine das Problem verniedlichende Gruppe brandmarkt.

Dagegen wehren sich wiederum die Pinguintänzer und sagen, ihnen würde auf phantasievolle Art und Weise gelingen, das Leid der Zootiere auszudrücken und sich mit ihnen zu verbrüdern. Manche sind gar der Ansicht, sie selbst litten mehr als die Pinguine hinter Gittern, da man ihre neue Pinguinidentität nicht offiziell anerkenne. Im Protestcamp geht es derzeit richtig hoch her. Als Außenstehender versteht man von den Diskussionen rein gar nichts mehr", erklärte Walburga die brisante Lage vor dem zoologischen Garten.

„Und die Giraffe?", fragte der Briefbote Spradtek, der eine gewisse Sympathie für das afrikanische Tier hatte. Dem Bürgermeister, seinem Chef, einfach die Geranien wegzufressen, das hatte was für sich. Endlich hatte es dem jähzornigen Oberhaupt der Stadt mal jemand gezeigt. Auch wenn es nur ein langhalsiges Tier war.

„Die starrt nur in die Luft und ignoriert alle Besucher. Selbst den Tierpfleger Schmidt, der doch sonst so gut mit Tieren umgehen kann, würdigt sie mit keinem Blick. Das macht den Zoodirektor ganz kribbelig, weil er Angst hat, dass die Touristen bald die Lust verlieren, seinen Tiergarten zu besuchen", fasste Wally die Neuigkeiten aus dem Zoo zusammen.

„Den machen doch prinzipiell alle Tiere nervös. Nie passt dem Meyerheim etwas an ihnen. Der ist nur Zoodirektor geworden, weil er zu faul war, einen ordentlichen Beruf zu lernen oder etwas zu studieren", sagte der Wirt.

„Ja, so hart wie ich als Holzkleiderbügelfachgeschäftsfilialleiterin arbeitet der sicher nicht. Der lässt alles den Tierpfleger Schmidt machen. Jetzt kommen die Touristen wegen der blumenfressenden Giraffe, und er macht extra Reibach, ohne dass er etwas getan hat oder für das arme Tier gezahlt hat. Trotzdem hat er schon wieder Angst, demnächst kein Geld mehr zu verdienen. Er kann wirklich nie genug haben."

Da schaltete sich mit einem Rülpser und einer darauf folgenden Entschuldigung Spradtek in das Gespräch ein: „Das Vorzimmerfräulein Elke hat mir angedeutet, dass der Bürgermeister dem Meyerheim die Geranien in Rechnung stellen will. Das wird nicht billig, sage ich euch, denn es sind amtliche Blumen. Den Brief dazu habe ich hier in meiner Tasche." Dabei klopfte er mit seiner flachen Hand auf die abgewetzte gelbe Ledertasche, die an seinem Stuhl hing.

„Ach was, die paar Geranien, das zahlt doch einer wie der Zoodirektor aus der Portokasse", seufzte Walburga.

Sie hatte in ihrer Jugend ein Vermögen in Swatchuhren, Telefonkarten und Überraschungseifiguren investiert, im Glauben, dass diese Sammelobjekte sichere Wertanlagen seien. Doch von einer Absicherung für das Alter war nun mit Blick auf den Plunder nicht mehr die Rede. Um so neidischer war sie auf all jene, die sich um die Rente keine Sorge machen mussten und sich im Alter Safaris an den Zambezi leisten konnten.

„Ich habe das alles kommen sehen", raunte sie nun geheimnisvoll.

„Wirklich? Wie das?", fragte erstaunt der Wirt und mischte sofort drei extra starke Gin-Kakao.

Wally nahm ihr Glas, sog den Gin-Kakao durch einen gestreiften Knickstrohhalm und blickte bedeutungsschwanger mit ihren stahlgrauen Augen in die Gesichter der beiden sehr betrunkenen Männer. Dann sagte sie mit einer verstellten Stimme, die sie für besonders unergründlich hielt: „Ich habe in den letzten drei Wochen mehrmals von einem Fidibus geträumt."

Der Briefbote und der Wirt waren nicht sicher, ob sie richtig gehört hatten oder sie schon zu betrunken waren. Der verdammte Gin. Ach, hätten sie doch lieber Kakao pur getrunken. Was hatte Walburga da gerade gesagt?

„Tatsache. Ich habe in den letzten drei Wochen an jedem Tag, der durch sieben teilbar ist und kein Dienstag oder einem männlichen Heiligen mit dem Anfangsbuchstaben G gewidmet war, von einem Fidibus geträumt."

„Wirklich?"

„Das ist unfassbar!"

„Wenn ich es euch doch sage! Ich habe mein ganzes Leben noch von keinem Fidibus geträumt, und jetzt plötzlich in den entscheidenden Nächten, wo der Fidibus seine besondere Bedeutung in Träumen hat, da sehe ich so einen in meinen nächtlichen Träumen."

„Du hast von einem Fidibums geträumt? Ich kann es nicht glauben", lallte der betrunkene Briefbote, der sich sehr sicher war, dass er noch niemals von einem Fidibus geträumt hatte.

„Fidibus, heißt das. Ohne M."

„Das musst du uns genauer erzählen", bat der Wirt.

„Wie gut, dass ich die Abendschule in Oneiromantie besucht habe. Findet ihr nicht auch? Als Frau muss man sich ja besonders um die Weiterbildung kümmern. Man weiß ja sonst nicht, wo man bleibt."

Der Briefbote gab auf. Fidibus. Oneiromantie. Was sollte als nächstes kommen, was er nicht verstand? So ließ er seinen Kopf nach vorne sacken. Vielleicht hatte er im süßen Schlaf des Bacchus ebenfalls bedeutungsschwere Träume. Wer weiß.

Walburga aber störte es überhaupt nicht, dass Spradtek sich so unelegant aus dem Gespräch verabschiedet hatte und für den Wirt war das nur ein Zeichen, dass er seine Arbeit gut getan hatte. Wozu anderes tranken die Leute seinen berühmten Gin-Kakao, als um der Welt zu entfliehen? Mal mehr, mal weniger. So wischte der Wirt mit einem feuchten Lappen den verschütteten Gin-Kakao des Boten von der pflegeleichten Tischplatte und wandte sich wieder an Walburga. Er platzte dabei fast vor Neugier: „Aber was hat nun der Fidibus in deinen Träumen zu bedeuten?"

„Nun", sagte die Filialleiterin und dehnte die Pause aus, denn sie wusste, wie man Spannung erzeugt, wenn man von Träumen erzählt, „das bedeutet, angelehnt an die hohe Schule des Artemidor von Daldis, in der Oneiromantie ganz eindeutig..." Da nahm Walburga noch einen großen Schluck Gin-Kakao.

Der Wirt hüpfte aufgeregt von seinem Stuhl: „Nun sag es doch endlich. Spann mich nicht auf die Folter. Was verdammt bedeutet der Fidibus in deinen Träumen?"

„Der Gin-Kakao schmeckt heute wirklich besonders lecker" fuhr sie fort und konnte sich ein Lächeln nicht verkneifen, denn sie liebte es, Männer ein bisschen zu quälen.

„Ja, ja, natürlich ist der Gin-Kakao lecker. Aber jetzt sag, was bedeutet der Traum vom Fidibus? Ich glaube, ich habe auch schon einmal von einem geträumt." Das war natürlich gelogen, denn auch der Wirt hatte keinen blassen Schimmer, was oder wer ein Fidibus, die Oneiromantie oder Artemidor von Daldis waren. Er verband mit Träumen bisher allerhöchstens die Frage, ob der Alp- oder der Albtraum die korrekte Schreibweise war.

„Es kommt darauf an, wann man von einem Fidibus träumt", betonte Walburga mit einem Lächeln. „Aber erzähl mir mehr von deinen Träumen." Dabei klapperte sie so sehr mit ihren Augenlidern, dass der Wirt fast verrückt wurde. Aus Ungeduld oder aus Leidenschaft, wer weiß?

Er strich sich hektisch mit dem von Kakao und Gin durchtränkten Feudel über seine Glatze und zog sich aufgeregt die Schnurrbartspitzen lang. „Das weiß ich jetzt alles auch nicht mehr, was ich da geträumt habe. Das ist doch auch egal."

„Das ist aber wichtig. Sehr sogar."

„Es ist vollkommen gleichgültig, was und wann ich geträumt habe! Das ist absolut uninteressant! Wichtig ist, was der Fidibus in deinen Träumen bedeutet!"

„Willst du es wirklich wissen?", fragte Walburga mit verschwörerisch tiefer Stimme und strich dabei ihre blaugepunktete Bluse glatt.

„Aber ja doch, unbedingt!"

„Gut, aber es bleibt unter uns?"

„Natürlich. Du weißt doch, dass du mir vertrauen kannst."

„Also, weil du es bist, werde ich es dir sagen. Ich glaube, ich kann dir vertrauen."

„Natürlich kannst du mir vertrauen. Das weißt du doch. Aber jetzt sag schon, was der Fidibus in deinen Träumen bedeutet! Stehen wir vor dem Untergang der Welt?"

„Das glaube ich nicht. Was so oft prophezeit wurde, das wird niemals stattfinden."

„Also, bitte, sag dann doch endlich, was der Traum von einem Fidibus bedeutet!"

„Der wiederholte Traum von einem Fidibus innerhalb von drei Wochen an Tagen, die durch sieben teilbar sind, aber auf gar keinen Fall ein Dienstag oder ein Tag, der einem männlichen Heiligen mit dem Anfangsbuchstaben G gewidmet ist, sein dürfen, bedeutet in der Oneiromantie nach der hohen Schule des Artemidor von Daldis..."

Walburga atmete tief ein, der Wirt hielt den Atem an: „Es wird etwas passieren."

Der Bürgermeister behauptete von sich, dass er nie träume. Er fand das unmännlich und eines Bürgermeisters nicht angemessen. Außerdem hatten seine Eltern, schon als er ein Kind gewesen war, nichts von seinen Träumen hören wollen.

Die Leidenschaft seines Vaters galt ausschließlich der Modelleisenbahn, und jedes Gespräch jenseits einer Miniaturspurweite war für ihn vollkommen ohne Belang.

Seine Mutter dagegen wollte nur von den Erfolgen ihres Sohnes hören. Träume akzeptierte sie ausschließlich in Hinsicht auf seine Karriere. Sie sah in ihm sogar den zukünftigen Landrat des Landkreises. Von so etwas träumte er nachts allerdings nie. Wenn er ehrlich war, auch nicht am Tag. Aber das hätte er seiner Mutter natürlich nie gestanden.

Seit dem Geranienfraß hing der Haussegen in der Familie des Bürgermeisters schief. Nicht wie sonst, weil es einen Zusammenstoß zweier Loks auf der Weiche der Modelleisenbahn gegeben hatte, sondern wegen der Giraffe.

„Welche Schande für die Familie. Ein geranienloses Rathaus! Ich kann gar nicht mehr aus dem Haus. Wie soll ich noch zur Friseurin oder zum Fleischhauer gehen? Wie soll ich noch einen Kaffeeklatsch besuchen können? Die Leute zerreißen sich das Maul über mich!"

„Mama."

„Vati, sag doch auch mal was."

„Was soll ich denn da sagen?"

„Das ist mal wieder typisch. Nichts als die Modelleisenbahn im Kopf, und ich werde mit der Erziehung von deinem Sohn wieder allein gelassen."

„Mama, ich bin schon erwachsen."

„Das wüsste ich aber. Davon merke ich rein gar nichts. Was soll aus dir nur werden, wenn du dir am helllichten Tag die Geranien von einer dahergelaufenen Giraffe wegfressen lässt? Was werden die anderen Bürgermeister im Landkreis von dir denken? Was sollen die Wähler von dir denken?"

So redete die Mutter in ihrer blaugepunkteten Schürze und mit den großen pastellgelben Lockenwicklern im Haar ohne Unterlass auf ihren Sohn, den Bürgermeister, ein. Der musste heute zum Frühstück kalten statt warmen Kakao trinken, und Gelbwurst gab es auch nicht auf die Semmel.

Zum wiederholten Mal nahm die Mutter des Bürgermeisters die heutige Ausgabe von 'Pudel und Krone' zur Hand und starrte wütend auf die erste Seite. Der Bürgermeister versuchte sich hinter seiner Tasse kalten Kakaos und einem Hörnchen ohne Schokoladennussfüllung zu verstecken, als das nächste Donnerwetter seiner Mutter begann.

„Hast du das gelesen, mein Sohn?"

„Nein Mama, du hast mir die Zeitung noch gar nicht gegeben."

„Also, der Meyerheim, der ist halt ein Macher. Der weiß, was zu tun ist."

„Der Meyerheim? Der ist doch an allem schuld!"

„Die Geranien hast du schon selber vor das Fenster stellen lassen. Vergiss das nicht, mein Sohn."

„Aber Mama, woher sollte ich wissen, dass in unserer kleinen Stadt jemals eine wilde, hungrige und vor allem respektlose Giraffe herumlaufen wird? Du hast doch außerdem selber gesagt, dass ich das Rathaus hübscher machen soll. So wie die anderen Bürgermeister im Landkreis."

„Ich habe nicht hübscher sondern schöner gesagt! Aber wie sehen jetzt die leer gefressenen Blumenkästen aus? Attraktiv nenne ich etwas anderes. Warum muss ausgerechnet ich mit dir geschlagen sein? Andere Mütter haben so erfolgreiche, kompetente Söhne und was habe ich?"

„Mama. Das tut mir weh."

„Ach, das tut dir weh? Aber was du mir angetan hast, das ist dir egal? Oder ? Darüber verlierst du kein Wort. Die Schande des Landkreises sind wir. Ob ich mich noch beim Sockenhändler blicken lassen kann?"

„Entschuldigung, Mama. Bitte verzeih mir. Ich werde alles wiedergutmachen. Aber was steht denn da in der Zeitung? Was soll der Meyerheim so Tolles gemacht haben?"

„Meyerheim hat die Initiative ergriffen und schreibt nun einen Wettbewerb aus. Jeder darf einen Vorschlag für den Namen der Giraffe geben. Der Sieger bekommt dann als Preis eine Jahreskarte für zwei Personen für den Zoo."

„Eine Jahreskarte? Für zwei? Das sieht dem Geizhals gar nicht ähnlich."

„Das steht aber hier im 'Pudel und Krone'. Siehst du, mein Sohn, so geht man mit Niederlagen um."

„Mama, was soll ich jetzt tun?"

„Mein Sohn, du wolltest nach der Schule unbedingt Bürgermeister werden. Dabei hättest du wie dein Vater so gut Sparkassenangestellter werden können. Das wäre wenigstens was solides gewesen. Etwas, bei dem man nicht alle vier Jahre um die Wiederwahl zittern muss."

So sprach die Mutter des Bürgermeisters mit ihrem Sohn und drehte dabei die Wahrheit über die Berufswahl ihres Sohnes ebenso herum, wie sie die großen Lockenwickler aus ihrem, vor Kummer, den ihr Kind ihr machte, ergrauten Haar herausdrehte. Dann zog sie sich für einen Gang in die Stadt an.

„Mutter, wo gehst du hin? Ich dachte, du kannst gar nicht mehr unter die Leute?"

„Mein Sohn, es gibt Erledigungen, die kann man nicht aufschieben. Ich werde mich opfern."

Schon hatte sie Pompl, ihre geliebte Yorkshireterrierdame, in die feuerrote Handtasche aus Schlangenlederimitat gesteckt und das Haus verlassen.

Im Hundeschleifenfachgeschäft von Moni war heute besonders viel los. Aufgeregt kamen die Hundebesitzer nach ihrem morgendlichen Kakao mit Blaubeerkuchen von den Cafés am Marktplatz in das Geschäft, um ihren Lieblingen neue Schleifen zu kaufen. Das war natürlich nur ein vorgeschobener Grund, um an einem anderen Ort mit den gleichen Leuten über nichts anderes als dasselbe zu reden: den Namenswettbewerb für die gefräßige Giraffe im Zoo.

Dieser Wettbewerb war etwas, das die Phantasie der Kleinstadtbewohner anregte. Man merkte vielen an, dass sie so eitel waren, nur sich selbst als geeignet anzusehen, dem exotischen Tier einen Namen geben zu können.

Walburga, die für den weißen Mops Götz-Ulrich ihres Neffen eine neue, blaugepunktete Schleife aus sardischer

Muschelseide erwarb, überlegte laut, ob man die Giraffe nicht nach ihr benennen sollte. Sie war nämlich seit Kindesbeinen neidisch auf Moni, nach der die ältere Giraffe im Zoo benannt worden war. Das war damals ein Geschenk ihres Vaters zu ihrer Ersten Heiligen Kommunion gewesen.

Walburgas Vater hatte damals nicht nur an ihrem Kommunionkleid gespart, sie trug nur einen weißen Faltenrock statt eines langen Rüschenkleides, sondern auch lediglich die Namenspatenschaft für ein buntgeflecktes Meerschweinchen bezahlen wollen.

„Flecken sind Flecken, egal in welcher Höhe", hatte er gebrummt.

Wally hatte das nach ihr benannte Tier später niemals im stets überfüllten Meerschweinchengehege entdecken können. Die kleinen Säuger sahen irgendwie alle gleich aus, auch wenn ihr bei der Namenstaufe der Tierpfleger erklärt hatte, dass jedes Meerschweinchen einzigartig und ein Geschenk Gottes sei und das nach ihr benannte Tier ein ganz besonderes Meerschweinchen sei.

Nun war es bestimmt schon lange tot. Vielleicht hatte sogar der brüllende Löwe Dieter oder das lethargische Krokodil Senta ihr Meerschweinchen einmal als Nachmittagssnack bekommen. Aber die Giraffe Monika lebte noch immer im Zoo, und Walburga fand es nur gerecht, wenn die neue Giraffe dann eben nach ihr benannt werden würde. Hatte sie denn nicht so wunderbare lange Wimpern wie eine Giraffe? Außerdem, aber das verriet sie niemandem, hatte sie zwischen ihren Schulterblättern ein großes Lebermal, der einem Giraffenflecken verblüffend ähnlich sah.

Reismund, der Museumswärter, biss in seine mitgebrachte Gelbwurstsemmel und wackelte mit dem Kopf hin und her, was ihm das schwere Denken über einen Giraffennamen ungemein erleichterte. Mit seiner seltsamen Art von

Humor schlug er schließlich vor, die Giraffe solle Kaktus genannt werden. Der einzige, der in dem kleinen Laden darüber lachte, war er selber. Das störte ihn aber nicht, denn er war es gewohnt, dass niemand seine Witze verstand, und so wiederholte er seinen Namensvorschlag noch oft, auch wenn ihm längst niemand mehr zuhörte.

Professor Johann Leonhard Rost, Liebhaber von rosa Chinaseidenschleifen für seinen schwarzen Königspudel Flintsch, bestand auf einen historischen Namen. Zum Beispiel Sigena. Das sei der Name der ersten namentlich bekannten Frau der Region gewesen, auch wenn man nicht mehr über sie wisse, als dass sie eine Sklavin gewesen sei.

„Aber gerade diese marginalisierte Person könne doch ganz hervorragend im Kontext der Dekolonialisierung Namensgeberin einer Giraffe sein."

Moni fragte, was die vermutlich einheimische Sigena konkret mit dem Thema Dekolonialisierung zu tun hatte.

„Warum kann die Giraffe keinen afrikanischen Namen haben?"

Das lehnten alle anderen Anwesenden sofort rundherum ab. Ein afrikanisches Tier mit einem afrikanischen Namen? Irgendwo müsse man doch Grenzen setzen! Das dürfe man doch noch sagen, oder etwa nicht?

Hilfspolizist Sahm, der sich für ein pflegeleichtes kunstledernes Halsband mit vorgeformter Schleife in rot-weiß für den städtischen Wachdackel Schlappa entschied, schlug vor, die Giraffe 'Geranie' oder 'Rose' zu nennen, wenn das Tier doch schon so gerne Blumen fressen würde.

Reismund lachte laut auf: „Geranie, das ist gut, da wird sich der Bürgermeister sein Leben lang ärgern."

Walburga schnaubte nur wütend auf, denn sie ärgerte sich, dass alle ihren Namensvorschlag für die Giraffe so geflissentlich ignoriert hatten. Ihr lag wirklich sehr viel daran, die Schmach ihrer Kindheit, dass nur ein Meerschweinchen nach ihr im Zoo benannt worden war, wieder wettzumachen.

In diese Diskussion platzte die Mutter des Bürgermeisters herein, stellte ihre geliebte Yorkshireterrierdame Pompl auf den Tresen des Ladens und übersah das Stirnrunzeln von Moni. Als Mutter des Bürgermeisters war sie der Meinung, dass ihr Sachen zustanden, die sich andere nicht herausnehmen durften.

Moni hatte es inzwischen aufgegeben, ihr zu erklären, dass sie nicht mehr Rechte als andere habe und es respektlos sei, einen Hund auf die Ladentheke zu stellen. Aber sie ärgerte sich dennoch jedesmal, dass Pompl auf ihren Schleifenzuschneidetisch gesetzt wurde. Nicht zuletzt, weil die Überzüchtung schon zwei Mal eine kleine gelbe Pfütze dort hinterlassen hatte, die natürlich sie selbst hatte aufwischen müssen, weil die Bürgermeistermutter sich zu fein dazu war.

Sofort begann die Mutter des Bürgermeisters, das Gespräch im Laden an sich zu reißen, keinen Einspruch, keine andere Meinung geltend lassend. Sie musste das Schlimmste verhindern. Was, wenn der Vorschlag von diesem Museumswärter Reismund gewinnen würde? Nicht auszudenken, welche Blamage für die kleine Stadt das wäre. Dann könnte sie, oder besser gesagt ihr Sohn, die Ambitionen auf den Posten des Landrates wohl ein für alle Mal streichen.

Was bildete sich die Holzkleiderbügelfachverkäuferin ein, dass die Giraffe ihren Namen tragen könnte! Wenn, dann wäre es doch angemessen, der Giraffe den Namen ihres geliebten Hundes zu geben, und keinen anderen sonst. Immerhin hatte sie genug unter dem wilden Tier gelitten, oder wem waren die Geranien weggefressen worden?

Sie musste geschickt vorgehen, dann konnte aus dem Giraffenschaden für sie, oder besser gesagt ihrem Sohn, noch ein Vorteil für ihr Ansehen und die Zukunft herausspringen. Nur die einfachen Leute, die sollten bitte da nicht mitreden. Hier ging es um Politik. Da denkt jeder, etwas sagen zu können. Tatsächlich aber braucht man dafür sehr viel Wissen und Geschick. Diplomatie eben.

Nun betrat Museumsdirektor Scharrer mit seinem Mischlingshund Franz den kleinen Laden, in dem es ziemlich eng wurde.

„Nun ja, werte Frau Bürgermeistermutter, die Giraffe hat meinen historischen Rosengarten vollkommen zerstört und obendrein mir meinen geliebten blaugepunkteten Seidenschlafrock gestohlen. Ich denke, ich wurde mehr geschädigt als ihr werter Herr Sohn. Zumal es ja nicht seine eigenen Geranien waren, sondern die der Stadt. Also von uns allen mit unseren Steuergeldern bezahlt worden sind."

Ein giftiger Blick und das unheilvolle Schnauben der Bürgermeistermutter waren die Folge.

Scharrer hörte der Namensdiskussion bald nicht weiter zu. Er hatte keinerlei Ehrgeiz, bei dem Wettbewerb mitzuwirken. Was sollte er mit einer Jahreskarte für den Zoo? Die gefräßige Giraffe machte ihm Angst, und Meyerheim wollte er auch nicht über den Weg laufen. Stattdessen ließ er sich von Moni die neuesten Seidenschleifen aus Lyon zeigen, griff dann aber für seinen Hund Franz lieber zu einem Band aus der Stadt Paisley bei Glasgow.

Gutgelaunt über das neue Hundehalsband gingen Anselm Scharrer und sein geliebter Mischling vom Hundeschleifenladen durch die engen Gassen der kleinen Stadt zum Museum am Plätzlein.

Reismund, der Museumswärter, begleitete seinen Chef und erzählte ihm etwas über ein neues Buch mit den wichtigsten Wolkenfotografien in der kleinen Stadt vom Frühjahr 1878. Der Bildband liege im Buchladen Gullivers aus und sei eine wahre Pracht der Nephologie. Ein Bildband, der einem auf leicht verständliche Art und doch wissenschaftlich exakt näherbringe, dass es früher auch schon Wetter gegeben habe. Eine nicht zu unterschätzende Erkenntnis, fand Reismund. Leider reiche aber sein kärgliches Gehalt als Museumswärter beim besten Willen nicht aus, diesen Prachtband zu erwerben.

Scharrer hörte wie immer, sobald er nur das Wort Wolke von Reismund vernahm, nicht mehr genau hin, was dieser ihm erzählte. Deswegen ließ er sich dazu hinreißen, zuzustimmen, dass das städtische Museum eine Ausgabe dieses bedeutenden Wolkenbuchs für die hauseigene Forschungsbibliothek erwerben werde. Immerhin konnte er so einen Menschen glücklich machen und zugleich, was bedeutend wichtiger war, seine Ruhe haben.

Doch als sie um die Ecke zum kleinen Platz bogen, an dem das Museum stand, war es mit der gerade teuer erkauften Ruhe vorbei. Verdutzt blieben die beiden Männer und der kleine Hund stehen.

Nach einer kurzen Schrecksekunde wechselte Franz in die Angriffshaltung, zeigte seine Zähne und knurrte so laut wie möglich. Anselm Scharrer griff geschwind nach dem Paisleyhalsband, um seinen kleinen Hund festzuhalten und Schlimmeres zu verhindern. Die aufwendig gebundene Schleife im Stil von Lord Monboddo löste sich, doch sofort packte der Museumsdirektor den Hund auf seine Arme und stellte mit Bedauern fest, dass dieser schon wieder zugenommen hatte.

Auf dem kleinen Platz wimmelte es von Demonstranten. Manche waren mit Pinguinkostümen verkleidet, machten seltsame Tanzbewegungen und klatschten in die Hände. Andere hielten selbstgemalte Transparente mit humorlosen Sprüchen in die Höhe. Einige riefen schwer verständliche Sprechchöre, die sich allesamt nicht reimten. Eine seltsam angezogene Demonstrantin mit bunt geringelten langen Strümpfen und einer roten Perücke mit zwei abstehenden Zöpfen, die die beiden Männer ganz offensichtlich nicht erkannte, überreichte ihnen fröhlich ein eng beschriebenes Flugblatt.

Scharrer und Reismund setzten zum Rückzug an und versteckten sich hinter einem alten, windschiefen Fachwerkhaus. Der Text des Flugblatts war schwer verständlich. Die Autoren wollten alles und nichts zugleich, das aber umfassend und im Detail. Immerhin verstand Scharrer, dass ihm persönlich vorgeworfen wurde, dass er als Mann Kunstwerke von Frauen ausstellte und er sich damit ihre Kunst zu eigen machte. Außerdem zeige er ausgestopfte Pinguine in der Naturkundeabteilung, ohne dass Vertreter dieser Tiergattung gefragt worden waren, ob ihnen das passe.

„Ich verstehe die Jugend von heute nicht", seufzte Scharrer. Da kam eine andere junge Frau mit glattrasiertem Kopf in einem blaugepunkteten Overall die Gasse entlang und gab ihnen ein anderes Flugblatt.

„Was steht denn da drauf?", fragte Reismund, der außer über Wolken nie etwas las.

Auch hier hatte Scharrer seine liebe Mühe, den Text zu verstehen. Das Flugblatt war in lateinisch geschrieben, der Lingua Franca der Akademiker, aber gespickt mit altgriechischen Fremdwörtern und Verweisen auf bekannte unverständliche Philosophen und unbekannte nicht zu verstehende Soziologen.

Seufzend fasste Scharrer alles, was er von dem Text begriff, zusammen: „Letztendlich wird mir hier vorgeworfen, dass die Direktion des Museums nicht von einem Spheniscidae, was das lateinische Wort für Pinguin ist, geleitet wird."

Reismund lachte laut auf: „Ein Pinguin als Museumsdirektor?"

„Ja, ein Pinguin. Warum auch immer ausgerechnet dieses Arktistier. Wir haben doch noch so viele andere ausgestopfte Tiere im Museum."

„Pinguine sind so klein und haben spitze Schnäbel. Ehrlich, sie machen mir immer ein bisschen Angst mit ihren stechenden Blicken."

„Ich denke, heute sollten wir uns zurückhalten. Ich fühle mich nicht in der Lage für ein offenes Gespräch mit den Demonstranten. Lassen wir ihnen einen kleinen Sieg. Das Museum bleibt heute geschlossen. So beruhigen sich hoffentlich die Gemüter, und es lässt sich dann besser diskutieren."

„Aber das geht nicht. Wir haben unsere Pflicht", sagte Reismund. Vor allem dachte er daran, dass der Museumsdirektor ihm sicher nicht das Wolkenbuch kaufen würde, wenn das Museum geschlossen blieb. Wer wusste schon, ob eine Pinguinin als Museumsdirektorin Interesse an einem Buch über historische Wolkenfotografien haben würde? Reismund sah für sich, die lokale Nephologie und das Museum dunkle Gewitterwolken aufziehen.

„Lass uns lieber ins 'Na Und' gehen und einen Gin-Kakao trinken", unterbrach Scharrer die düsteren Gedanken des Wolkenliebhabers.

„Um die Zeit schon? Ist das nicht ein wenig früh?"

„Ich lade dich ein."

„Dann ist das natürlich eine sehr gute Idee."

Doch die beiden und der Hund kamen nicht weit, denn um die Ecke sauste der Bote Spradtek und winkte Scharrer aufgeregt zu.

„Herr Museumsdirektor, ich habe hier einen amtlichen Brief des Bürgermeisters, den sie mir quittieren müssten. Es tut mir leid, eigentlich hätte ich den gestern schon zustellen sollen, aber mir ist etwas dazwischengekommen."

„Das kann jedem passieren."

„Gehen sie heute nicht ins Museum?"

„Nein, das wird von Pinguinfreunden boykottiert. Wir gehen ins 'Na Und' und gönnen uns Gin-Kakao. Die letzten Tage waren schwer genug."

„Ich komme mit. Ich habe auch Post vom Bürgermeister für Wieland. Vielleicht habe ich heute Glück und treffe ihn auf seiner Bank an."

Der Wirt vom 'Na Und' freute sich, trotz seines gehörigen Katers, so früh am Tag schon die ersten Gäste begrüßen zu dürfen.

Schnell legte er den Staubwedel zur Seite, mit dem er gerade einen Gipsabguss von Michelangelos David gereinigt hatte und legte eine Platte von la Grodon auf. Er verehrte diese Sängerin über alle Maßen. Sein größter Traum war, dass sie einmal zu ihm in die Kneipe kommen würde und einen leckeren Gin-Kakao mit ihm trinken würde und, nein, daran wagte er nicht zu denken, was er somit natürlich doch tat, wenn diese göttliche Sängerin ein Lied im 'Na Und' darbringen würde. Aber bislang hatte die hochgepriesene Grodon sein kleines Etablissement noch niemals mit einem Besuch beehrt. Wer weiß, ob sie überhaupt von der Existenz dieser Spelunke Kenntnis erlangt hatte. Trotzdem staubte der Wirt den David täglich ab. Man konnte nie wissen, ob ein Traum nicht wahr werden würde, und eine verstaubte Gipsfigur wäre ihm über alle Maßen peinlich.

Die drei Männer, Scharrer, Reismund und der Briefbote Spradtek, bestellten Gin-Kakao. Was auch sonst. Scharrer lud auch den Wirt zum Frühschoppen ein. Der Rosengarten war zerstört, das Museum boykottiert. Was hatte er zu verlieren?

Der Wirt strich mit seiner breiten Hand über seine spiegelnde Glatze. Hatte er nicht kürzer treten wollen? Vor allem nach dem Nachmittag gestern mit Walburga und dem Boten des Bürgermeisters? Aber wenn der jetzt auch schon wieder trank, warum sollte er sich dann nicht ebenfalls einen genehmigen? Wer weiß, was morgen sein wird? Gerade in diesen politisch aufgewühlten Zeiten, da die Pinguindemonstranten jeden Tag ein neues Ziel entdeckten, gegen das sie protestierten.

So setzte sich der Wirt mit den frisch zubereiteten Getränken zu den anderen Herren auf die Terrasse vor der Kneipe, genoss die Sonne und mischte sich gerne in das Gespräch über die aktuellen Ereignisse in der kleinen Stadt ein, was ja eine der Hauptaufgaben eines Wirtes ist. Zuhören, zustimmen, zuprosten, neue Stichworte geben, weiter Alkohol auschenken.

Kurze Zeit später stieß Wieland zu ihnen und versuchte eine gefundene tagesaktuelle Ausgabe von 'Pudel und Krone', der nur der Turnerteil fehlte, für teures Geld zu verkaufen.

„Aber ich habe die Zeitung doch abonniert", versuchte der Wirt den Messias abzuwimmeln.

Doch Anselm Scharrer war heute in Spendierlaune, kaufte die Zeitung zu einem wahnwitzigen Preis und lud den Heiland ein, sich zu ihnen zu gesellen und ebenfalls einen Gin-Kakao auf seine Kosten zu trinken. Das ließ der sich nicht zweimal sagen, zog seine ausgebeulte Jeans, die er mit einem alten Strick um den Bauch zusammengebunden hatte, über sein blaugepunktetes Hemd hoch und fragte sogleich, ob es denn nicht auch noch Blaubeerkuchen dazu gäbe.

Dem Boten des Bürgermeisters fiel ein, dass er einen wichtigen Brief für den Messias hatte, kramte den leicht lädierten amtlichen Brief aus seiner abgeschabten Ledertasche und überreichte ihn dem Heiland gegen Quittung. Der war es nicht gewohnt, Post zu bekommen. Wer auf einer Bank lebt, der muss keine Rechnungen bezahlen, bekommt keine Werbung von Versicherungen, und selbst Antworten auf Chiffre-Anzeigen gehören für einen Stadtbankbewohner nicht zum Alltag.

So brach er denn das rote Wachssiegel des Briefes, nahm den Papierbogen mit dem Stadtwappen als Wasserzeichen heraus, las, was dort geschrieben stand, und ließ kreidebleich den Brief sinken.

Aufgeregt wollten seine Zechkumpanen wissen, was der Bürgermeister geschrieben hatte, doch Wieland sagte nichts, sondern reichte nur mit zittrigen Händen den amtlichen Erlass weiter.

„Das kann der Bürgermeister doch nicht machen!", rief erzürnt Reismund, als er den Bescheid gelesen hatte. Auch die anderen schlossen sich ohne Wenn und Aber dem Museumsmitarbeiter an.

Wieland von der Bank am Stadtweiher verweisen zu wollen, ihm die Schnorrerei am Marktplatz zu verbieten und dringlichst nahe zu legen, dass er seinen Wohnort in ein Städtchen im nördlichen Landkreis verlegen sollte, das ging wirklich zu weit. Die Aufregung am Tisch war groß. Eine neue Runde Gin-Kakao musste her.

Da fiel dem Museumsdirektor ein, dass er den Brief, den ihm der Bote vorhin auf der Straße überreicht hatte, noch gar nicht geöffnet hatte. Mit großer Geste holte er ihn aus seiner Rocktasche, hielt ihn hoch, so dass seine Zechkumpanen das verschlossene Schreiben bestaunen konnten. Dann riss er den Brief, mit einem verächtlichen Zug in den Mundwinkeln, auf. Er las ihn leise murmelnd, was die Spannung am Tisch steigerte. Plötzlich stampfte er auf, hielt den Brief weit von sich, und sein Gesicht, sogar die Glatze, liefen purpurrot an.

„Das ist die Höhe! Der Bürgermeister kündigt mir als Museumsdirektor. Er behauptet, Stauballergiker könnten wegen unserer veralteten Ausstellungsstücke unmöglich unser Haus besuchen."

„Ich staube doch täglich ab!", rief Reismund beleidigt.

„Hier geht es weiter: Im Rahmen der Sparmaßnahmen, die durch den entstandenen Geranienfraß am Rathaus nun unabdingbar für die kleine Stadt sind, wird das Museum in Gänze geschlossen. Zudem sei ein Museum nicht mehr zeitgemäß, und der Bürgermeister denke an Stelle des Museums ein schickes Einkaufszentrum zu errichten. Das käme den Bedürfnissen vieler Stadtbewohner mehr entgegen als alte Ölschinken, ausgestopfte Papageien und gefundene Steine aufzustellen."

„Ich habe doch gesagt, wir sollten mal Wolkenbilder aufhängen."

„Was ist das für ein Einwand? Also ich hätte von dir etwas anderes erwartet, als dass du jetzt an deine verdammten Wolkenbilder denkst. Ist dir klar, dass du deinen Arbeitsplatz verlierst, wenn das Museum schließt?"

„Zu mir auf die Bank kannst du dann auch nicht ziehen. Ich werde ja obdachlos", meldete sich Wieland.

Da erst kapierte Reismund die Tragweite der bürgermeisterlichen Briefe in Gänze. Sein bester Freund ohne Bank, und er selbst ohne Arbeit. Kein Wolkenbuch, nichts. „Das ist eine Katastrophe!"

Doch Scharrer hörte nicht hin, was Resimund noch sagte, er redete sich in Rage: „Der Bürgermeister hat keine Ahnung! Altes verstaubtes Zeug! Stauballergiker! Ein Kaufhaus statt eines Museums!"

„Das ist ein kulturpolitischer Skandal", rief der Wirt und hob sein Glas. Alle nickten zustimmend und tranken zur Bekräftigung ihres Protestes einen besonders großen Schluck Gin-Kakao. Die nächste Runde wurde auf den Tisch gestellt, denn echte Männer können am besten protestieren, wenn sie genug Flüssigkeit im Körper haben.

In der Villa Meyerheim stand ungläubig der Zoodirektor an seinem Schreibtisch und las immer wieder den Brief des Bürgermeisters:

'Wegen nicht mehr zeitgemäßer Zurschaustellung von Tieren wird der Zoologische Garten ab nächsten Sonntag behördlich geschlossen. Die Tiere sind in ihr natürliches Habitat bis Ende des Monats zu überführen.

Der Kostenvoranschlag für die neuen Geranien am Rathaus liegt anbei und muss innerhalb von drei Tagen beglichen werden.

Bei Nichterfüllung der Auflagen droht Kerker unter verschärften Bedingungen und Verlust aller Bürgerrechte.

Hochachtungsvoll,
der ehrwürdige Bürgermeister der kleinen Stadt.'

„Das 'Hochachtungsvoll' kann er sich aber wirklich sonst wohin!", schrie der Zoodirektor erfüllt von Zorn, knüllte den Brief zu einem kleinen Bällchen und warf ihn wutschnaubend in einem hohen Bogen durch das offene Fenster auf die Straße.

„Aua!", rief dort jemand. „Wer schmeißt hier nach mir? Was ist denn das für ein Trottel?"

Vorsichtig lugte der Zoodirektor hinter seinen dunkelgrünen Samtvorhängen auf die Straße hervor. Aber Meyerheim sah niemanden. 'Vielleicht hat der Mensch gar nicht mich gemeint? Heutzutage fliegen so viele Sachen durch die Gegend', hoffte er, als es schon an der Tür schellte.

'Oh nein. Was jetzt? Vielleicht habe ich da draußen jemanden ernsthaft mit meinem Papierbällchen verletzt? Oder es sind die Stadtpolizisten Schötz und Sahm, die mich verhaften wollen, weil ich Tiere hinter Gittern halte? Werde ich jetzt gefangen genommen und ende bei trockenem Brot und feuchtem Wasser im Lochgefängnis?', überschlugen sich seine Gedanken.

Wie so viele Männer in einem bestimmten Alter hatte auch der Zoodirektor noch Erziehungsmethoden erlebt, die damals nur das Beste für das Kind gewesen waren und heute einer Heerschar von Seelendoktoren Beschäftigung gaben. Doch kein noch so guter Schüler Sigmund Freuds konnte die Traumata eines kleinen Jungen ausgleichen, der für seine Naschsucht von der Großmutter mit stundenlangem knien auf Holzscheiten bestraft worden war.

Was sollte Meyerheim jetzt nur tun? An der Tür klingelte es wieder. Diesmal länger und eindringlicher. Verzweifelt blickte er die mannshohe blaugepunktete chinesische Bodenvase neben der Treppe an. Als Knabe war er manchmal in sie hineingekrochen. Wenn er sich jetzt nur wieder in ihr verstecken könnte und ihn niemand sehen würde, dann wäre alles gut, oder etwa nicht?

Er musste sich einfach nur tot stellen. Wie ein ausgestopfter Pinguin in einem der Dioramen von Anselm Scharrers Museum sein. Meyerheim holte tief Luft, dann presste er die Lippen ganz fest zusammen und hielt sich die Nase zu. Es war schon fast so, als wäre er gar nicht mehr am Leben, wenn er nicht mehr atmete.

Nun schlug es an die Tür: „Hallo, Meyerheim. Ich weiß, dass du da bist. Wir haben eine Verabredung."

Meyerheim schnappte nach Luft. Das war gar nicht die polternde Stimme eines der beiden Stadtpolizisten. Jetzt fiel ihm auch die Verabredung für heute ein. Meyerheim wischte sich mit seinem blütenweißen Stofftaschentuch mit dem Spitzenbesatz die Spucke vom Kinn, zog seinen Bauch ein und wölbte die Brust weit nach vorne.

Bei all den Misshelligkeiten, die er seit dem Auftauchen der neuen Giraffe in der kleinen Stadt gehabt hatte, war es durchaus statthaft, eine Verabredung zu vergessen, entschuldigte er sich vor sich selbst. So riegelte er die Haustür auf und ließ Walburga in sein Büro.

„Ein Sitzkissen?"

„Nein, danke, ich habe leider wenig Zeit. Nur solange das Holzkleiderbügelfachgeschäft Mittagspause hat."

„Aber eine kühle Waldmeisterbrause darf es doch sein?"

„Gerne. Mit Gin."

Während der Zoodirektor einschenkte, erklärte ihm Walburga, dass sie von ihrem Vorgesetzten im nördlichen Landkreis beauftragt worden war, Ideen zu entwickeln, wie man die Holzkleiderbügel schöner gestalten könne. Man hatte am Erfolg der bunten Hundeschleifen in Monis Laden gesehen, dass modische Muster den Absatz von überflüssigen Dingen enorm steigern könnten. Warum dann nicht auch von überlebensnotwendigen, aber kunstgewerblich bisher leider nicht sehr originell gestalteten Holzkleiderbügeln?

„Die Direktion denkt dabei an Tiermotive mit lokalem Bezug. Zum Beispiel sollen Holzkleiderbügel nach den schönsten Zebrastreifen deiner Tiere bemalt werden. Oder die entzückendsten Giraffenflecken werden von unseren Mitarbeitern in Borrioboolah-Gha auf die Bügel detailgenau kopiert."

„Borrio-Was?"

„Wir unterstützen seit vielen Jahren das Projekt von Mrs. Jellyby in Borrioboolah-Gha in Nigeria. Es gibt dort sehr viele Kinder, die auf der Straße spielen. Das ist extrem gefährlich, weil die Stadtreinigung nicht immer so gut kehrt wie in unserer kleinen Stadt. Kannst du dir das vorstellen, nackte Kinderfüße auf staubigen Straßen in der heißen afrikanischen Sonne? Wenn da eine Scherbe liegt, dann könnten sich die Kleinen verletzen, und das würde sehr, sehr wehtun. Weinende Kinder sind das Letzte, was wir wollen."

Meyerheim zuckte bei der Vorstellung eines blutenden kleinen Fußes und eines weinenden Kindergesichtes innerlich zusammen. Was für ein schrecklicher Gedanke, dass er für solch ein Leid verantwortlich sein könnte. Ihm rollte sogleich selbst eine Träne die Wange herab. Warum musste er in so einer ungerechten Welt leben? Wie hatte er nur verdient, von so viel Leid zu erfahren? Er dachte an seine eigenen kleinen Füße, als er Kind gewesen war. Die Vorstellung einer tiefen Schnittwunde in seine zarten, bleichen Füßchen war für ihn unerträglich. Er fand, er habe noch immer sehr zarte Füße. Eine weitere Träne rollte seine Wange herab.

„Bitte weine nicht. Wir wollen dem Nachwuchs in Borrioboolah-Gha deshalb viele Stunden am Tag die Möglichkeit geben, nicht auf der Straße herumtollen zu müssen. Sie sollen sich lieber mit ihren speziellen Fähigkeiten für eine bessere Welt einsetzen. Schönere Holzkleiderbügel bedeuten doch, dass die Welt besser wird, oder etwa nicht, mein lieber Meyerheim?"

„Ja, das wäre wirklich schön, wenn die Kinder nicht weinen und die Kleiderbügel nicht immer so langweilig aussehen würden."

„Genau. Es könnte zusätzlich sogar noch mehr Ordnung im Kleiderschrank hergestellt werden, indem man zum Beispiel die Sonntagsgarderobe nur auf Kleiderbügel mit gemalter Krokodilhaut, die weißen Hemden nur auf Bügel mit dem Muster eines Schildkrötenpanzers hängen würde und so weiter."

„Das ist toll. Ich fühle mich sehr geehrt, dass ihr die Fellflecken meiner Zootiere als Motiv wählen wollt."

„Mein Chef sagt, dass so auch viel mehr Besucher in deinen Zoo kommen werden. Wer am Morgen seine geplättete Bluse von einem Kleiderbügel mit aufgemalten Meerschweinchenflecken nimmt, will nach Feierabend wahrscheinlich auch das Vorbild in echt sehen. Du kannst außerdem an der Kasse bemalte Holzkleiderbügel als Souvenirs verkaufen und einen gewissen Prozentsatz vom Reinerlös für dich behalten."

Sobald Meyerheim etwas von einer zusätzlichen Einnahmequelle hörte, leuchteten seine dunklen Augen auf. Aber dann fiel ihm der Brief aus dem Rathaus ein.

„Das klingt alles wunderbar. Bunte Holzkleiderbügel. Schutz für afrikanische Kinder vor Glasscherben auf den Straßen. Neue Andenken für meine Zoobesucher. Ich würde am liebsten sofort mit einem Handschlag das Geschäft besiegeln. Aber ich muss dich leider enttäuschen. Der Bürgermeister hat mir einen Brief geschrieben, dass ich bis Sonntag meinen Zoo schließen muss und alle Tiere in ihr natürliches Habitat transferieren soll. Sonst droht mir das Lochgefängnis. Dabei mag ich doch gar kein trockenes

Brot, und feuchtes Wasser erst recht nicht. Vor allem frage ich mich, was das natürliche Habitat für einen brüllenden Löwen und ein phlegmatisches Krokodil, außer einem Zoo, sein soll."

Walburga saß stumm auf ihren Stuhl und starrte Meyerheim ungläubig an.

„Ich glaub', ich brauch' noch eine Brause. Mit Gin."

Die Journalistin Heidrun Albern strahlte über das ganze Gesicht. Die neueste Ausgabe von 'Pudel und Krone' verkaufte sich noch besser als die gestrige. Das lag eindeutig an der in dicken schwarzen Lettern über die ganze Breite des Titelblattes gedruckten Schlagzeile: 'Zoodirektor im Verlies?' Und etwas kleiner darunter: 'Kultureller Kahlschlag in der Stadt! Immer noch keine neuen Geranien am Rathaus!'

Genießerisch saß die Reporterin bei einem heißen Kakao und einem extra großen Stück Blaubeerkuchen vor dem traditionsreichen Kaffeehaus direkt am Marktbrunnen. Hier trafen sich vor allem die pensionierten Professoren. Die hielten sich für etwas Besseres, plauderten aber über genau dasselbe wie die Leute im Café nebenan. Nur wurde hier manchmal in das Gespräch das eine oder andere Fremdwort eingeflochten, auch wenn es selten einen Sinn ergab. Aber das gehörte zur Distinktion der feinen Leute, wie es Alberns Lieblingsphilosoph Pierre Bourdieu so treffend beschrieben hatte. Sie lauschte den Diskussionen über ihren Artikel in der Zeitung an den Nachbartischen und freute sich über die Sprengkraft ihres Textes.

Schon kam es am Tisch direkt neben ihr zu ernsthafteren Auseinandersetzungen. Ein älterer Mann mit mächtigem Schnauzbart und spiegelnder Glatze sprang erzürnt von seinem Stuhl auf und schüttete der Frau an seinem

Tisch Kakao auf ihr Kleid: „Unsere kleine Stadt ohne Zoo?! Nein, das wird es niemals geben! Verräterin!" Ohne sich noch einmal umzublicken, rannte er mit wütend erhobenen Fäusten in eine der kleinen Seitengassen davon.

Zurück blieb seine Bekannte, Frau Schorek. Mit einer Serviette tupfte sie ihr blaugepunktetes Sommerkleid ab. Tränen liefen über ihr Gesicht. Aber ihre Serviette war voll Kakao. Womit hätte sie die Tränen trocknen sollen?

Heidrun Albern trat an sie heran. „Kann ich helfen?"

„Nein, alles ist gut. Es ist nur dieser blöde Artikel in der heutigen Ausgabe von 'Pudel und Krone'."

Das versetzte der Albern einen Stoß. „Aber da steht doch nur, was der Bürgermeister mit dieser Stadt vor hat. Den Zoo und das Museum schließen! Wieland, unser ganz spezielles Stadtunikum, von seiner angestammten Bank in die Obdachlosigkeit zu vertreiben! Aber um die Geranien am Rathaus kümmert der Bürgermeister sich kein bisschen. Oder sehen sie dort neue Blumen? Das sind doch alles Tatsachen, die in dem Artikel aufgelistet sind."

„Ach was, Fakten. Die kann man so beschreiben oder so. Immer behaupten die Journalisten, dass ihre Sicht die Richtige ist, sie besonders viel von den Dingen verstehen und dass sie kritischer sind als alle anderen. Dabei geht es den Reportern doch nur um ihre eigene Eitelkeit und um Meinungsmache. Vielleicht ist in Wahrheit alles ganz anders. Wir hier in der kleinen Stadt haben ja nun mal nur die 'Pudel und Krone'. Da fällt es den Journalisten leicht, uns Leser zu manipulieren."

„Das stimmt doch nicht!", protestierte Heidrun Albern, die sich in ihrer Ehre verletzt fühlte, aber Frau Schorek nicht zu erkennen geben wollte, dass sie die Verfasserin des Textes war. Denn dazu fehlte ihr der Mut.

„Aber um Zeitungen an sich geht es auch gar nicht."

„Worum denn dann?"

„Mein Bekannter und ich haben uns darüber gestritten, ob es noch zeitgemäß sei, eine Giraffe im Zoo zu halten. Ich bin für die Freiheit der Tiere. Er will sie weiter bei unseren sonntäglichen Spaziergängen im Zoo bewundern können. Aber ob wir jetzt noch einmal gemeinsam spazieren werden, das bezweifele ich sehr."

In Alberns Hirn fing es an zu rattern. War das nicht die nächste Schlagzeile? 'Bürgermeister bringt Liebende auseinander!' Stilistisch war noch einiges daran zu feilen, aber wenn bei so einem Thema die Leute nicht die Zeitung kaufen würden, dann wüsste sie auch nicht weiter. Letztendlich ging es immer nur um das eine: Auflage, Auflage, Auflage.

„Am schlimmsten findet mein Bekannter, dass er jetzt ganz umsonst am Preisausschreiben für die Jahreskarte teilgenommen hat, da der Tiergarten schließen soll", sagte Frau Schorek mit dem großen Kakaoklecks auf dem Kleid, der inzwischen an den Fellfleck einer Giraffe erinnerte. Sie zahlte bei der Kellnerin und ging mit einem kurzen Gruß von dannen.

Heidrun Albern aber war auf Hochtouren. Sie eilte zu ihrer Schreibmaschine in die Redaktion.

Walburga brachte den Zoodirektor Meyerheim mit ihrer Energie vollkommen durcheinander. Nachdem sie nicht nur eine hausgemachte Brause, sondern ein ganzes Fässchen davon getrunken hatte, entfaltete der Waldmeister, ordentlich angereichert mit Gin, seine volle Wirkung bei ihr.

Ungeduldig schob sie den dicken Mann zur Seite, setzte sich auf den Direktorenstuhl, griff zum schwarzen Fernsprecher aus Bakelit und wählte auf der Scheibe die Nummer ihres Vorgesetzten. Nach einem langen Ferngespräch strahlte sie und rief erfreut: „Hurra, wir werden eine Kampagne starten. Die Kinder in Borrioboolah-Gha werden Solidaritätskleiderbügel für den Erhalt des Zoos bemalen!"

„Solidaritätskleiderbügel?"

„So ist das heutzutage. Wenn man die Welt retten will, muss man eine Kampagne machen. Man muss Leute für sich gewinnen. Freiwillige, die einem ohne Entgelt helfen, im Glauben, damit einen Sinn für das Leben zu finden und etwas Gutes zu bewirken. Wir brauchen Unterstützer, die unser Anliegen bekannt machen und die öffentliche Meinung beeinflussen.

Vor allem und unter allen Umständen brauchen wir aber Dinge, die die Leute kaufen können, um ihre Solidarität mit uns auszudrücken. Verbundenheit mit dem bedrohten Zoo unserer kleinen Stadt! Tiere, Kinder und Umwelt. Eine Superkombination. Da ist Solidarität doch Ehrensache."

„Ja, aber ist Solidarität nicht etwas ganz anderes als irgendwelche Dinge zu kaufen?"

„Wir reden von moderner Solidarität. Konsum als politische Tat. Ohne Konsum gibt es keine Politik, keine Rettung der Welt. Wie sonst soll Solidarität ausgedrückt werden als durch den Kauf eines aussagekräftigen Produkts? Die Sachen geben dir ein gutes Gefühl, weil die Freunde, die in deinem Kleiderschrank herumwühlen, sofort erkennen, wessen Geistes Kind man als Kleiderbügelbesitzer ist. Mehr Solidarität als durch Shopping kann es gar nicht geben! Konsum ist längst keine Privatangelegenheit mehr sondern solidarische Pflicht!", erklärte Walburga dem alten, weißen Mann. Aber schon wählte sie weitere lange Nummern auf der Drehscheibe des Fernsprechers.

Meyerheim wurde innerhalb kürzester Zeit zum Brauseträger der Kampagne für seinen eigenen Zoo degradiert. Walburga meinte, mit seiner 'ungefilterten Emotionalität' würde er die Arbeit an der Kampagne zur Rettung des Zoos nur stören.

„Man braucht einfach einen kühlen Kopf, um gegen die skrupellosen Machenschaften eines solchen Bürgermeisters vorzugehen", sagte sie und nahm einen weiteren großen Schluck Waldmeisterlimonade mit Gin.

„Hast du nur einen Fernsprecher im Haus? Wir brauchen neues Briefpapier! Bring sofort ein neues Farbband für die Schreibmaschine, Tipp-Ex und Durchschlagpapier, Briefmarkenbefeuchter, Locher, Hefter, Ordner, Löschpapier und einen automatischen Bleistiftspitzer. Wieso dauert das alles so lange? Wo bleibt meine nächste Waldmeisterbrause mit Gin? Dalli, Dalli."

Zur gleichen Zeit saßen Museumsdirektor Anselm Scharrer, Reismund, Wieland, Spradtek mit dem Wirt vom 'Na Und' im Vorgarten der Kneipe und ließen sich hemmungslos mit Gin-Kakao ohne Waldmeister volllaufen.

Eine eindeutig andere Strategie, um mit Problemen umzugehen, als dies zur selben Zeit in der Zoodirektorenvilla geschah. Aber ihnen fehlte die Tatkraft einer Frau. Sie waren eben nur Männer.

Das Lebenswerk von Scharrer war von einer gefräßigen Giraffe in nur einer Nacht zerstört worden. Das Schlimme für ihn war, dass er nicht einmal wusste, ob er nicht selbst schuld daran war. Was war nach der Opernpremiere und dem Tanzlokalbesuch passiert? Hatte er vielleicht die Giraffe höchstpersönlich mit nach Hause genommen? Aber warum sollte er sich ein Langhalstier anlachen? Und wo soll er sie getroffen haben? Wenn er sich doch nur erinnern könnte. Oder war die Giraffe einfach aus dem Nichts in seinen geliebten Rosengarten gekommen? Vielleicht log Meyerheim, und er hatte die Giraffe doch irgendwo gekauft und nachts heimlich zu seinem einst so wundervollen Rosengarten gebracht. Gab es eigentlich einen Versandhandel für blumenfressende Giraffen?

Auch das Museum war bald Geschichte. Er machte sich wenig Sorgen um seine Zukunft. Einen Kupetzky- Fachmann wie ihn würde man sicher auf der ganzen Welt brauchen. Was ihm Kummer bereitete, war, dass er, wie er es nun in seiner trunkenen Stimmung empfand, sein Leben in der kleinen Stadt und für das Museum verschwendet hatte. Jedes Angebot für die Leitung einer renommierten Kulturinstitution aus dem nördlichen Landkreis hatte er stets abgelehnt, um sich mit Leib und Seele für dieses Museum einzusetzen. Alles umsonst.

Jetzt würde es dort bald statt verstaubter Dioramen mit ausgestopften Tieren überquellende Grabbelkisten mit bunten Socken geben. 'Kaufen statt Staunen' würde das Motto sein. Plötzlich entdeckte er wieder seine Liebe zu den Steinen in der Mineraliensammlung. Zur Sammlung der blaugepunkteten chinesischen Schalen im Depot, die seit Jahrzehnten nicht mehr ausgestellt worden waren, aus Angst, ein Besucher könnte sie vom Sockel stoßen. Zu den Ölgemälden von Dora Hitz.

Hätte er sein Leben nicht diesen Dingen gewidmet, was hätte er alles erleben können? Was tun und lassen können? Statt über Bilder anderer Künstler zu schreiben, selber welche zu malen? Wäre er heute noch Junggeselle, wenn er in die weite Welt hinausgezogen wäre? Würde er jetzt Besitzer eines Pudels statt eines Mischlings sein? Nein, so etwas durfte er erst gar nicht denken. Franz, sein kleiner Mischlingshund, war doch der beste Hund auf der Welt.

Selbstmitleid war eine der größten Begabungen von Scharrer. Aber darin unterschied er sich von keinem anderen Mann.

Am anderen Ende der Stadt hatte Walburga es innerhalb kürzester Zeit mit einigen wenigen Argumenten geschafft, die Demonstranten von einem neuen Ziel zu überzeugen. Hauptsache Engagement! Vergessen war der Kampf für eine neue ethisch verantwortungsvolle Museumsleitung und gegen Meyerheim als Tierquäler. Das Büro des Zoodirektors war in die betriebsame Schaltzentrale einer großen Kampagne verwandelt worden. Die ehrwürdige Direktorenvilla ähnelte nun einem summenden Bienenstock, in dem jeder mit großem Fleiß sein Bestes für die Königin gab. Junge Menschen liefen hastig durch die Privaträume des Zoodirektors, diskutierten lauthals über Proteststrategien, schrieben aufgeregt Texte für Flugblätter, bedruckten zusammen T-Shirts mit schmissigen Slogans und tranken Unmengen von Waldmeisterbrause-Gin. Eine euphorische Stimmung herrschte in dem großen Haus. Niemand beachtete den Zoodirektor. Es sei denn, man brauchte neue Limonade. Dann musste es schnell gehen. Geduld ist kein Talent der Menschen, die die Welt, oder zumindest einen Zoologischen Garten, retten wollen.

Als Meyerheim in den Keller steigen wollte, um Brausenachschub zu besorgen, kam ihm ein als Pinguin verkleideter junger Mann auf der Treppe entgegen. Der Zoodirektor erschrak gehörig. War das nicht einer der gehässigen Demonstranten, der vorgestern noch vor seiner Villa gegen die Zwangshaltung der Tiere im Zoo protestiert hatte? Meyerheim fürchtete um sein Wohlergehen und presste sich ängstlich gegen die unverputzte Backsteinwand. Doch der Pinguinmann nickte ihm nur zu: „Mach hin, wir brauchen noch mehr Limonade."

Ein Mädchen im kurzen, flickenbesetzten gelben Kleid und buntgeringelten langen Strümpfen zog die wildseidenen Bettlaken aus den Schlafzimmerschränken und vom Himmelbett ab. Ehe Meyerheim sich beschweren konnte, breitete das rothaarige Mädchen die Laken auf den Eichenparkettboden aus und verwandelte mit schwarzer Teerfarbe die Schlaftücher zu Transparenten, die zum Erhalt des Zoos aufriefen. Meyerheim seufzte laut auf, als er den Schaden an dem historischen Parkett sah. Aber was interessierte die junge Aktivistin die überkommenen Sorgen eines in ihren Augen uralten Mannes?

Walburga hatte es geschafft, dass alle, die sich vor kurzem noch für die Schließung des Zoos eingesetzt hatten, jetzt mit dem gleichen Eifer für den Erhalt des Zoos kämpften.

„Walburga, wie hast du das gemacht?", fragte atemlos Meyerheim.

Sie lächelte selbstbewußt, schob ihre Nasenspitze ein bisschen nach vorne und strich sich eine dichte Haarsträhne hinter ihr rechtes Ohr: „Das war ganz leicht. Ich sage nur, Tiere, Kinder, Umwelt und eine Brise Widerstand gegen die Staatsgewalt. Gewürzt mit ein bisschen esoterischer Verschwörungstheorie. Du weißt schon. Ich habe da etwas durchblitzen lassen, dass unser Bürgermeister in Wahrheit eine extraterrestrische Eidechse ist, die im Keller unter einer Pizzeria haust."

„Was ist das denn für ein Blödsinn?"

„Wer Protest will, muss auf dem Laufenden über die internationalen Widerstandsbewegungen sein. Egal, ob man selber an den Quark glaubt, oder nicht."

„Aber Reptiloiden? In unserer kleinen Stadt?"

„Wer weiß, was wirklich in dem Bürgermeister steckt? Wenn überhaupt, dann glaube ich eher an Monstermeerschweinchen als an Echsen. Aber sicher kann ja niemand sein und wer kann schon wirklich sagen, von welchem Planeten uns die Plage der Männer zugesandt wurde. Wichtig ist, dass wir mit der Giraffe eine ikonische Figur haben.

Außerdem haben wir die beste Waldmeisterbrause und die schönsten Merchandisingprodukte für unseren Protest entwickelt. Bei diesen Protestkleiderbügeln konnte einfach niemand Nein sagen."

„Das ist das ganze Geheimnis deines Erfolges?"

„Ja. Waldmeisterbrause mit sehr viel Gin wirkt Wunder, auch wenn das kein Protestler jemals zugeben würde. Und irgendwas zum Kaufen. Konsum finden alle gut. Solange er kritisch ist. Natürlich gehört auch eine gute Kommunikationsstrategie dazu. Sieh mal, die Burschen von der Molkerei haben auf jede frische Kakaoflasche ein Flugblatt von uns geklebt. Vor der katholischen Pfarreibibliothek und an anderen wichtigen Orten haben wir Wandzeitungen angebracht. Die nächste Ausgabe vom evangelischem Gemeindebrief wird ebenfalls ganz unserem Kampf gewidmet sein. Wir gewinnen so die Meinungsmacht in der kleinen Stadt. Dann haben einige Professoren bestätigt, dass wir aus rein wissenschaftlicher Sicht im Recht sind und wer widerspricht oder Fragen hat, prinzipiell auf der falschen Seite steht. Wer uns kritisiert, hat verloren. Die Leute haben begriffen, es geht um das große Ganze."

„Ich bin schwer beeindruckt."

„Das erwarte ich auch. Aber ich habe noch mehr als Flugblätter und bemalte Kleiderbügel auf Lager. Ganz wichtig ist eine weitere Erfindung von mir. Sie soll den Menschen die Möglichkeit geben, sich vollkommen mit dem Protest zu identifizieren. Es ist ein neues Parfüm. Ich nenne es 'Le Protest'. Eine Mischung aus Bibergeil und Amber. Das eine ist ein Sekret vom Biber, das andere eine graue, wachsartige Substanz aus dem Verdauungstrakt von Pottwalen."

„Das hört sich widerlich an."

„Im Gegenteil. Die Menschen stehen Schlange, um einen Flakon des Parfüms zu kaufen. Die Parfümfläschchen lassen wir übrigens von Kindern in Borrioboolah-Gha zuschrauben. Mrs. Jellyby ist ganz verzückt. Die armen afrikanischen Kleinen üben so eine völlig neue Körperbewegung ein. Das sei sehr, sehr gut für diese Kinder, schrieb sie uns in ihrem letzten, parfümierten, Brief."

„Ein Solidaritätsparfüm? Ich weiß nicht. Früher war der Protest irgendwie bodenständiger und Demonstranten waren oft ungeduschte Menschen."

„Ach ja. Damals. Wenn alte weiße Männer von früher erzählen. Gähn. So ein Protestparfüm spült richtig Geld in die Kasse. Wir sind nach aktuellem Stand die finanziell zweiterfolgreichste Protestbewegung im Landkreis."

„Ich höre nur Umsatz. Was ist mit unserem Ziel, dem Erhalt des Zoos?"

„Meyerheim, die Zeiten ändern sich. Man muss neue Strategien des Protestes entwickeln. Immer nur händchenhaltend schweigend im Kreis stehen, in der Hoffnung, dass das Atomnotkrankenhaus unter der Schulturnhalle nie benutzt werden muss, oder angezündete Kerzen um das Rathaus zu tragen, in der Hoffnung, dass Nachbarn wegen der Herkunft ihrer Großeltern nicht mehr erschlagen werden, das geht einfach nicht mehr. Der Konsum ist das entscheidende Mittel des Protests. Und Widerstand muss heute professionell gemanagt werden. Der Umsatz ist die ausschlaggebende Kennziffer einer jeden kritischen Widerstandsbewegung. So ist der Zeitgeist nun einmal."

„Gut dass ich dich habe. Ich verstehe davon rein gar nichts."

„Du bist ein Mann. Das Denken in neue Bahnen zu lenken fällt dir schon rein biologisch nicht leicht. Männer haben diese großen Gehirne. Das ganze Gewicht drückt auf die unteren Hirnwindungen. Die Nervenzellen im Denkorgan werden dadurch inaktiv. Das Riesenhirn des Mannes ist eine evolutionäre Sackgasse. Da kann man schon froh sein, wenn ihr eine halbwegs anständige Waldmeisterbrause mit Gin hinbekommt."

„Wenn du das sagst, Wally."

„Du hast den Wink mit dem Zaunpfahl gerade nicht verstanden, oder? Das Monsterhirn der Männer ist der Durst von uns Frauen! Los Meyerheimchen, ab in die Küche. Waldmeisterbrause mit Gin für alle. Aber schnell. Ich gucke derweilen, was unsere Spendenbüchsensammler heute eingenommen haben. Kleinvieh macht bekanntlich auch Mist."

Während in der Meyerheim'schen Villa ein völlig neuer Ton eingezogen war und sich die funkelnden Groschen aus den blaugepunkteten Spendendosen auf dem dunkelgrün bespannten Billardtisch stapelten, guckte am Stadtweiher traurig Scharrer in sein leeres Portmonee. Kein Heller und kein Taler waren mehr in der Geldbörse. Wankend stand er auf. Ein verliebtes Entenpärchen im Weiher flog schnatternd davon.

Die stolze Mutter des Bürgermeisters erlebte derweilen die größten Demütigungen ihres Lebens.

Zuerst wollte sie im Holzkleiderbügelfachgeschäft neue Wochentagbügel kaufen. Aber was sie dort gesehen hatte, raubte ihr den Atem. Der Laden nannte sich jetzt 'Zoologisches Solidaritätsfachgeschäft', und junge Menschen mit smartem Lächeln verkauften mit Parolen gegen den Bürgermeister bedruckte Kleiderbügel und T-Shirts sowie ein penetrant stinkendes Parfüm.

„Alles für den Erhalt des Zoos und gegen autoritäre Machtstrukturen in der kleinen Stadt.", wurde sie von einer jungen Frau im blaugepunktetem Overall und mit abrasierten Haaren aufgeklärt. „Sie können mit allen gängigen Karten zahlen."

Nebenan in Monis Hundeschleifenladen schwiegen die Kunden betreten, als sie mit der Yorkshireterrierdame Pompl den Laden betreten hatte. Dass Moni sie wie jedes Mal darum bat, Pompl nicht auf den Verkaufstresen abzustellen, zeigte der Mutter des Bürgermeisters eindeutig, woher der Wind in der Stadt wehte. Zähneknirschend hatte sie, um sich keine Blöße zu geben, ein einfaches hellrosa Band mit golden gestickten Krönchen für ihren Yorkshireterrier gekauft und eiligst den Laden verlassen. Auf eine kompliziertere Schleifenbindung a la Wittgenstein hatte sie in dieser Atmosphäre gerne verzichtet.

Im Café am Markt weigerte sich dann die Bedienung, ihr einen Blaubeerkuchen und Kakao zu bringen. Sie sei doch die Mutter dieses schrecklichen Bürgermeisters, der den brüllenden Löwen Dieter und das lethargische Krokodil Senta aus der kleinen Stadt verbannen wolle. So eine würde er nicht bedienen, sagte der Kellner, drehte sich um und beachtete sie mit keinem weiteren Blick. Allgemein gemurmelter Beifall von den vollbesetzten Tischen. Was für eine Demütigung für sie, die Mutter des Bürgermeisters!

Ihr Sohn musste auch das Café, den Hundeschleifenladen und ganz besonders das Holzkleiderbügelfachgeschäft schließen. Es reichte nicht, nur das Museum und den Zoo zuzusperren, oder Wieland zu vertreiben. In dieser kleinen Stadt sollte viel radikaler aufgeräumt werden, als bisher geplant war. Das war das mindeste, was ihr Sohn als Bürgermeister für sie tun musste. Rache! Rache! Rache!

Neben der Stadtkirche entdeckte sie dann eine Wandzeitung am rot gestrichenen Bretterzaun, der einen kleinen Garten des evangelischen Pfarrbüros abschirmte. Die Collage war gestaltet, als ob Hans Christian Andersen noch einmal einen Paravent entworfen hätte. Es war eine Unmenge von Bildern von ihr, ihrem Sohn, Meyerheim und Scharrer, von dem brüllenden Löwen Dieter, dem lethargischen Krokodil Senta und der blumenfressenden Giraffe auf den langen Bogen Papier geklebt. Dazwischen waren mit bunten Filzstiften zahlreiche Aufrufe zum Sturz des Bürgermeisters und für die Haltung von Tieren hinter Gittern geschrieben.

Was sie da sehen und lesen musste, war so unglaublich, dass sie sofort über eine Flucht aus der kleinen Stadt in den nördlichen Landkreis, wenn nicht sogar noch viel weiter weg, nachdachte. Ihr Leben und das ihres kleinen Yorkshireterriers war hier nicht mehr sicher. Aber erst einmal musste sie ihren Sohn zur Rede stellen.

Der Bürgermeister starrte entsetzt auf das wutverzerrte Gesicht seiner Mutter, die gerade in seine Amtsstube gestürmt war. Gerade hatte er den Abschluss des Fortsetzungsromans von Uta Danella in 'Pudel und Krone' gelesen. Er neigte in Krisensituationen, wie alle Männer, zum Eskapismus und war deshalb vollkommen ahnungslos, was das Tagesgeschehen betraf. Zumal er heute das Haus noch vor dem Frühstück verlassen hatte, um in Ruhe und ganz allein im Botanischen Garten vor der Arbeit auf andere Gedanken zu kommen. Vor allem aber, um nicht wieder nur kalten Kakao und trockenes Roggenbrot ohne Gelbwurst von seiner Mutter serviert zu bekommen.

Aus dem Gestammel und Geschrei seiner Mutter konnte er nur so viel entnehmen, dass sie demnächst durch die Guillotine geköpft werden würde. Eventuell sogar auch ihr geliebter Pompl. Seine Mutter war sich offensichtlich nicht sicher, was schlimmer wäre. Ihr eigener Tod oder die Ermordung von Pompl. Was sie aber vielleicht noch mehr als die bevorstehende Enthauptung aufzuregen schien, war, dass sie keinen Termin bei der Friseurin bekommen hatte.

„Weißt du, was das für eine Frau bedeutet?"

Der Bürgermeister strich die lange, fettige Haarsträhne über seine spiegelglatte Glatze und fragte sich, warum die Mutter eine frische Dauerwelle brauchte, wenn man ihr eh den Kopf abschlagen würde.

„An allem ist nur dein Vater schuld! Er hat dich nicht richtig erzogen! Ihr bringt mich noch beide ins Grab! Welche Schande! Was für einen Kummer du mir immer bereitest! Wie habe ich das nur verdient?"

Der Bürgermeister kannte die Wutausbrüche seiner Mutter zur Genüge. Aber heute war sie besonders in Rage, und er verstand nicht wirklich warum. Weshalb bekam sie keinen Friseurtermin? Warum hatte Pompl nur ein Band um und keine komplizierte Schleifenbindung? Wieso sollten beide enthauptet werden? Wie köpft man einen Yorkshireterrier, der eigentlich keinen Hals besitzt? Wie hing nochmal der Friseurtermin der Mutter mit der Schleifenbindung des Hundes zusammen? Und was bedeutet das Gerede von einem bestialisch stinkendem Parfüm im Holzkleiderbügelfachgeschäft?

Es musste etwas wirklich Schlimmes passiert sein. Aber was nur? Seine Mutter hatte einen solchen Furor wie seit Wochen nicht mehr und er verstand einfach nichts. Deshalb flehte er sie an: „Mama, bitte, mach langsam."

Seine Mutter hielt in ihrem Gekeife kurz inne, starrte ihn mit heraustretenden Augen an, schnappte nach Luft, riss ihre Arme in die Höhe und brüllte dann: „Wir alle werden geviertelt und gerädert am Fahnenmast aufgeknöpft erschossen und bei lebendigem Leib angezündet vergraben und der werte Herr Filius steht auf der langen Leitung und macht nichts!"

In der offenen Tür stand plötzlich Fräulein Elke. Die war die Auftritte der Bürgermeistermutter gewohnt und ließ sich auch von diesem Wutausbruch kein bisschen beeindrucken. Im Gegenteil, es amüsierte sie zu sehen, wie der gestandene Herr im besten Alter noch immer unter der Fuchtel seiner hysterischen Mutter stand. Sie mochte Männer, die Frauen unterlegen waren.

„Ich möchte nur ungern stören. Aber vor dem Rathaus versammeln sich immer mehr Protestler."

„Was? Wie! Sie sind da! Tod! Blut! Knochenbruch! Wir werden sterben! Tod sein! Nicht mehr leben!"

„Die Demonstranten protestieren doch nur für den Erhalt des Zoos. Die Leute aus den Cafés und den umliegenden Geschäften schließen sich ihnen aber an."

„Das ist unser Untergang! Ade, du schöne Welt!", rief die Mutter des Bürgermeisters, griff sich an die Kehle und sank ohnmächtig auf den Besucherstuhl. Fräulein Elke war etwas irritiert. In Ohnmacht fielen doch sonst nur Männer.

Auf den Marktplatz kamen immer mehr Leute zusammen. Niemand hatte das organisiert, die heutige Demonstration war wie aus dem Nichts entstanden. Walburga wusste von diesem spontanen Protest überhaupt nichts und bekam auch lange nichts davon mit. Sie hatte sich in das Direktorenbüro der Meyerheim'schen Villa eingeschlossenen, um den Widerstand zu managen und vor allem sich über Bankkonten in fernen Ländern zu informieren. So hatte sie nicht gemerkt, dass alle Helfer die Villa nach und nach verlassen hatten.

Die Kinder der kleinen Stadt waren nicht zur Schule gegangen. Wofür sollten sie Biologie lernen, wenn sie später nicht einmal ein Krokodil oder eine Giraffe im Zoo sehen konnten? Die Lehrer waren den Schülern begeistert gefolgt. Wozu sollten sie noch unterrichten, wenn spätere Generationen nicht einmal mehr Pinguine zählen konnten?

Ganz normale, aber besorgte Bürger schlossen sich an. Wenn schon der Zoo und das Museum schließen mussten, dann war der Weltuntergang nicht fern. Wozu also noch zu Hause fernsehen oder in Versandhauskatalogen etwas bestellen, wenn das Ende so nah war?

Trotzdem, oder gerade deshalb, wussten viele Demonstranten nicht, um was es eigentlich konkret ging. Wichtig war vielen, einfach mal zusammen mit allen anderen gegen irgendetwas zu sein und dabei auf jeden Fall die Welt zu retten. Denen da oben, also in diesem Fall dem Bürgermeister mit seiner glänzenden Glatze und der fettigen Haarsträhne, musste es richtig gezeigt werden, auch wenn man bei der letzten Wahl für ihn gestimmt hatte und bei der nächsten Wahl es sicher wieder tun würde.

Die Künstlerin Claudià Borschárdt baute ihre Staffelei erneut mitten auf dem Platz auf und setzte sich ihre schwarze Baskenmütze, Zeichen einer wahren Künstlerpersönlichkeit, schief auf das dunkelblonde Haar. Der zu erwartende Sturm auf das Rathaus sollte für immer in Öl verewigt werden. Begeistert rief sie einigen als Pinguin verkleideten Demonstranten zu, still zu halten. Bald wirkte ihr Gemälde, wegen der vielen Pinguine darauf, wie eine Warnung vor der nächsten prophezeiten Eiszeit. So schnell kann ein Bild die Wahrheit verfälschen.

Die Stadtpolizisten Schötz und Sahm kamen auf ihrem klapprigen Polizeitandem von der nahen Polizeistation angefahren. Hinter ihnen rannte der Polizeidackel Schlappa mit hängender Zunge. Sie winkten wild mit ihren Armen herum und pfiffen auf ihren Trillerpfeifen sinnlos herum. Spontaner Protest war nichts, was in ihrem 'Handbuch für Polizisten in Notfällen' thematisiert wurde.

Die Kinder jubelten den Schutzmännern begeistert zu und begannen, sich zu einem modernen Gruppentanz mit halsbrecherischen Körperverrenkungen zu firmieren und sich um die Ordnungshüter herum zu dem Trillerpfeifenkonzert zu bewegen.

Die älteren Menschen, besonders die pensionierten Professoren, schüttelten ob der modernen Protestformen der Jugend ihre Köpfe. Nicht einmal mehr zu einem ordentlichen Straßenkampf war diese verweichlichte Jugend in der Lage! Also hakten sich die Alten selbst einander unter und bildeten Ketten, um sich gegen die Staatsgewalt zu verteidigen. Irgendwann merkten sie aber, dass die beiden Polizisten sie überhaupt nicht beachteten. Ihnen blieb nur, die Namen längst vergessener blutrünstiger Diktatoren zu skandieren, die der bürgerlichen Staatsgewalt Angst machen sollten. Denn ohne rohe Gewalt keine richtige Revolution! Die Molkereiburschen lachten die alten Kämpfer aus und bestellten bei den Wirten am Marktplatz Gin-Kakao.

Claudià Borschárdt, die inzwischen genug Pinguindemonstranten gemalt hatte, rief entzückt: „Was für ein Motiv!“, und schon zogen sich einige der Milchhausburschen für die Künstlerin die blaugepunkteten Unterhemden aus und posierten in vermeintlich heroischen Stellungen. Stolz drückten sie ihre Bäuche hervor, damit man auch in Zukunft sagen könnte: „Seht, was waren das für stramme Kerle, die damals für die Revolution gekämpft hatten.“

Zu ihnen gesellten sich zwei alte Lateinprofessoren. Sie waren die letzten verbliebenen Anhänger der einst so blühenden Freikörperkultur der kleinen Stadt. Ihre Meinung, die Gesellschaft hätte nur dann eine friedliche Zukunft, wenn sich alle in der kleinen Stadt ausziehen würden, traf aber vor allem bei den Jüngeren, die am eigenen Körper keinen Makel ertrugen, auf wenig Gegenliebe.

Die Molkereiburschen zogen beim Anblick der nackten Lateiner wieder ihre Unterhemden an und suchten das Weite. Auch die Borschárdt zog es vor, ein anderes Motiv als zwei senile unbekleidete Lateinprofessoren zu verewigen.

Die Augen der Wirte leuchteten. Schon wieder gab es in der Stadt einen Auflauf. Schon wieder stieg der Umsatz. Der Ross-, der Rinder- und der Schweinemetzger, warfen ihre Köstlichkeiten auf die schnell aufgebauten Roste vor ihren Geschäften und brutzelten kurze, dünne Würstchen, die reißenden Absatz fanden.

Richtige Begeisterung kam auf, als Tierpfleger Schmidt auf das Dach eines gelben Fernsprechhäuschens in der Mitte des Marktplatzes mit Hilfe einiger Molkereimitarbeiter kletterte und auf seinem alten Akkordeon Widerstandslieder wie 'Karl der Käfer' oder 'Wohlan, wer Recht und Wahrheit achtet' anstimmte. Alle Leute auf dem Marktplatz stimmten mit ein und brüllten, ohne auf die Melodie, geschweige denn Text und Sinn, zu achten: „Bella Ciao, bella ciao, bella ciao, ciao, ciao!"

Selbst der schnauzbärtige Pfarrer Meyer von der Laurentiuskirche, eigentlich ein Gegner jeden revolutionären Umbruchs, war gerührt von der energiegeladenen Stimmung. So befahl er seiner Tochter Kathrin, zusammen mit dem Kraftsportler Thomas an den Glockenseilen zu ziehen und dem Aufruhr damit den protestantischen Beistand zu gewähren.

Die Menschen waren euphorisch. Dies war besser als irgendein Pudelfestspiel. Noch nie war so ein enges Gemeinschaftsgefühl in dieser Stadt aufgekommen wie jetzt.

Nur im ersten Stock des Rathauses war man nicht begeistert.

„Haben sie ein Riechwasser, Fräulein Elke?"

„Ein Riechwasser? Nein, mein altes ist verbraucht. Aber heute morgen habe ich mir ein neues Parfüm gekauft."

„Schnell her damit, wir müssen meine Mutter aus der Ohnmacht holen."

"Wollen sie die arme Frau nicht lieber noch etwas ruhen lassen?"

Aber der Bürgermeister zögerte nicht und weckte seine Mutter mit dem Parfüm 'Le Protest'. Was folgte, waren wüste Beschimpfungen ihres Sohnes, Elke und auf die Welt an sich. Als die Mutter aber zum Fenster hinausblickte und die revolutionäre Menschenmenge vor dem Rathaus versammelt sah, griff sie sich wieder an den Hals, röchelte laut auf und sank sogleich zu Boden. Der Bürgermeister sah ein, dass dies das Beste für alle in der Amtsstube war.

Während am Marktplatz vor dem Rathaus die spontane Demonstration zu einem Volksfest ausgeartet war, standen Walburga und Meyerheim, denen noch immer nicht aufgefallen war, dass alle Helfer weg waren, vor dem Giraffengehege im Tiergarten und versuchten Fotos zu machen. Walburga war überzeugt davon, dass es für die Kampagne die richtigen Bilder brauchte.

„Ohne Fotografien geht heute gar nichts mehr. Wie wollen wir die Kinder in Borrioboolah-Gha motivieren, hochwertige Solidaritätsprodukte anzufertigen, wenn wir ihnen keine entzückenden Bilder von dir und der Giraffe schicken? Wenn die Kinder nicht wissen, welch wichtigen Kampf für die Menschheit sie mit ihrer Arbeit unterstützen, drehen sie vielleicht die Flakons nicht fest genug zu oder malen die Schlangenhaut auf die Holzkleiderbügel schlampig. Außerdem braucht die Albern von 'Pudel und Krone' neue Bilder. Fotos, die Menschen wachrütteln und ihnen dein trauriges Schicksal als zukünftig arbeitslosen Zoodirektor nahebringen und gleichzeitig zeigen, wie wohl sich die Wildtiere hinter Gitterstäben fühlen."

„Wollen wir nicht lieber Claudià Borschárdt fragen, ob sie mich malen kann? Die kann mein Doppelkinn, die Tränensäcke und die Schlupflider weglassen und mir stattdessen eine lange Nase ins Gesicht malen."

„Die Borschárdt? Auf gar keinen Fall. So eine egozentrische Künstlerpersönlichkeit kommt nicht in Frage für diesen wichtigen Auftrag. Ist die nicht gerade in ihrer 'Blaue Punkte'-Periode? Einen blauen Punkt nach dem anderen setzt sie auf die Leinwände, und wir sollen darüber diskutieren, welche Wirkung es auf uns hat, wenn ein Punkt größer ist als der andere. Was es über die Kunst an sich aussagt, wenn sie nur einen oder hundert blaue Punkte auf die Leinwand setzt. Warum sie blau nutzt und nicht schwarz und so weiter und so fort. L'art pour l'art. Nein, die kann man unmöglich bitten, einen guten Holzstich oder ein gelungenes Aquarell von dir anzufertigen. Am Ende kommt da nur ein blauer Punkt auf schlecht sitzendem Anzug heraus."

„Ich habe gehört, die Borschárdt ist zu ihrem spätimpressionistischen Stil zurückgekehrt."

„Ich will jetzt nicht Wilhelm II. zitieren müssen."

Meyerheim lief es kalt den Rücken herunter, wenn er Walburga so reden hörte. „Ich verstehe sowieso nichts von Kunst. Aber die Borschárdt..."

„Ach, sei doch still und lächle endlich in meine Kamera. Hier ist das Vögelchen."

„Cheese."

„Deine Giraffe sollte das aber auch sagen."

„Giraffen und Käse?"

„Sie sieht zu depressiv aus. Da glaubt uns keiner, dass sie hinter Gittern glücklich ist."

„Ich weiß nicht, wie Tiere fröhlich aussehen. Wie soll ich da erkennen, dass sie unglücklich ist?"

„Sie lässt zwar endlich den Kopf tief hängen und streckt ihn nicht mehr beleidigt in die Höhe, so dass man euer beide Köpfe gut nebeneinander auf einer Fotografie einfangen kann. Aber so traurig wie die Giraffe aussieht, da wirkt dein Lächeln zynisch. Das kommt bei den Kindern in Afrika bestimmt nicht gut an."

„Ich kann auch betrübt schauen. Wenn ich nur an meine Seidenbettlaken denke."

„Nein, die Kinder in Borrioboolah-Gha sollen wissen, dass sie für eine bessere Zukunft arbeiten. Die machen doch nichts aus Mitleid. Die Giraffe muss lächeln. Kennst du keinen Trick, eine depressive Giraffe zum Lachen zu bringen? Erzähle ihr doch einen Witz."

„Ich kenne keine Giraffenwitze."

„Das überrascht mich überhaupt nicht. So humorlos wie du schon immer warst."

„Jetzt gucke ich aber gleich beleidigt."

„Dafür haben wir keine Zeit."

„Ausgerechnet heute hat der Tierpfleger Schmidt frei. Der würde es garantiert schaffen, die Giraffe zum Lächeln zu bringen."

„Dann müssen wir einen Fachmann rufen. Kennst Du Valentin Zeileis?"

Eine knappe Stunde später stand der selbsternannte Heiler Valentin Zeileis auf einer Leiter neben der neuen Giraffe und schloss unzählige Drähte an deren Hörnchen an. Der Mann, der mit 600.000 Volt gegen den Tod ankämpfte, war mit seinem stattlichen Wissenschaftlerbauch, dem runden glatzköpfigen Schädel und dem mächtigen Rauschebart eine beeindruckende Erscheinung.

Da er sich einst als Dompteur betätigt hatte, war er auch der richtige Mann, mit innovativen Heilmethoden die traurige Giraffe wieder zum Lachen zu bringen.

Meyerheim wurde ganz blass im Gesicht beim Gedanken an die Stromrechnung, die auf ihn durch die Durchführung der elektrophysikalischen Therapie zukommen würde.

Doch Walburga schimpfte ihn als kleinlich: „Wenn wir keine gute Pressefotografie haben, wird die Kampagne zum Erhalt des Zoos kein Erfolg. Dann musst du den Tiergarten schließen und aus der Direktorenvilla ausziehen. Also, ein bisschen was musst du schon in deine Zukunft investieren. Außerdem können wir ja die Spendengelder der Kampagne zur Begleichung der Stromrechnung und für den Heiler verwenden."

Da rief ihnen schon Valentin Zeileis zu, dass es jetzt losginge: „Drei, Zwei, Eins."

Der Löwe Dieter brüllte. Der Heiler fiel von seiner Leiter. Das phlegmatische Krokodil Senta rollte die Augen.

Die Giraffe machte einen Satz, sprang über den Graben und wurde nicht mehr gesehen.

Die Demonstration war gerade auf einem neuen Höhepunkt, als Wieland, Scharrer und sein Hund Franz, die vom langen Läuten der Kirchenglocken zu einer so ungewohnten Zeit angelockt worden waren, gemeinsam auf den Marktplatz ankamen. Heidrun Albern entdeckte sie mitten im Gedränge, zog sie mit viel Geschrei hinter sich her, holte einige der kräftigen Molkereiburschen herbei und schob mit deren Hilfe die beiden Männer auf das inzwischen wieder leere Dach der Fernsprechzelle hinauf. Dann kletterte sie zu ihnen hinauf. Sie ließ sich von den Stadtpolizisten, die es inzwischen aufgegeben hatten, Ordnung schaffen zu wollen, eine rot-weiß gestreifte Flüstertüte reichen und fing an, eine Rede zu halten:

„Bürger dieser kleinen Stadt!"

Jubelrufe. Begeisterung von den umstehenden Leuten, dass sie angesprochen wurden: „Ja, das sind wir. Hurra! Eine kleine, kleine Stadt. Hurra!"

„Ruhe!", riefen die Molkereimänner und ließen ihre mächtigen Oberarmmuskeln spielen. Der Hilfspolizist Sahm schob sich seine Trillerpfeife in den Mund. Sein Vorgesetzter hatte sein Alarmwerkzeug leider schon längst verloren. Es dauerte eine Weile, doch dann kehrte wirklich Ruhe auf dem Marktplatz ein, soweit dies bei einer solchen Masse von Kleinstadtbewohnern eben möglich ist.

Im Rathaus vernahm man auch die Stille, ohne zu verstehen, warum die Menschen plötzlich leise waren. Der Bürgermeister wurde leichenblass und fasste sich wiederholt an den Hals. War dies die berüchtigte Ruhe vor dem Sturm? Würden die Bürger sich nun wegen der nicht neu bepflanzten Geranienkästen am Rathaus an ihm rächen? Musste er so früh sterben wegen einiger dummer Geranien? Eine Träne rollte über seine Wange, und er verkroch sich unter dem massiven Schreibtisch. Pompl, der Hund seiner Mutter, kam zitternd zu ihm gekrochen.

Fräulein Elke wagte sich dagegen todesmutig, wie der Bürgermeister fand, an das Fenster und machte es sogar einen Spalt breit auf, um zu verstehen, was auf dem Platz vor sich ging. Vom Markt wehte ein Hauch von 'Le Protest' in die ehrwürdige Amtsstube. Die Mutter des Bürgermeisters röchelte leise auf.

Die Albern hob wieder ihre Flüstertüte an: „Bürger dieser kleinen Stadt, heute ist ein Tag, der in die lange Geschichte unserer Gemeinde eingehen wird."

Allgemeine Zustimmung. Die Molkereiburschen hoben wieder ihre Finger vor ihre Münder: „Pst. Lasst sie doch mal ausreden."

„Wir wehren uns gegen die Willkür der Obrigkeit. Viel zu lange haben wir zugesehen, was dieser Bürgermeister hier macht. Am Stadtweiher wurden in diesem Frühling nur Primeln gepflanzt, während am Rathaus die schönsten Geranien blühten."

„Pfui Primeln. Geranien für alle. Geranien für alle!"

„Dann tauchte vor wenigen Tagen eine Giraffe aus dem Nichts auf. Niemand weiß, woher sie kam oder wem sie gehört. Aber wir alle wissen, was sie tat: Sie zerstörte in nur einer Nacht den kostbaren historischen Rosengarten von Anselm Scharrer. Eines der beliebtesten Ausflugsziele für den Sonntagnachmittagsspaziergang, wenn die Schwiegermutter einmal zu Besuch war."

„Ja, genau, was sollen wir jetzt mit den Schwiegermüttern unternehmen? Schwiegermütter raus! Schwiegermütter raus!"

„Aber nicht genug damit. Die Giraffe stahl dem Museumsdirektor seinen blaugepunkteten Seidenschlafrock und fraß auch noch die Geranien an unserem Rathaus alle weg."

„Revanche für den Schlafrock! Blaue Punkte für Alle! Rache für die Geranien."

„Doch ich will nicht die Giraffe, die ja nur ein wildes Tier ist und nichts für ihr Verhalten kann, zur Schuldigen machen. Viel schlimmer ist, was der Bürgermeister aus dieser Situation gemacht hat. Unter dem Vorwand der Tierliebe nutzt er nun die Gelegenheit und will den Zoo schließen.

Ein jeder weiß, dass sich ein Pinguin hinter Gitterstäben wohler fühlt als in Freiheit, wo Walrösser ihn fressen wollen und er nur rohen Fisch bekommt."

„Schützt die Tiere! Schützt die Tiere!"

„Aber die angekündigte Schließung des Zoos reicht dem selbstherrlichen Bürgermeister noch lange nicht. Er will auch noch unser Museum schließen. Angeblich, damit die Damen des Ortes bessere Einkaufsmöglichkeiten in einem neu errichteten Kaufhaus haben. Schoppen statt Glotzen! Was soll das für ein Kulturangebot sein? Wahrscheinlich geht es dem Bürgermeister vor allem um seine Mutter. Die hat sich schon immer über das mangelnde Angebot an modischen Saisonprodukten in der Stadt beschwert."

„Muttersöhnchen! Muttersöhnchen!"

Der Bürgermeister bebte vor Wut unter seinem Schreibtisch. Unter der zitternden Yorkshireterrierdame Pompl bildete sich eine kleine gelbe Pfütze.

„Als ob das alles noch nicht genug wäre, will der Bürgermeister sogar unserem Stadtmessias Wieland die Bank am Stadtweiher verbieten. So, meine lieben Bürger, erzeugt man Obdachlosigkeit. Wo soll der Heiland schlafen, wenn er nicht mehr auf seine Bank darf?"

„Lasst dem Messias seine Bank! Kunst statt Schoppen! Tiere hinter Gitter! Geranien für alle!"

„Bürger, schaut auf euer Rathaus. Die Blumenkästen im ersten Stock sind kahl. Der Bürgermeister kann die Schuld nur auf andere schieben. Dabei geht es ihm weder um bessere Einkaufsmöglichkeiten, um freiere Tiere oder um mehr Sitzgelegenheiten am Stadtweiher. Ihm geht es einzig und allein um Rache an Meyerheim, Scharrer und dem Messias, weil sie ihn in der Schule in Latein nicht abschreiben haben lassen."

„Mors majoris! Tod dem Bürgermeister! Mors majoris!"

Heidrun Alberns Mundwinkel zuckten siegessicher für einen Moment nach oben, ehe sie wieder ihr stahlhartes Revolutionsgesicht aufsetzte.

Doch ehe sie mit ihrer Rede fortfahren konnte, gab es plötzlich ein großes Geschrei in der Menge, und die Leute flohen panisch in die engen Seitengassen des Marktplatzes. Die als Pinguine verkleideten Demonstranten stolperten über ihre Filzschuhe und fielen auf ihre Nasen, ehe sie weiter rennen konnten. Die Professoren streckten die Arme in die Höhe, riefen fluchend irgendwelche Fußnoten und verschwanden mitsamt der Studentenschaft in Richtung Universität. Die Metzger und Wirte packten, so schnell sie konnten, ihre Würstchen und Kakaofässchen und brachten sie mit Hilfe der Lehrbuben in Sicherheit. Viele Demonstranten bekamen in der allgemeinen Panik nicht einmal mehr das Pfand für ihre Getränkebecher zurück, was sie sehr schwer traf.

Durch das Untere Stadttor war die Giraffe auf den Platz gestürmt. Die Journalistin Albern, der selbsternannte Messias Wieland und der Museumsdirektor Scharrer mit seinem Hund Franz auf dem Arm standen starr vor Schrecken auf dem Dach des Telefonhäuschens. Niemand war mehr auf dem Platz, um ihnen hinabzuhelfen und sie zu retten.

Nur der berühmte Professor Rost hatte unter ihnen in der Fernsprechzelle Zuflucht gesucht und wimmerte jetzt vor Angst vor dem wilden Tier. Ein kleiner Kasten aus fragilem Glas ist nichts, was einem Mann ein Gefühl von Sicherheit geben kann.

Am Rathaus schloss im ersten Stock Vorzimmerfräulein Elke sachte das Sprossenfenster.

Die Giraffe wirkte verwirrt und orientierungslos. Ihre dünnen Beine zitterten, und sie schwankte ein bisschen, als ob sie seekrank wäre oder auch vom Gin-Kakao genascht hätte. Kam das von der elektrophysikalischen Kur von Valentin Zeileis, oder hatte sie das Durcheinander der fliehenden und schreienden Menschen auf dem Marktplatz so verstört? In afrikanischen Steppen leben ja so gut wie keine Menschen, und in europäischen Zoos ist die Besucherzahl überschaubar.

Vorsichtig schritt sie zwischen dem Demonstrationsmüll aus zurückgelassenen Transparenten, Getränkebechern und Protestprodukten über den weiten Platz. Am gusseisernen Marktbrunnen blieb sie stehen. Sie starrte eine ganze Weile auf die leeren Blumenkästen am Rathaus daneben, als würde sie sich an etwas längst Vergangenes zu erinnern versuchen. Dann wendete sie ihren Kopf ganz langsam nach rechts. Ihre Nüstern blähten sich weit auf, als sie die Reste vom Blaubeerkuchen auf den verlassenen Tischen des Cafés roch. Sie drehte ihren langen Hals nach links. Unter ihren Wimpern blitzte es in den dunklen Augen auf. Plötzlich war ihre Unsicherheit verflogen. Im nächsten Moment setzte sie zu einem Giraffenspurt, wie man ihn selten zuvor gesehen hatte, an.

Anselm Scharrer wurde kreidebleich, als er das riesige Tier auf sich zurennen sah. Der kleine Hund Franz kniff furchtsam seinen Schwanz ein und drückte sich fest an sein Herrchen. Auch die Albern und Wieland klammerten sich ängstlich an den gewichtigen Museumsmann. Die Gruppe schwankte gefährlich. Aus der Zelle unter ihnen quiekte von panischem Schrecken gepackt der Professor Rost.

Direkt vor der Telefonzelle blieb die Giraffe abrupt stehen. Ein Luftzug traf die drei angsterfüllten Leute auf dem engen Flachdach. Scharrer glaubte, sein Herz bliebe stehen.

Das von der Albern tat es tatsächlich. Aber zum Glück nur so kurz, dass sie es selbst kaum für wahr hielt. Wieland hielt sie fest in den Armen und bewahrte sie vor einem Sturz auf das harte Pflaster.

Die Giraffe beugte bedächtig ihren Kopf und kam vorsichtig mit stieren Augen dem Gesicht von Scharrer näher. Zwischen ihren gelben, eckigen Zähnen schob sie ihre breite rosa Zunge weit hervor. Scharrer überkam am ganzen Körper eine Gänsehaut, als er die nasse, raue Zunge auf seinem Kinn spürte. Die Giraffe schleckte ganz langsam bis zur Glatze das Gesicht des Museumsdirektors ab. Lange Speichelfäden tropften ihm von Kinn, Nase und Augenbrauen. Das Licht der Sonne spiegelte sich in dem tierischen Schleim.

Die Giraffe schien mit ihren breiten, schwarzen Lippen zu lächeln. Sie klimperte mit den Wimpern verzückt das Objekt ihrer Begierde an. Dann machte sie plötzlich „Bruuuuhoh". Im Gesicht von Scharrer klebte noch mehr Giraffenspucke.

Ein nervöses Zucken durchfuhr den Mann, der sich eigentlich vor jeder physischen Flüssigkeit ekelte und körperlichen Berührungen gewöhnlich aus dem Weg ging. Er würde doch nicht in Ohnmacht fallen?

Wieland, flüsterte ihm ins Ohr zu: „Keine Panik, ich glaube, sie liebt dich. Liebe ist nicht schlecht. Liebe ist schön. Du musst die Liebe einfach nur akzeptieren. Erkenne in Liebe etwas positives. Alles ist gut."

Dann fasste der selbsternannte Messias allen Mut zusammen und kraulte die Giraffe ganz vorsichtig hinter dem rechten Ohr. Dort, wo diese Tiere bekanntlich das weichste Fell haben, das man sich bei einem Paarhufer überhaupt vorstellen kann und das doch so gut wie nie ein Mensch zu fassen bekommt.

Die Giraffe ließ es sich gefallen. Aber Scharrer ließ sie keinen Augenblick aus ihren Augen. Er spürte ihren heißen Atem auf seinem Gesicht. Ihr beider Odem vereinigte sich zu einem. Scharrer geriet in den Bann dieses ihn so sehr begehrenden Tieres. Sein Herz klopfte schneller. Ihm wurde heiß, der Kopf weich, etwas durchzuckte seinen ganzen Körper und blieb als ziehender Schmerz in der Brust. Es war ein Gefühl, das er nicht kannte. Wieland sah ihn von der Seite an und lächelte.

Doch jetzt war die Albern von ihrem Schock erwacht, hatte ihre Kräfte gesammelt und war nun die routinierte Journalistin wie eh und je. Sie schreckte Scharrer aus seiner verwirrten Gefühlswelt auf: „Bitte lächeln!" Und ein gleißender Blitz blendete Scharrer und die Giraffe.

Das Savannentier schwenkte unwillig den Kopf gegen die forsche Reporterin, als wollte sie die Albern mit seinen Hörnern wegstoßen. Die taumelte und klammerte sich am nächstbesten Rockzipfel fest. Doch diesmal geriet auch Wieland aus dem Gleichgewicht. Gemeinsam purzelten sie von dem Fernsprecherhäuschen hinab und fielen in einer engen Umarmung auf das harte Pflaster: „Aua".

Bevor sich die beiden richtig beklagen konnten, erklang ein aufgeregtes Rufen vom Unteren Stadttor. Dort stand die Opernsängerin Grodon mitten in dem Spitzbogen aus grauem Sandstein und konnte den Anblick des leeren Marktplatzes nicht fassen. Außer verstreutem Müll war nichts zu sehen. Nur dieser seltsame Museumsdirektor mit seinem Mischlingshund balancierte auf dem gelben Telefonhäuschen. Davor stand die berühmte Giraffe ohne Namen und schleckte ohne Unterlass dem dicken Mann das runde Gesicht ab. Hinter dem Häuschen lagen die Journalistin, die nie genug über sie in 'Pudel und Krone' schrieb, und der selbsternannte Messias in inniger Umarmung zwischen dem

Müll auf der Straße. In der Zelle selbst versuchte sich der Schriftsteller und Professor Rost hinter einigen aus den Telefonbüchern gerissenen Seiten zu verstecken. „Lächerlich!"

Hatte man ihr nicht vor wenigen Stunden ein wohlriechendes Billett geschickt, sie solle hier bei der größten Demonstration, die je in dieser Stadt stattgefunden hat, ein Solidaritätsständchen geben? Für die Restaurierung von Gitterstäben. Oder so ähnlich.

Aber jetzt war hier niemand. Außer den vier armseligen Gestalten, einem Mischlingshund und einer Giraffe mitten in Bergen von Müll.

Das beleidigte die Grodon. So etwas nannte sie einen Affront gegen sie als Künstlerin und als Person. Rachegelüste kamen in ihr auf. Es war der Punkt erreicht, wo eine so großartige Sängerin wie sie eine unglaubliche Szene machen musste. Das war wie ein Naturgesetz, und solche Gesetze befolgte die Diva gerne. Es sei denn, es ging um das Altern.

Aber für eine richtige Szene bräuchte es ein größeres Publikum. Die vier Leute boten einem Star wie ihr kein ausreichendes Forum. Sie schienen sich auch nicht sehr für sie zu interessieren. Was für eine erbarmungswürdige Stadt. Was hatte sie als Sängerin der Extraklasse hier eigentlich verloren?!

Doch ehe die Grodon eine geeignete Möglichkeit für einen gelungene Eklat ohne Zuschauer im 'Handbuch für Opernsängerinnen in allen Lebenslagen' finden konnte, kamen aus einer Seitengasse Moni vom Hundeschleifenladen und Schmidt, der Tierpfleger, herangelaufen.

Der war nämlich in der allgemeinen Panik mit allen anderen Bürgern der Stadt vom Platz weggerannt, ohne dass er recht gewusst hatte, was eigentlich geschehen war. Bei Moni hatte er im Hundeschleifenladen Zuflucht gefunden.

Dort war er Stammkunde, weil er immer wieder Schleifen für den brüllenden Löwen Dieter, das lethargische Krokodil Senta und die anderen Zootiere kaufen musste. Zoodirektor Meyerheim war nämlich der Meinung, dass die Tiergartenbesucher adrett ausstaffierte Tiere sehen wollten. Das wäre im Tierpark schon immer so gewesen, und so sollte es auch bleiben. Mit der richtigen Schleife konnte man sehr gut davon ablenken, dass Senta, das Krokodil, eben nichts anderes tat, als den ganzen Tag im lauwarmen Wasser zu liegen und hin und wieder mal mit den Augen zu rollen. Das war wenig spektakulär. Aber mit einer schicken Schleife fiel das den Besuchern nicht auf. Das Gebrülle vom Löwen Dieter wirkte dagegen bei weitem weniger gefährlich, wenn die Besucher ihn mit einer karierten Schleife um den Hals sahen.

Im Tierschleifenfachgeschäft hatten sich noch mehr Demonstranten in Sicherheit gebracht. Moni hatte große Mühe gehabt, zu verstehen, was eigentlich auf dem Marktplatz passiert war. Frau Rechzange, Frau Schorek, der Dichter Georg Philipp Harsdörffer und einige andere schrien mit angstverzerrten Gesichtern so laut durcheinander, dass sie zuerst glauben musste, auf dem Marktplatz sei die dreiköpfige, feuerspuckende Chimäre, begleitet von ihren Geschwistern Kerberos und Orthos aufgetaucht und habe die schönsten Jungfrauen der Stadt verschlungen. Aber wo und wie sollte man einen Helden wie Bellerophon finden, um die Stadt von dieser Gefahr zu befreien, fragte sie sorgenvoll den hochgewachsenen Schmidt.

Der verstand rein gar nichts von dem, was Moni ihn da fragte. Das lag weniger daran, dass er in der Schule in altgriechischer Mythologie nicht aufgepasst hatte, als dass ihm langsam dämmerte, was wirklich auf dem Marktplatz geschehen war.

Er nahm also Moni an die Hand und eilte mit ihr zum Platz. Dort sahen sie das Bild der Verwüstung. Schmidt entdeckte seine lädierte Ziehharmonika zwischen zwei zerfetzten Pinguinkostümen und anderem Abfall. Aber das war jetzt egal. Denn in der Mitte des Platzes stand ihr schwergewichtiger Freund Anselm Scharrer hilflos auf dem sich gefährlich nach unten durchbiegenden Dach des Fernsprecherhäuschens und wurde ausgiebig von der Giraffe abgeschleckt. Zu seinen Füßen kauerte sein Hund Franz und wimmerte verzweifelt. Ob aus Sorge oder aus Eifersucht, wer wusste das schon.

Hinter dem Häuschen rieben sich Wieland und die Albern liebevoll gegenseitig ihre Hinterteile. Der Heiland weinte ein bisschen, da ihm sein Hintern besonders weh tat. Tröstend nahm die Reporterin den Messias in den Arm. Beide schlichen in eine kleine Gasse davon.

Im Telefonhäuschen selbst stand Professor Johann Leonhard Rost, der panisch Moni und Schmidt zuwinkte. Immer in der Angst, die wilde Giraffe würde ihm was zuleide tun oder das Dach der Telefonzelle würde nachgeben und der dicke Scharrer würde auf ihn stürzen.

Vom Unteren Stadttor kam ihnen die Grodon auf fleischfarbenen Lackschuhen mit nageldünnen hohen Absätzen auf dem Pflaster zugewankt. Wütend stieß sie mit der Schuhspitze einen leeren Gin-Kakao-Becher aus dem Weg. Ihre Augen funkelten vor Zorn. Moni fröstelte es, als sie diese erzürnte Frau im dunkelgrünem Fransenkleid mit goldenen Applikationen auf sich zukommen sah. Doch Schmidt ignorierte die Entrüstung der Diva. Ihm war eine Idee gekommen, wie er Scharrer, Franz und Rost retten könnte.

Wie jedes Kind weiß, haben Giraffen wunderschöne Ohren, die seitlich weit abstehen. Die Savannentiere hören besonders gut mit ihnen. Sie haben das, was man beim Menschen das absolute Gehör nennt. So lieben sie folgerichtig nichts mehr als die Oper.

Schmidt erklärte in wenigen Worten der Grodon diesen für sie bislang unbekannten Sachverhalt. Zuerst zickte sie herum und fand es unter ihrer Würde, doch dann machte sie einige wenige Piepser, um ihre Stimmbänder auf dem zugigen Platz anzuwärmen. Sie warf ihre dunkelgrüne Brokathandtasche Schmidt zu. Weitete den goldenen Gürtel um ihren Bauch um drei Löcher, breitete ihre Arme weit auseinander, und sang dann die Rachearie der Königin der Nacht:

Der Hölle Rache kocht in meinem Herzen,

Tod und Verzweiflung flammet um mich her!

Fühlt nicht durch dich Sarastro Todesschmerzen

Sarastro Todesschmerzen

So bist du meine Giraffe nimmermehr.

So bist du meine Giraffe nimmermehr

Aaaaah...

Meine Giraffe nimmermehr.

Aaaaah...

So bist du meine Giraffe nimmermehr

Verstoßen sei auf ewig,

Verlassen sei auf ewig,

Zertrümmert sei'n auf ewig

Alle Bande der Natur

Verstoßen, verlassen, und zertrümmert

Alle Bande der Natur, alle Baaaa...

Aaaaah..., Bande, alle Bande der Natur,

Wenn nicht durch dich Sarastro wird erblassen!

Hört, Rachegötter,

Hört der Mutter Schwur![3]

Edda Moser, deren wuterfüllte Interpretation der Arie vollkommen neue Maßstäbe gesetzt hatte und deren Version dieser vielleicht bekanntesten Opernarie überhaupt mit der goldenen Platte in der Voyager 2 seit 1977 für immer durch den Weltraum schwebt, wäre sicher vor Neid geplatzt, wenn sie die Grodon jetzt singen gehört hätte.

Ergriffen stand Scharrer auf dem Fernsprecherhäuschen. Rost ließ die Hände mit den zerrissenen Telefonbuchseiten sinken. Schmidt klappte die Kinnlade nach unten. Moni griff sich ans Herz, so sehr erfüllte sie Darbietung der einzigartigen Grodon.

Nur die Giraffe ließ sich von dieser Meisterleistung nicht stören. Sie sabberte dem Mann, den sie so sehr liebte, ungestört weiter das Gesicht voll. 'Wenn nicht durch dich Sarastro wird erblassen!'

Das war zu viel für die Grodon. Von wegen opernliebende Giraffe! Ein unaufmerksames Säugetier! Wo gab es denn so etwas? Wütend warf sie mit Müll nach dem hochgewachsenen Tier. Aber auch das störte die verliebte Giraffe kein bisschen. Im Gegenteil. Es drehte sich nicht einmal

---

3 Emanuel Schikaneder, Der Hölle Rache kocht in meinem Herzen. Nach neuesten historischen Forschungen 1791 in dieser Fassung im Opernhaus am Stadtweiher der kleinen Stadt uraufgeführt.

zu der Sängerin um, sondern leckte jetzt Scharrer auch hinter den Ohren.

Moni kam eine Idee. Der in die gläserne Zelle gesperrte Professor wurde gezwungen, ein Telefonat zu führen. Das tat er nur widerstrebend. Denn eigentlich wollte er „sofort und auf der Stelle gerettet werden, und was für Probleme der Scharrer da oben auf dem Dach hat, ist mir schnurzegal."

„Ohne Hilfe können wir sie nicht retten. Nur wenn wir Scharrer befreien, sind auch sie in Sicherheit", war das ausschlaggebende Argument. Der Professor bestand aber darauf, dass man ihm die Groschen für den Anruf später ersetzen würde.

In kürzester Zeit tauchte dann der Wirt vom 'Na Und' mit einer bunt angemalten Holzleiter unterm Arm auf dem Platz auf. Als er die Grodon sah, lief er rot im Gesicht an. Da stand der größte Star der Stadt jetzt einfach so vor ihm. Sein über alles verehrtes Idol. Tatsächlich fand er sie aus der Nähe noch schöner als auf der Bühne oder auf dem Starschnitt aus der örtlichen Jugendzeitung.

Ihr rötlich getöntes Haar, der dicke Kajalstrich um die Augen, die feinmaschigen Netzstrümpfe an ihren blassen, festen Beinen. Für den Wirt gab es keine schönere Frau auf der Welt. Als sie ihm zunickte, brachte er vor Aufregung kein Wort heraus. Ihm war es unendlich peinlich, dass er vor der Diva in seiner gewöhnlichen Kellnerschürze stand und keine Schokoladentrüffel zur Hand hatte, um seine Verehrung für sie auszudrücken.

Moni ließ ihm keine Zeit, seine Schüchternheit weiter auszuleben. Sie lehnte die Leiter an das Fernsprechhäuschen, und mit Hilfe von Schmidt gelang es ihr endlich, Franz, den Hund, und Scharrer, den Museumsdirektor, von dem lädierten Häuschen zu holen.

Die Giraffe schnaubte laut auf. Doch dann lief sie Moni, Anselm Scharrer mit seinem Hund und der Grodon mit dem Wirt brav hinterher. Immer ganz nah dran an ihrem geliebten Museumsdirektor, den sie manchmal zärtlich stupste oder mit der breiten Zunge leckte.

Kurze Zeit später standen Walburga, Meyerheim und der Wunderheiler Valentin Zeileis ratlos zwischen dem Unrat auf dem Marktplatz. Der Anblick des leeren Platzes hatte etwas Gespenstisches. Was war hier nur geschehen? Das konnte nichts Gutes bedeuten. Erinnerungen an Filme aus der Neuen Welt kamen in den Dreien auf. Sie dachten an Außerirdische, die in wenigen Minuten die gesamte Menschheit ausgelöscht hatten. Nur durch Zufall hatten sie selbst die Katastrophe überlebt. Waren sie die letzten Menschen auf der Welt, wenn nicht gar der kleinen Stadt?

Da erklang plötzlich ein langgezogener schriller Ton über den Marktplatz. Erst ganz leise, dann wurde er immer lauter und eindringlicher. Bis er plötzlich abbrach. Stille. Es hatte geklungen, als ob ein scharfes, rostiges Beil auf nackte Knochen geschabt worden wäre. Gänsehaut überkam die Drei. Da hörten sie das Geräusch wieder. Erst ganz leise, dann wurde es immer lauter. Es war zum Davonlaufen. Aber keiner der Drei hatte den Mut, sich zu bewegen.

Ruhe. Rums. Scherben fielen klirrend auf das Pflaster. Meyerheim krallte seine dicken Finger in Walburgas knochige Schulter. Zeileis sprang einen Schritt zurück. Beide Männer versuchten sich panisch hinter der schmalen Frau zu verstecken. Beide waren bereit, sofort die Flucht zu ergreifen. Die alte Regel 'Frauen und Kinder zuerst' galt doch nur auf Schiffen, oder? Zumindest nicht in diesem Moment, da die blutsaugenden Marsmenschen sich gleich auf sie stürzen und mit perfiden außerirdischen Techniken qualvoll töten würden. Rücksichten konnten jetzt keine genommen werden.

Plötzlich atmete Walburga mit einem tiefen Seufzer der Erleichterung auf: „Das ist ja Professor Rost."

Ganz langsam und vorsichtig, immer bereit so schnell wie möglich weg zu rennen, öffneten die beiden dicken Männer ihre zugekniffenen Augen und schauten rechts und links über die Schultern der zierlichen Frau vor ihnen. Tatsächlich, da kam wankend der Astronomieprofessor und Erfolgsschriftsteller aus der lädierten Telefonzelle herausgetaumelt. Als die Tür, aus der die Scheibe gefallen war, sich langsam hinter ihm schloss, hörten sie wieder das lange Quietschen der nicht geölten Scharniere. Verächtlich sahen sich die Männer gegenseitig an: 'Was für ein Angsthase war denn der da?!'

Noch war die Gefahr nicht gänzlich gebannt. „Was mag mit ihm nur geschehen sein?", überlegte Meyerheim laut.

Vielleicht waren gar keine Weltraumungetüme hier gewesen sondern die Gnome aus den jahrhundertealten und geheimen Kellergängen, die es tief unter der kleinen Stadt gerüchteweise geben sollte, hatten den Weg ans Tageslicht gefunden? Wenn sie nun die ganze Bevölkerung in ihre abgrundtiefen Löcher zu ihrem sagenumwobenen König Alberich gezogen hatten und den Professor Rost als Lockvogel mit einem gefährlichen Virus infiziert hätten? Gleich würde er auf sie zuspringen, sie gefangennehmen und zu Arbeitssklaven für die Gnome in die tiefen, finsteren Stollen schicken.

Walburga stöhnte. Wenn Männer die Opern von Richard Wagner oder Heinrich Marschner für bare Münze hielten, dann war ihnen nicht mehr zu helfen. Wie konnten sie nur so naiv an diese Märchen glauben?

Es war doch ganz offensichtlich, dass der Professor Hilfe brauchte. So ließ sie die beiden großen Hosenscheißer allein am Unteren Stadttor stehen und ging beherzt auf den verwirrt wirkenden Rost zu. Ganz vorsichtig und mit viel Abstand folgten ihr Meyerheim und Zeileis. Noch immer waren sie sich nicht sicher, ob Rost sie nicht täuschen wollte und sie gleich mit wildtierähnlichen Krallen greifen und bei lebendigem Leib fressen würde. Einem Schriftsteller asiatischer Liebesromane trauten sie durchaus Kannibalismus zu. Was sollte sonst mit den anderen Stadtbewohnern passiert sein?

Aber nichts von den wildesten Phantasien aus alten Reiseberichten und Abenteuerromanen wurde wahr. Der Professor war einfach nur erschöpft von dem, was er erlebt hatte. Seine bruchstückhafte Erzählung mit den maßlosen Übertreibungen und verdrehten Darstellungen hätte Walburgas Lieblingsautor Jonathan Swift sicher zu einem weiteren Roman inspirieren können. Zumal der Autor in seinem berühmten Reisebuch mit den erfundenen Völkern und Ländern doch auch nichts anderes gewollt hatte, als aktuelle Gesellschaftskritik zu üben. Aber was war schon der Kampf der Blefuscaner gegen die Liliputaner im Vergleich zu dem, was heute in der kleinen Stadt passiert war?

Das Allerschlimmste für den sensiblen Dichter aber war, dass er kurz vor Erscheinen der Giraffe einen Gin-Kakao gekauft hatte. Der war jetzt verloren. Schade um das schöne Geld. Pfand hatte er auch keines für den Becher zurückbekommen!

„Ja, das Geld!", rief Walburga, und Zornesfalten zeigten sich auf ihrer sonst so glatten Stirn. „Wer hat denn diese Demonstration eigentlich organisiert? Ohne uns zu fragen? Wer hat den Wirten und Metzgern erlaubt, Kakao-Gin und Bratwürstchen zu verkaufen, ohne an unsere Kampagne Lizenzgebühren zu bezahlen?"

Erzürnt stieß sie einen zerbrochenen Solidaritätskleiderbügel auf dem Pflaster von sich. Wenn es um Protest ging, dann hatte doch ihre Organisation alle Rechte inne.

„Es kann sich doch nicht jeder für eine gute Sache einsetzen, wie er will!", schnaubte sie wütend. „Was uns da an Spendengeldern und Einnahmen durch Merchandising und Lizenzgebühren entgangen ist. Unglaublich."

„Bedeutet das, dass wir kein Geld bekommen?", fragte ängstlich Meyerheim. Schon sah man Angstschweiß auf seiner Stirn. „Wer zahlt denn nun die Stromrechnung?"

„Was ist mit meinen Spesen?", fragte Zeileis empört.

Meyerheim klagte in weinerlichem Ton: „Hoffentlich bittet der Bürgermeister mich nicht für all das hier zur Kasse. Die Neubepflanzung der Geranienkästen wird teuer genug. Was die Reinigung des Platzes wohl kostet? Ob dafür meine Versicherung zahlen wird?"

„Sehen sie jemanden?", fragte der Bürgermeister, der noch immer unter dem Schreibtisch zusammengekrümmt kauerte, das Vorzimmerfräulein Elke, die am Fenster stand und nachdenklich den ganzen Demonstrationsmüll auf dem weiten Platz betrachtete.

„Der Platz ist leer. Alle sind gegangen. Die Albern händchenhaltend mit Wieland."

„Der Wieland und die Albern? Händchenhaltend? Ich fasse es nicht!"

„Scharrer ist mit der Grodon, dem Wirt vom 'Na Und', Moni, dem Tierpfleger Schmidt und seinem Hund zum Oberen Tor hinaus."

„Was ist mit der Giraffe?"

„Die ist denen brav hinterhergelaufen und hat dabei dem Scharrer immer wieder die Ohren geleckt."

„Gott sei Dank ist dieses Monster endlich weg."

„Jetzt ist auch Walburga mit Meyerheim, diesem esoterischen Elektroprofessor Valentin Zeileis und dem Dichter Rost gegangen."

„Sind sie sich sicher, dass alle weg sind?"

„Ganz sicher."

„Gut, dann kann ich ja Mutter wecken, und wir gehen nach Hause."

„Ich bin schon wach. Was sollen wir zu Hause?"

„Ruhe, Mutter. Ich will einfach nur Ruhe. Für uns ist es vorbei. Nach dem ganzen Krawall kann ich unmöglich Bürgermeister bleiben. Ich werde die goldene Amtskette ablegen müssen."

„Das wollen sie machen?", fragte Fräulein Elke entsetzt. „Aber wovon wollen sie leben? Sie haben doch nur Bürgermeister gelernt?"

„Ich liebe Papier. Eigentlich wollte ich im Schreibwarenladen neben dem Café am Markt nach der Schule eine Lehre beginnen. Es ist ein wundervolles Geschäft mit allen möglichen Sorten von Papier. Weißem, beigem, eierfarbenem Papier. Ich liebe cremefarbenes Papier!"

„Halt den Rand mit deinem verfluchten Papier. Fräulein Elke, können sie sich das vorstellen? Schon als Kind wollte er immer in das Schreibwarengeschäft, und ich sollte ihm jedesmal irgendeinen Bogen Papier kaufen. Andere Kinder wollen Süßes. Er wollte einfach nur irgendein Papier."

„Mama. Nicht irgendeines."

„Papperlapapp. Mit Gebrüll und Geschrei hast du mich terrorisiert, bis ich irgendwann nachgegeben habe und dir einen Bogen Papier gekauft hatte. Es war unerträglich."

„Mutter, ich kann nicht mehr Bürgermeister sein. Lass mich jetzt meinen Traum leben. Ich will Papierhändler werden."

„Nichts da mein Sohn. Wozu, glaubst du, habe ich mir denn all die Jahre die Beine für dich ausgerissen? Wenn du jetzt dieses Amt für den Verkauf von schnöden Papieren aufgibst, dann wird deine Mama ganz, ganz traurig sein. Und zum Frühstück wird es nur noch kalten Kakao geben. Wenn überhaupt."

„Kalten Kakao?"

„Ja. Für einen Papierhändler werde ich keine Milch warm machen. Außerdem, was heißt, es wäre Aus und Vorbei mit dem Bürgermeisteramt? Das bildest du dir nur ein. Wir haben heute nur eine kleine Krise."

„Wenn ich vielleicht etwas sagen dürfte? Das, was heute hier geschah, würde ich eher eine sehr, sehr große Krise nennen. Zumindest für eine kleine Stadt", sagte Fräulein Elke und flüchtete vor dem giftigen Blick der Mutter des Bürgermeisters in das Vorzimmer, um dort die Amtspapiere zu sortieren und mit Tipp ex zu bemalen.

„Aus Niederlagen kann man Siege machen. Was wir brauchen, mein lieber Sohn, das sind gute Nachrichten!"

„Wo sollen wir gute Neuigkeiten herbekommen?"

„Wenn es keine gibt, muss man eben selber welche machen. Gib mir den Fernsprecher, ich werde mit der Albern reden."

Es läutete nur einmal, dann wurde am anderem Ende der Leitung schon der Hörer abgenommen.

„Hallo, spreche ich mit Frau Heidrun Albern vom 'Pudel und Krone'?"

„Jaaaa. Das ist richtig. Jaaa. Genau."

„Sehr gut. Hier spricht die Mutter des Bürgermeisters. Ich weiß, im Moment wirkt die Politik meines Sohnes etwas, nun, wie soll ich sagen, nennen wir es einfach unkonventionell. Daher bitte ich sie, als Vertreterin der Zeitung der kleinen Stadt..."

„Jaaaa. Weiter. Bitte."

„Gut, ich sehe, wir kommen uns schon näher. Wo war ich stehengeblieben? Ah ja, bei dem Versuch meines Sohnes, vollkommen neue Akzente für die Entwicklung der Stadt zu setzen. Sicher, das wird von manchen Bürgern falsch verstanden. Es gibt sogar Leute, die diese Situation nutzen wollen, seien wir ehrlich, die all die Geschehnisse missbrauchen..."

„Oh. Jaaaa."

„Genau das meine ich, liebe Frau Albern. Deswegen wäre ich ihnen sehr dankbar, natürlich spreche ich hier voll und ganz auch im Namen meines Sohnes, des Bürgermeisters, dass wir die Lage in der Stadt einmal ausführlich darstellen könnten und die Verdienste meines Sohns, also des Bürgermeisters, und seine innovativen neuen Politikansätze richtig erklären dürfen."

„Jaaa, das ist gut."

„Das finde ich auch. Ich schlage ihnen also vor, einen Artikel zu schreiben, der die wahren Schuldigen nennt und meinen Sohn, also den Bürgermeister, in einem besseren Licht zeigt. Also ich meine, ihn so zeigt, wie er ist: Engagiert und im stetigen Einsatz für die Bürger. Die Zukunft unserer kleinen Stadt liegt uns allen ja sehr am Herzen."

„Jaaaa. Jaaaa. Jaaaa." Dann wurde der Hörer am anderen Ende der Leitung aufgelegt.

„Seltsam, diese Reporterin. Aber ich bin sicher, sie hat verstanden, dass es um das Wohl der Stadt geht. Siehst du, mein Sohn, so geht Politik. So muss man mit der Presse reden. Du bleibst Bürgermeister. Basta. Um den Handel mit

Papieren kannst du dich kümmern, wenn ich nicht mehr bin."

Hätte die Mutter des Bürgermeisters gewusst, dass die Albern sie gar nicht gehört hatte und was die renommierte Journalistin stattdessen getan hatte, wäre sie knallrot vor Scham angelaufen und hätte nicht so große Töne gespuckt.

Heidrun Albern hatte Wieland zu sich nach Hause in ihre schicke Dachgeschosswohnung mitgenommen. Sie nannte es eine Designerwohnung. Tatsächlich sah alles dort so unpersönlich aus, als ob man durch den Schauraum eines bekannten skandinavischen Möbelhauses gehen würde. Kein Gegenstand in dieser Wohnung hatte etwas Persönliches an sich. Die Bücher im Regal wirkten, als ob sie nach der Farbe des Buchrückens ausgewählt worden waren. Die Bilder waren überteuerte Kunstdrucke nach Motiven eines überschätzten, konsensfähigen Streetartkünstlers aus Bristol.

Da der selbsternannte Messias intensiver nach Parkbank roch, als der Albern auf Dauer lieb war, zog sie ihn aus, warf die Kleidung in die Waschmaschine und stieg kurze Zeit später mit Schokoladeneis zu dem Weltenretter in die Badewanne.

Gegenseitig wuschen sie sich ihre Haare und formten Shampoo-Hörnchen, die denen einer Giraffe sehr ähnlich waren. Lange war die Albern nicht mehr so gelöst gewesen wie in dieser Badewanne. Sie würde es in Gegenwart des Messias auch immer bleiben.

Die karrierebewusste Frau und der Guck-in-die-Luft landeten bald darauf auf dem kostbaren orientalischen Senneh im Wohnzimmer, wo Albern die Märchen aus Tausend und einer Nacht am eigenen Leib erfahren durfte. Sie fühlte sich wie auf dem fliegenden Teppich, und gerade als Wieland sie sanft in die Stellung des 'Gähnenden Krokodils' geschoben hatte, hatte der Fernsprecher geläutet. Wieland hatte verärgert geschnauft und mit seinem linken großen Zeh gegen das schwarze Bakelitgerät getreten. Der Hörer war neben den Kopf der Albern gefallen. Diese rief vor Entzücken, denn Wieland war zugleich in die Stellung des plappernden Pinguins gewechselt, begeistert: „Jaaaa!"

Noch bevor Wieland vor Lust wie der Löwe Dieter brüllte, hatte die Albern den Hörer wieder auf die Gabel gelegt. Sie wusste nicht, wer angerufen hatte und es war ihr egal. Sie entdeckte gerade eine vollkommen neue Welt. Noch nie hatte ein Mann ihr das gegeben, was dieser fusselige Kerl jetzt bei ihr bewirkte. Es war, als hätte sie einen vollkommen anderen Körper. Plötzlich verstand sie, warum ihre Mitschülerinnen damals auf dem Schulklo ehrfürchtig von ihm als 'Wieland, der Messias' gesprochen hatten.

„Nein, hör nicht auf, mach weiter. Immer weiter. Ja, genau, so und da dann auch", stöhnte sie unter dem schwer atmenden, schwitzenden Leib des Heilands.

Schon drehte er sie in die Stellung des 'Neunmalklugen Kakadus' und zeigte ihr, was ein Mann mit seiner Zunge alles machen konnte. Langsam tropfte sein Speichel von ihren Ohren auf ihre knochigen Schlüsselbeine und floss ganz langsam ihren ausgemergelten Körper hinab. Im Speichel schwammen Reste vom Kakao und Blaubeerkuchen und glichen ihren pulsierenden, blauen Adern, die sich auf ihrer blassen Haut abzeichneten.

Heidrun Albern versank auf ihrem antiken Teppich in einem paradiesischen Garten der Lüste. Sie war eine Margerite. Das Zentrum des Seins. Sie beide waren zwei Fische im Teich. Die jahrtausendealte zoroastrische Liebeskunst aus dem fernen Persien versetzte sie in eine Ekstase, die nur jenseitig zu nennen war. In eine Welt, in der es keinen Sinn, sondern nur noch Lust gab.

War diese leidenschaftliche, lustverzehrende Frau noch sie selbst? War sie nicht eine Person mit eiserner Selbstdisziplin, die den Körper als dienende Maschine für den Geist ansah? Die Liebe als Sentimentalität abgetan, sich keine Gefühle zugestanden hatte? Für die nur Fakten, Fakten, Fakten gezählt hatten?

Noch nie hatte sie sich so fallen lassen können, wie jetzt. Noch nie war sie mit einem anderen Menschen so eins gewesen. Hatte sie diesen Mann nicht jahrelang verachtet, für seine mangelnde Körperhygiene, für seine ziellose Herumtreiberei? Aber was sie jetzt erlebte, führte sie in ein bislang unbekanntes Universum. Alles fühlte sich so weich und rosa an. Sie empfand nicht mehr, sie war selbst eine weiche, hellrote Wolke und verschmolz mit dem Messias auf ein Neues zu einem einzigen Planeten, der ohne Raum und Zeit seine unendliche Bahnen in unbekannte Universen zog.

„Jaaa! Jaaa! Jaaa! "

Anselm Scharrer war nicht in Feierlaune. Alle anderen, die er zu sich nach Hause vom Marktplatz mitgenommen hatte, waren dagegen in bester Stimmung. Sie saßen zusammen auf der Terrasse. Bunte Windlichter waren angezündet und aus dem Eisschrank der gesamte Vorrat an Blaubeerkuchen und Kakao geholt worden. Aus dem Keller wurde ein Fässchen Gin nach oben gebracht.

Schmidt hatte in Scharrers Wohnzimmer eine alte Ziehharmonika entdeckt und spielte nun begeistert Seemannslieder auf dem historischen Instrument: „My bonnie is over the Stadtteich, my bonnie is over the Weiher..."

Die Grodon saß auf dem Schoß des Wirtes vom 'Na Und' und spielte mit ihren kurzen, dicken Fingern in dessen gewaltigem schwarzen Schnurrbart. Der Wirt hatte inzwischen alle Hemmungen und seine bisherige Lebensweise vergessen, strahlte die große Sängerin verliebt mit funkelnden Augen an und machte einen müden Altherrenwitz nach dem anderen. Seltsamerweise gefiel das der berühmten Diva, die immer wieder über die flachsten Kneipenwitze in Kicherkaskaden ausbrach. Wer sich in der Welt der Oper und der Operette bewegt, muss wahrscheinlich ein grundlegend veraltetes Verständnis von Humor besitzen.

Moni saß auf einem knarzenden Korbstuhl, sang manchmal mit Schmidt einen Kehrvers, dann wieder redete sie beruhigend auf Scharrer ein. Sie fand alles nicht so schlimm, wie er es sah. Vor allem freute sie sich darüber, dass die neue Giraffe in den Museumsmann verliebt war.

„Nimm das als Kompliment."

„Dieses Tier taucht eines Nachts auf und zerstört mein Leben. Sieh nur die traurigen Reste meines Rosengartens. Das kann man nicht reparieren. Rosen als Ruine."

„Es ist ein Tier. Was kann es dafür?"

„Bald werde ich arbeitslos, weil das Museum schließt. Alles ist kaputt. Was ist das für eine Liebe, wenn durch sie alles zerstört wird?"

„Zumindest kannst du dich nicht beklagen, dass es langweilig war in den letzten Tagen. Statt verstaubte Bücher umzuschichten und alte Ölschinken von Dora Hitz und Johann Kupetzky umzuhängen, hast du in wenigen Tagen mehr erlebt als in Jahrzehnten. Du hattest dich oft über dein eintöniges Leben hier in der kleinen Stadt beschwert."

Scharrer seufzte laut. Die Giraffe beugte sich zu ihm hinab und leckte ihn einmal quer über das Gesicht. Ihre Spucke tropfte in langen Fäden von seiner Nase herab. Sein Hemd war schon ganz nass von dem triefenden Giraffenschleim.

„Aua. Ich weiß, dass sie es lieb meint. Aber warum muss ihre Zunge so rau wie Schleifpapier sein? Das tut auf Dauer wirklich sehr weh."

Statt Mitleid zu ernten lächelte Moni und sein Mischlingshund Franz hüpfte ihm auf den Schoß und tat es der Giraffe aus Eifersucht gleich.

Da sprang plötzlich die große Opernsängerin vom Schoß des Wirtes und befahl ihm, sie auf seine kräftigen Schultern zu setzen. In Liebesrausch verfallen, tat er, was sein großes Idol von ihm verlangte. Auch wenn, oder gerade weil er schon reichlich vom Gin-Kakao getrunken hatte und beachtlich wankte. Als die Grodon endlich mit viel Mühen und der Hilfe aller Anwesenden ihren dicken Divenhintern auf seine breiten Schultern platziert hatte, hielt sie sich an den roten Ohren des glatzköpfigen Wirtes fest und begann, 'L'amour est un oiseau rebelle' mit tiefster Inbrunst zu singen. Schmidt stimmte mit dem Schifferklavier ein.

Die Runde erkannte den Wirt, einen eingefleischten Wagnerianer, nicht wieder. Ungläubig starrten sie ihn an, wie er mit leuchtenden Augen die singende Grodon im Kreis herum trug und selbst in das Lied von Georges Bizet mit einstimmte.

„L'amour est enfant de Bohême

Il n'a jamais, jamais connu de loi

Si tu ne m'aimes pas, je t'aime

Si je t'aime, prends garde à toi !

Si tu ne m'aimes pas

Si tu ne m'aimes pas, je t'aime ..."[4]

---

4 Georges Bizet, Habanera, Uraufführung am 3. März 1875 in der Opera-Comique in einem Ort westlich der kleinen Stadt.

Bei der letzten Zeile drehte sich der Wirt von den Freunden ab und trug die göttliche Dame hinter eine duftende rosa Fliederhecke, von wo sofort einige Koloraturen erklangen. Beide wurden an diesem Abend nicht mehr gesehen. Aber noch oft gehört.

„Wenn das der Meister auf dem Hügel erlebt hätte!", lachte Schmidt und machte sich zum Gehen bereit.

„Ihr könnt mich doch nicht mit dem Wildtier allein lassen", protestierte Scharrer, als auch seine beste Freundin Moni ihre Sachen packte.

So kam es, dass man auf der Terrasse ein Nachtlager aus weichen Matratzen, flauschigen Decken und bunten Kissen aufbaute und Scharrer, Moni und Schmidt gemeinsam im Freien schliefen. Nur bewacht von den Sternen und dem Mond, der Giraffe und dem kleinen Hund Franz.

Am nächsten Morgen wurden die drei Freunde vom Zeitungsjungen, einem schlaksigen, langhaarigen, jungen Mann auf der Terrasse geweckt.

Er freute sich, die schlafenden Leute, um die eine schnarchende Giraffe schützend ihren Hals gelegt hatte, auf einem bunten Kissenlager zu entdecken. Das war mal ein anderer Anblick in der Vorstadt.

Normalerweise begegneten ihm beim Zeitungsverteilen nur schlechtgelaunte Rentner im Schlafrock und Filzpantoffeln an den verhornten Füßen. Die schimpften, noch bevor sie einen Blick in die Zeitung warfen, über die Politik, die Wirtschaft, den Sport, die Kirche, die Jugend, die Radfahrer, den Wetterdienst und alles, was die Welt sonst noch als Feindbild bot. Den jungen Zeitungsboten, oft der einzige Mensch, den sie den ganzen Tag über sahen, nutzten sie als Blitzableiter für ihre Unzufriedenheit über ihre Einsamkeit und Bedeutungslosigkeit.

Der Überbringer der Nachrichten hat es nie leicht. Das hatte ihm sein Vater, der Rathausbote, schon von klein auf erzählt. In den Augen des Sohnes hatte sein Vater das nur als Ausrede für seine Vorliebe zum Gin-Kakao benutzt. Doch jetzt verstand der Sohn ihn viel besser.

Der Zeitungsbote versuchte, das Geschimpfe der Leute nicht allzu ernst zu nehmen. Er war sich aber sicher, dass er diese schlechtgelaunten Menschen nicht sein ganzes Leben lang ertragen wollte.

Aber was sollte er sonst tun? Wie so viele junge Menschen war auch er überwältigt von den Möglichkeiten, die ihm offenstanden und die ihn in ihrer Vielfalt überforderten.

Musik, das wäre was. Er liebte seine Gitarre. Aber auf der Musikschule hatte er schnell gemerkt, dass in der Kunst ein höherer Leistungsdruck herrschte und mehr eitle Selbstdarsteller unterwegs waren, als er es ertragen wollte. Irgendwann würde sich das Richtige wohl ergeben. Nur die Frage nach dem Wie, dem Wann und dem Wo, die machte ihm Angst.

Begeistert von dem bunten Kissenlager auf der Terrasse, setzte er sich im Schneidersitz zu Scharrer, Schmidt und Moni und griff nach einem der zerflossenen Reste vom Blaubeerkuchen und einem stehengebliebenem Kakao. Sogleich verfiel er in ein Gespräch mit Moni, und beide schienen augenblicklich die Welt um sich zu vergessen.

Der Museumsdirektor guckte skeptisch. Er war nie offen für Menschen gewesen, die er nicht kannte und wenn sich Moni, seine beste Freundin, so gut mit jemandem verstand, wurde er sofort eifersüchtig. Das würde er natürlich niemals zugeben.

Deshalb schenkte er sich einen frischen Kakao mit einem gehörigen Schuss Gin ein. Mit Kakao im Magen, nimmt man vieles leichter und gewinnt eine gewisse Selbstsicherheit. Natürlich bekamen auch der Hund Franz und die Giraffe etwas ab. An einem Morgen wie diesem war das alles in Ordnung.

Scharrer verschwand im Badezimmer, um sich frisch zu machen, und Schmidt tat es ihm gleich. Moni aber blieb mit dem Zeitungsboten auf der Terrasse. Gemeinsam streichelten sie die Giraffe, die ihren Kopf tief zu ihnen hinabbeugte, hinter den Ohren und zwischen den Hörnchen. Die Vögelchen sangen in den Bäumen ihre lieblichen Lieder und ein zarter Duft von rosa Flieder wehte von der Hecke zu ihnen.

Der Zeitungsbote fasste eine so tiefe Zuneigung zu Moni, dass er begann, ihr von seinen Träumen von einer anderen Gesellschaft zu erzählen. Etwas, das er noch nie zuvor jemanden geschildert hatte. Eine Welt ohne Stress und Druck, in der man sich nicht selbst darstellen musste, sondern die Leute friedlich und respektvoll miteinander umgingen.

Für einen abgeklärten Menschen hätte das alles vielleicht naiv geklungen. Aber wer, wenn nicht ein junger Mensch wie er, sollte von einer besseren Gesellschaft träumen? Wer, wenn nicht einer wie er, sollte zu Recht von dem Zynismus, der Resignation und der Belanglosigkeit der Menschen abgestoßen sein? Wenn man nicht träumt, ist dann nicht schon alles verloren? Eine andere, friedliche und phantasievolle, Zukunft war möglich. Die letzten Tage in der kleinen Stadt hatten es doch bewiesen!

War nicht der ewig unzufriedene Scharrer das beste Beispiel dafür, was allein das unerwartete Erscheinen einer Giraffe im Leben der Menschen bewirken konnte? Endlich hatte er aus dem stumpfen Alltag des Kuratierens herausgefunden. Den Trott von Rosenzucht, Blütenblätter pressen und in Alben kleben, hatte er jahrzehntelang gepflegt, ohne sich jemals zu fragen, was das sollte. Dabei hatte Scharrer als junger Mann doch etwas ganz anderes vom Leben gewollt. Aber was war aus seinen Träumen geworden? Konnte er sich überhaupt noch an sie erinnern? Hatte er jetzt noch Wünsche?

Als der Tierpfleger Schmidt und der Museumsdirektor Scharrer frisch und munter aus dem Bad auf die Terrasse kamen, waren nur noch die Giraffe und der Hund Franz im Garten und spielten friedlich miteinander. Aber ein ganzer Stapel frischer Zeitungen war auf einem der Korbstühle liegen geblieben. Die beiden Männer setzten sich, tranken kalten Kakao mit Gin und lasen die neuesten Meldungen aus der kleinen Stadt und dem Landkreis.

Auch die Mutter des Bürgermeisters las die heutige Ausgabe von 'Pudel und Krone' und strahlte über das ganze Gesicht wie ein Honigkuchenpferd. Sie hatte zu ihrer rosa geblümten Kittelschürze farblich abgestimmte Lockenwickler im Haar. Ihrem Sohn hatte sie warmen Kakao gemacht. Pompl, ihr Hund, durfte eine ganze Rohrnudel, eingeweicht in katholischem Kakao, verschlingen. Sie hatte sogar so gute Laune, dass ihr Ehemann in aller Ausführlichkeit über eine umgestürzte Miniaturplastiktanne auf seiner Modelleisenbahn erzählen durfte.

Der unter Pseudonym geschriebene Leitartikel war ihr wunderbar gelungen. Nichts war von der Redaktion geändert worden. Die Journalisten vom 'Pudel und Krone' hatten endlich verstanden, was zu tun war, um die kleine Stadt voranzubringen. Eine widerspenstige Presse, manche nannten so etwas eine kritische Presse, empfand sie einfach nicht als konstruktiv. So eine Art von Journalismus diente in den Augen der Bürgermeistermutter ausschließlich der Eitelkeit der Reporter. Eine Gattung von Menschen, die nur deshalb in Zeitungen schrieben, da sie selber nie etwas Eigenes zustande gebracht hatten. Wie einfach es war, einen Artikel zu schreiben, hatte sie sich gestern selbst bewiesen. Mit der Schreibmaschine getippt und dann unter falschem Namen beim Gassigehen in den Briefkasten der Redaktion geworfen.

Sie hatte keinerlei Gewissensbisse. Schließlich ging es um nichts bedeutenderes , als dass sie weiterhin die Mutter des Bürgermeisters bleiben würde. Oder gar eines Tages die Mutter des Landrates, wenn alles gut lief. Aber auf gar keinen Fall wollte sie die Mutter eines Papierwarenhändlers sein. Das musste sie mit allen Mitteln verhindern.

Der Bürgermeister schämte sich für das Bild auf der Titelseite. Seine Mutter verstand ihn nicht. Ihrer Meinung nach sah er auf der Buntstiftzeichnung einfach entzückend aus. Sie hatte die Zeichnung letztes Jahr von der Borschárdt malen lassen. Ihr Sohn trug wie ein kleiner Junge einen dunkelblauen Samtanzug. Dazu ein hellblaues Hemd, eine blaugepunktete Fliege und ein Strahlen im Gesicht, wie es kein Zahnarzt hätte besser zaubern können. In den Augen funkelte kein Licht, sondern fünfzackige Sterne, ebenso auf der Glatze. Im Vordergrund hatte die Künstlerin rosa blühende Geranien gemalt.

Die Bürgermeistermutter hatte die spiegelnde Glatze ihres Kindes nur schwer akzeptieren können, denn es bedeutete, dass ihr Bub ein Mann geworden war. Zumindest äußerlich. Männer hatten eben eine Platte und einen runden Bauch zu haben, sonst wären sie ja keine richtigen Männer. Aber reif und vernünftig würde ihr Sohn, wie alle anderen Männer, niemals werden. Er blieb ein Junge. Wie ihr Modelleisenbahn spielender Ehegatte. Um alles mussten sich die Frauen kümmern, weil Männer immer kleine Buben blieben. Sie trank noch etwas warmen Kakao und las noch einmal stolz ihren Artikel.

In diesem Moment empfand die Mutter des Bürgermeisters so etwas wie Glück. Doch keine Stunde später ging für sie die Welt unter. Sie hatte wie so oft ihren Sohn in das Rathaus gebracht. Was dann dort genau in welcher Reihenfolge geschah, das konnte sie später nicht mehr sagen. Alle anderen Beteiligten waren später ebenfalls nicht in der Lage, sich an Details zu erinnern.

Es war zu dem gekommen, was immer passieren muss, wenn sich zwei Frauen um einen Mann streiten. Die nebensächlichste Kleinigkeit kann die Lunte zum Brennen bringen. So war es wohl auch hier. Im Bürgermeisterzimmer standen die Mutter des Bürgermeisters und das Vorzimmerfräulein Elke am großen Schreibtisch sich gegenüber und brüllten sich an. Dazwischen, ganz klein, der Bürgermeister.

„Bitte! Fräulein Elke! Mutter! Ich flehe euch an!"

Verzweifelt rang der Bürgermeister zwischen den beiden Frauen um Gehör und bekam es doch nicht. Elke stand mit verschränkten Armen und tief nach unten gezogenen Augenbrauen an der einen Seite des Schreibtisches, während seine Mutter mit in die Hüften gestemmten Händen und vor Zorn rotangelaufenem Gesicht am gegenüberliegenden Ende stand.

Was hier passierte, war brandgefährlich. Die beiden Damen stritten, keiften, gifteten sich an, und eine jede von ihnen forderte von ihm, ihr Recht zu geben, ihr beizustehen und die andere zum Teufel zu schicken.

Was sollte er machen? Er konnte doch unmöglich seine Mutter, nein, das ging einfach nicht. Oder Fräulein Elke? Unmöglich. Er brauchte doch beide. Er war doch nur ein Mann. Warum konnten diese Frauen sich nicht vertragen?

Da schrie Elke: „Sie benutzen ihn nur."

Seine Mutter schnappte nach Luft. Dieses unverschämte Vorzimmerfräulein stellte ihre Mutterliebe in Frage! "Bub, sag endlich was! Schmeiß dieses unerhörte Frauenzimmer raus!"

Da riss Elke an seinem karierten Hemdsärmel, zog ihn zu sich, legte ihren Arm um seine Schulter und brüllte seine Mutter an: „Nichts da! Der Junge ist schon groß und kann selbst entscheiden, was er macht. Sie als Mutter haben hier überhaupt nichts zu sagen. Der Kleine kommt jetzt zu mir!"

„Bübchen!", brach seine Mutter in Tränen aus.

Der Bürgermeister spürte, wie Elke ihre Finger tief in seine Schulter krallte. Es tat weh. Aber er merkte auch, wie gut es tat, dass diese Frau so um ihn kämpfte. Trotzdem. So ging das nicht weiter. Er stotterte. Unverständlich. Elke presste noch viel fester ihre Finger in seinen Arm.

„Nein, Mutter, nein", stammelte er endlich. Ihm wurde schwindlig. Noch nie hatte er seiner Mutter so eindeutig Paroli geboten. Er spürte, hier war etwas Großes für ihn geschehen. Etwas, das sein Leben verändern würde und das ihm sehr Angst machte.

Die Mutter wurde kreidebleich. Das schlechte Gewissen überschwemmte den Bürgermeister. Schon wollte er zu ihr stürzen. Elke hielt ihn am Hosenbund mit eisernem Griff fest. Der Bürgermeister hob mit Blick zur Mutter entschuldigend die Schultern.

Rasend vor Wut klemmte die sich Pompl unter den Arm. Der Hund quiekte entsetzt auf. Sie stürmte aus dem Zimmer. Die Tür knallte laut zu.

Der Bürgermeister hielt den Atem an. Aber Elke zog ihn ganz nah an sich heran. Dann passierte etwas für ihn vollkommen Unerwartetes. Es war das erste Mal für ihn. Es schien ihm, als stände die Welt still und dass die Zeit alle Bedeutung verloren hätte.

Es lag sicher nicht an den schweren Samtvorhängen, die Meyerheim vor die Fenster gezogen hatte, dass in seinem Arbeitszimmer so dicke Luft herrschte. Der Zoodirektor saß mit krummen Rücken am Schreibtisch und sah sorgenvoll zu Walburga, die auf der anderen Seite im Chefsessel saß.

Die hatte sich mit ihrer spitzen Nase tief in die aktuelle Ausgabe vom 'Pudel und Krone' vergraben. Wie ein Jagdhund suchte sie aufgeregt nach einer Spur. Als ob irgendeine geheime Botschaft zwischen den Zeilen zu finden wäre, die den Sinn des Leitartikels vollkommen anders deuten ließe. Sie suchte nach etwas, das sie beide retten könnte.

Meyerheim hörte immer wieder „Nein, nein, nein" oder „Das ist doch jetzt wirklich die Höhe", während er nervös seinen ererbten goldenen Füllfederhalter von der rechten Seite des Tisches zur linken und wieder zurück verschob. Er hob den gläsernen Briefbeschwerer an, in den eine Pusteblume eingegossen war, betrachtete ihn ausführlich von allen Seiten und legte ihn wieder zurück auf das Pult. Er drehte die Kurbel des mechanischen Bleistiftspitzers. Einmal. Zweimal. Dreimal. Dann schob er wieder den Füllfederhalter von einer Seite seiner dunkelgrünen Schreibunterlage auf die andere. Und wieder zurück.

Zoodirektor Meyerheim hatte Angst. Vorgestern war das Haus noch voll mit jungen Menschen, die sein Parkett zerstörten, um darauf Transparente zu malen, und in der Bibliothek Selbstverteidigung gegen einen etwaigen Angriff der beiden Stadtpolizisten übten. Heute war es totenstill in der Direktorenvilla. Nur Walburga war da. Aber die schien vor Wut zu platzen und redete nicht mit ihm.

Endlich traute er sich etwas zu sagen: „Wally?"

„Ruhe! Ich muss mich konzentrieren. Das ist doch alles unglaublich, was da steht."

„Was steht denn da? Darf ich das vielleicht auch einmal wissen?"

Walburga guckte den schnauzbärtigen Glatzkopf verdutzt an, als ob sie sich wunderte, ausgerechnet ihn hier zu sehen. Unwirsch hob sie die Zeitung, und Meyerheim konnte über den Tisch hinweg den Titel der Zeitung sehen. Groß war dort die Reproduktion eines Bildes vom Oberbürgermeister abgedruckt. Ein breit grinsender Glatzkopf mit Schnauzbart, dem die Malerin kleine weiße Sternchen in die Pupillen gesetzt hatte. Er trug eine Schleife um den Hals, als ob er einer der Hunde aus Monis Hundeschleifenladen wäre.

Meyerheim schluckte. Er würde es nicht zugeben, aber die Buntstiftzeichnung glich bis auf wenige Details dem Porträt von ihm selbst, das seine Mutter, Gott hab sie selig, bei Claudià Borschárdt in Auftrag gegeben hatte. Malte diese Künstlerin immer das gleiche Bild, oder lag es an den Auftraggeberinnen, die letztendlich alle nur das Gleiche haben wollten? Einen braven Buben.

Auf den goldgerahmten Bildern in den Wohnzimmern der kleinen Stadt gab es unzählige Männer im Samtanzug mit einem dummen Grinsen im Gesicht. Um den Hals eine Schleife und dazu ein passendes Einstecktuch. Neben sich ein Blumengesteck, das an den Totensonntag erinnerte.

Dass die Männer seines Jahrgangs inzwischen alle Glatze, Schnurrbart und Direktorenbäuche hatten, störte den Eindruck, dass man Konfirmanden auf den Zeichnungen sähe, kein bisschen. Was gefiel einer Mutter an so einem unpersönlichen Püppchen? Warum wollten Frauen statt Individuen gleichgeschaltete Roboter? Als ob die Männer alle eines Tages durch Maschinen ersetzt werden sollten.

„Ich kann nichts lesen. Ich habe meine Brille verlegt."

Mit einem Schnauben machte Walburga ihre Verachtung für den Zoodirektor deutlich. Für den hatte sie heute ganz und gar keine Geduld. Was sollte das jetzt heißen, die Brille verlegt? Sie hatte ihn noch nie mit Lesehilfe gesehen. Dazu war er doch, wie die meisten Männer, viel zu eitel. Außerdem, fiel ihr ein, hatte sie ihn überhaupt noch nie etwas freiwillig lesen gesehen.

Dieser Artikel in der Stadtzeitung bedeutete das endgültige Ende ihrer Karriere als Managerin der finanziell zweiterfolgreichsten Protestbewegung im ganzen Landkreis. Von einer Leuchtfigur des Widerstandes, einer Kämpferin für eine bessere Welt, war sie zur persona non grata degradiert worden. Eine moderne Verstoßene. Der 'Pudel und Krone' als öffentlicher Pranger.

„Soll ich dir den Artikel vorlesen?"

„Lieber nicht. Ich kann nicht so gut aufpassen. Sag mir in einfachen Worten, um was es geht."

Walburga seufzte verächtlich. „Wie kann man eigentlich Direktor werden, wenn man solche Konzentrationsschwächen hat?"

„Ich war der Lieblingsenkel meiner seligen Großmutter. Ich kann ja nichts anderes. Meine Schwestern haben nach der Schule alle studiert. Aber ich konnte mir nie merken, was in Büchern steht. Hätte Oma der Schule nicht den teuren Konzertflügel und das originale Elchskelett geschenkt, ich hätte es nie bis zur zehnten Klasse geschafft. Geschweige denn zur Reifeprüfung. Aber du weißt ja, wie unsere Lehrer waren. Sie behaupteten progressiv und links zu sein, tatsächlich achteten alle an Hierarchien und glaubten an das Geld."

Walburga verspürte wieder diesen Stich in ihrem Herzen. Ihre Eltern hatten weder Namen noch Geld gehabt. Als Mädchen mit diesem familiären Hintergrund war ihr nur die Laufbahn einer Holzkleiderbügelfachverkäuferin geblieben, egal wie gut sie in der Schule gewesen war.

Deshalb war sie so begeistert von der Chance gewesen, mit der Protestbewegung in der kleinen Stadt endlich einmal mit den alten, verfestigten Strukturen aufzuräumen. Für sie sollte es jetzt eine andere Zukunft geben. Besser und gerechter, als es alle ihre Vorfahren gehabt hatten. Aber jetzt war schon wieder alles vorbei, und sie musste sogar um ihren Posten als Filialleiterin bangen.

Wütend wandte sie sich an den Zoodirektor: „Dieser Artikel verdreht alle Tatsachen. Gestern wurde der Bürgermeister noch als ein wankelmütiger, launischer Mann ohne Kompetenzen, der sich alles von seiner Mutter diktieren lässt und nicht einmal für neue Geranien am Rathaus sorgen könne, in dieser Zeitung porträtiert."

„Genau, ein Skandal. Keine Geranien am Rathaus und ich soll den brüllenden Löwen Dieter und das phlegmatische Krokodil Senta nach Afrika schicken!"

„Heute aber schreibt hier ein Anonymus, alles sei ein Missverständnis und ganz anders, als die Leute bisher dachten. Geranien seien nicht mehr zeitgemäß. Es werde nach einer moderneren Bepflanzung der Blumenkästen gesucht. Kinder werden jetzt aufgerufen, ihre Lieblingsblumen zu malen, und so sollen dann die Blumenkästen am Rathaus bepflanzt werden."

„Aber Kinder malen doch immer die gleichen Blumen!"

„Eben. Der Bürgermeister kann pflanzen lassen, was er will, und danach sagen, er habe die Kinder mit einbezogen. Wer soll etwas dagegen haben, wenn Kinder sich an der Stadtverschönerung beteiligen?"

Meyerheim schluckte. Das war ja ein ganz perfider Plan vom Bürgermeister.

„Aber es geht noch weiter im Artikel. Niemand habe ernsthaft gewollt, das Museum zu schließen. Man wollte nur neuere, zeitgemäßere Museumskonzepte fördern und ein breiteres Publikum ansprechen. Mit interessanten Schoppingangeboten könne man die Hängung der Kunstwerke wunderbar auflockern. Sei zum Beispiel eine Frau mit wallendem rotem Haar auf einem Bild dargestellt, könne man idealerweise direkt daneben Haarfärbemittel und Shampoos platzieren. Die öffentliche Hand werde dadurch finanziell entlastet, und es würden vollkommen neue Zielgruppen und Sponsoren angesprochen werden. Das Museum der kleinen Stadt werde so zu einem internationalen Vorreiter der Durchmischung von Kultur und Alltag. Ein Traum der Avantgarde würde, laut Anonymus, endlich wahr werden."

„Wenn das der Scharrer liest!"

„Der Scharrer kann uns gestohlen bleiben. Das ist uns doch vollkommen egal, was in dem seinen verstaubten Kasten passiert. Sieh dich mal in deinem Haus um. Hier ist das Problem, das wir lösen müssen."

„Ich meinte ja nur."

„Für das Meinen hast du gar keine Zeit, wenn du erst weißt, was im Artikel über den Zoo steht. Denke daran, all diese wunderbaren Merchandisingprodukte für unsere Protestkampagne, die sich hier in ungezählten Kartons stapeln, sind noch nicht bezahlt. Geschweige denn der Strom für die Giraffentherapie von Valentin Zeileis."

Meyerheim wurde blass. Entsetzt starrte er auf die ungeöffneten Kartons von Mrs. Jellyby aus Borrioboolah-Gha, die sich im ganzen Raum stapelten. Alle randvoll mit buntbemalten Jo-Jos, Holzkleiderbügeln mit dem Widerstandssignet und Haarreifen mit flotten Sprüchen zum Erhalt des Zoos gefüllt. All diese Dinge sollten nun wertloser Plunder sein? Reif für den Schrotthaufen wegen eines einzigen Artikels im 'Pudel und Krone'? Meyerheim griff sich an seinen kahlen Kopf. Was sollte er mit hunderten Haarreifen tun?

Walburga stand auf und straffte ihre mit Stärke gebügelte Bluse. „Dieser Artikel stellt die Sache mit dem Zoo als vollkommenes Missverständnis dar. Von wegen Schließung! Der Zoo wird zu einem internationalen Forschungszentrum für Artenvielfalt umgebaut. Die Kinder von Borrioboolah-Gha sollen Biologie studieren statt Holzkleiderbügel zu bemalen. Hier sollen sie dann wichtige Erfahrungen mit Senta, dem lethargischem Krokodil, und Dieter, dem brüllenden Löwen, machen, da doch in Nigeria beide Tierarten längst ausgerottet seien."

„Die Kinder von Borrioboolah-Gha sollen hierher und Senta streicheln?"

„Für mich ist die entscheidende Frage, wer soll in Zukunft unsere Holzkleiderbügel schnitzen? Meyerheim, ich glaube, meine Tage in der kleinen Stadt sind gezählt."

„Walburga, du kannst mich doch nicht alleine lassen."

„Ich habe keine andere Wahl."

„Wir kennen uns seit der Schule. Du kannst mich nicht verlassen."

„Meyerheim, unsere gemeinsame Vergangenheit in Ehren. Ich sehe hier keine Zukunft mehr für mich."

Die nächsten Sätze sagte der Zoodirektor leider so leise, dass sie Walburga, die aus dem Haus stürmte, nicht mehr hören konnte: „Was ist mit uns? Ich liebe dich doch. Ich habe doch niemanden außer dich."

An einem anderen Ende der Stadt lag die Journalistin Heidrun Albern zur selben Zeit in ihrem gemütlichen Bett und bewunderte ihre beiden großen Zehen, die unter der geblümten Bettdecke hervorlugten.

Wieland, der selbsternannte Messias, war nach dieser langen und intensiven Nacht zum Bäcker Wolf geeilt, hatte ihr Kakao in der Glasflasche, gedeckten Blaubeerkuchen mit viel Puderzucker und die neueste Ausgabe vom 'Pudel und Krone' ans Bett gebracht. Mit Krümeln im Mund und Kakaoflecken auf dem blaugepunktetem Rüschennachthemd hatte sie den Artikel überflogen und herzlich über den neuesten Streich im Giraffenkrieg gelacht.

Ein Anonymus! Es war so leicht zu erkennen, wer diesen Blödsinn geschrieben hatte. Aber was ging sie das an? Es gab soviel Wichtigeres im Leben. Wieland legte eine Vinylscheibe von Nana Mouskouri auf und vergrub sich dann wieder unter ihre dunkelgrüne Bettdecke. Die Albern griff nach dem nächsten Stück Kuchen. Sie konnte vom Leben nicht genug haben.

„Succhiami l'alluce. Ti amo mio stallone selvaggio."

"Si, si, tu sei il mio guscio. Voglio sprofondare in te."

"Forte come un eroe di Troia, le tue braccia si allungano su di me. Mi fai sentire al sicuro. Il mio eroe, il mio tutto. Vuoi più torta di mirtilli?"[5]

So leckte Wieland die dunklen Blaubeeren aus der hellrosanen Scham der Albern, die lustvoll aufstöhnte und dabei kein bisschen an Giraffen, Geranien, Rosen oder Einkaufsmöglichkeiten im Museum dachte. Sie versank mit

---

5 „Lutsche meinen großen Zeh. Ich liebe dich mein wilder Hengst."
„Ja, ja, du bist meine Muschel. In dir will ich versinken. „
„Stark wie ein Held von Troja, spannen sich deine Arme über mich."
„Du gibst mir das Gefühl, geborgen zu sein. Mein Held, mein Alles."
Willst du noch mehr Blaubeerkuchen?"
Mit freundlichem Dank für die Übersetzung aus dem Italienischem an Raffaele di Cetrioli

Wieland erneut in die Gefilde der Erwachsenenliebe, wie sie es niemals zuvor getan hatte.

"Tesoro. Il mio passerotto con il grosso cetriolo tra le cosce."[6]

Während Wieland weiter unter ihrer Bettdecke sich an ihrer Lustgrotte mit seiner spitzen flinken Zunge zu schaffen machte, sagte sie ein Gedicht auf, das sie einst auf ihrer Abiturfahrt nach Wuppertal, der Talstadt, in der einst ein Babyelefant aus der Schwebebahn gesprungen war, zu schätzen gelernt hatte. Denn dort war die Autorin des Gedichtes geboren worden.

Der Abend küsste geheimnisvoll

Die knospenden Oleander.

Wir spielten und bauten Tempel Apoll

Und taumelten sehnsuchtsvoll

Ineinander.

Und der Nachthimmel goss seinen schwarzen Duft

In die schwellenden Wellen der brütenden Luft,

Und Jahrhunderte sanken

Und reckten sich

Und reihten sich wieder golden empor

Zu sternenverschmiedeten Ranken.

Wir spielten mit dem glücklichsten Glück,

---

6 „Liebling. Mein kleiner Spatz mit der dicken Gurke zwischen deinen Schenkeln."
Mit freundlichem Dank für die Übersetzung aus dem Italienischem an Raffaele di Cetrioli

Mit den Früchten des Paradiesmai,

Und im wilden Gold Deines wirren Haars

Sang meine tiefe Sehnsucht

Geschrei,

Wie ein schwarzer Urwaldvogel.

Und junge Himmel fielen herab,

Unersehnbare, wildsüße Düfte;

Wir rissen uns die Hüllen ab

Und schrieen!

Berauscht vom Most der Lüfte.

Ich knüpfte mich an Dein Leben an,

Bis dass es ganz in ihm zerrann,

Und immer wieder Gestalt nahm

Und immer wieder zerrann.

Und unsere Liebe jauchzte Gesang,

Zwei wilde Symphonieen![7]

Die Grodon saß nach einer langen Nacht, in der sie irgendwann im Mondenschein zusammen mit dem Wirt vom ehemaligen Rosengarten zum historischen Botanischen Garten gewandert war, im Apollopavillon auf dem Schoß ihres Liebhabers und fuhr mit ihren kurzen Fingern durch sein langes, wirres Brusthaar. Berauscht vom Most der Lüfte jauchzte sie, als ob sie Symphonien sänge. Von Ferne stimmte ein schwarzer Urwaldvogel in ihren Gesang ein.

---

7 Orgie, Else Lasker-Schüler, Berlin 1902

Nach dieser sternenverschmiedeten Nacht, die sie beide im Universitätsgarten zu Füßen einer Kopie des Apolls vom Belvedere verbracht hatten, war die Grodon ein anderer Mensch geworden. Allgemein wird gerne gesagt, dass eine Diva für nichts anderes lebt als für die Kunst. Und natürlich für den Verzehr von Schokoladentrüffel. Doch vergessen die Neider und Verehrer, dass große Kunst vor allem Einsamkeit und Angst bedeutet. All die Stunden des Lernens von Noten und Texten, des Probens von Rollen. Die Demütigungen von Regisseuren, Dirigenten, Kollegen und Kritikern. Die Angst vor dem Versagen.

Der Zuschauer erlebt die Diva auf der Bühne als funkelnden Brillanten auf den Brettern, die die Welt bedeuten. Er überschüttet sie mit Rosen und Ovationen. Aber er sieht nicht, wenn sie spät in der Nacht allein in ihrem engem Reihenhaus im Neubauviertel auf dem alten Sofa am Resopaltisch sitzt. Eine einsame Duftkerze aus dem Drogeriemarkt brennt und verbreitet ein schwaches Licht, das sich in den Tränen der Künstlerin spiegelt. Es bleibt nichts vom Glanz der Bühne, nur die Angst des Scheiterns und das Gefühl der Einsamkeit sind ihr wirklicher Lohn.

Wer ist bereit, das Leben einer Opernsängerin zu teilen, außer einem Meerschweinchen, das in seinem Käfig keine Wahl hat? Wer hat Verständnis für die Seelenqualen, die eine solche Künstlerin zerreißen, sobald eine neue Rolle, ein neuer Auftritt anstehen? Wer steht einer Künstlerin zur Seite?

Wie sieht es im Inneren einer Künstlerin aus, wenn montags, dienstags und für den Rest der Woche kein neues Angebot ins Haus kommt? Welche Gefühle überkommen sie, wenn eine Jüngere die Blicke der Orchestermusiker auf sich zieht?

Die Männer, die sie bislang kennenlernte, waren alle zu schwach, um einer Frau wie der Grodon in solchen Momenten eine Hilfe sein zu können. Männer suchen Frauen als seelische Stütze, sind aber nie in der Lage, selber ihrer Partnerin in Krisen zu helfen. Ein Mann sieht in einer Frau immer nur die zärtliche, starke Mutter, die ihn bedingungslos liebt. Für eine Frau, die Karriere auf der Bühne macht, gibt es im Leben von Männern keinen Platz.

So musste sich die Grodon stets selber helfen. Langweilige Atemübungen für das Selbstbewusstsein machen und sich selbst gefälschte Autogrammkartenwünsche zuzuschicken, um den Briefboten und sich selbst glauben zu lassen, sie sei noch begehrt.

Der eine oder andere zu heiße Kakao, ein gestelltes Bein, zermahlene Diamanten im Blaubeerkuchen oder eine zu fest gebundene Federboa. Mit der Zeit war es einfach geworden, der Konkurrenz zu zeigen, wer in der kleinen Stadt die Beste war. Die Grodon beherrschte dies wie keine andere und übertraf darin sogar ihre Sangeskunst.

Doch nun war die Einsamkeit am verkratztem Resopaltisch und die Angst vor jüngeren, schöneren Konkurrentinnen vergessen. Leider hatte sie auch das polnische Meerschweinchen im Käfig vergessen. Aber das würde sie erst viel später bemerken und hatte für sie im Vergleich zur wahren Liebe keinerlei Bedeutung. Opfer müssen eben gebracht werden.

Nun saß sie auf dem Schoß eines richtigen Mannes. Ein Kerl mit echter Glatze, richtigem Bauch, realem Schnurrbart und unglaublich dichtem, lockigem Brusthaar, in das sich die Glieder seiner schweren goldenen Kette mit dem großen Marienanhänger aus Tschenstochau verhakten.

Die Grodon jauchzte begeistert von so vielen Brustlocken und sie und der Wirt verschmolzen erneut im Tempel des Apoll zu zwei Symphonien der Lust. Hätte es der jugendliche Gott aus Marmor gekonnt, er hätte sein faltenreiches Tuch schamvoll vor die Augen gehoben und dem alten Gott Uranos tröstend die Hand auf die Schulter gelegt. Denn dieser hatte heute Nacht einen seiner Jünger für immer verloren.

Kopfschüttelnd und ohne jedes Schamgefühl sah Museumswärter Reismund im Botanischen Garten eine Weile der Grodon und dem Wirt zu. Solche Aufwallungen der menschlichen Biologie hatte er auf seinem Weg zur Arbeit noch nie beobachten dürfen. Im Vergleich zu einer gewöhnlichen Cumulonimbus- Wolke erschien ihm der öffentliche Beischlaf zweier erwachsener Menschen in an die Antike angelehnte Stellungen auf seine eigene Art bemerkenswert.

„Wie schade, dass die Borschárdt nicht so früh aufsteht. Das wäre ein schöneres Motiv für sie, als immer nur Männer in Konfirmationsanzügen zu malen", lachte er, biss in seine Gelbwurstsemmel und ging schließlich weiter zum Museum.

Die beiden Stadtpolizisten Schötz und Sahm klingelten kurze Zeit später auf ihrem Polizeitandem bei einer Routinekontrolle durch den Botanischen Gartens lange und besonders eindringlich am Pavillon. Doch die Grodon jauchzte nur um so lauter. Ihre vom Wirt so glücklich erfüllte Sehnsucht verwandelte sich unter dem Klang der Fahrradklingeln zu ekstatischem Geschrei. Der Fall war für die beiden Ordnungsmänner eindeutig zu heikel, als dass sie von dem Dienstfahrrad hätten absteigen wollen. Sie fanden auch keinen Hinweis im 'Handbuch für Polizisten in Notfällen', was sie in einem solchen Fall tun sollten. Hilflos sperrten sie den Zugang zum Botanischen Garten für Besucher, damit die größte Sängerin des südlichen Landkreises ungestört ihr Glück mit dem Wirt auf knirschendem Kies finden konnte. Vom Kirchturm der Laurentiuskirche hörte man die Glocken läuten. Die Grodon schrie vor Lust.

In Monis Hundeschleifenfachgeschäft standen die Leute heute wieder Schlange, um ihren Lieblingen das passende Band für den Tag zu besorgen.

Die Laune der Hunde ist bekanntlich zu einem großen Teil von dem richtigen Schleifenband und der entsprechenden Bindung desselben abhängig. Allerdings ist das Perfide an diesen Vierbeinern, dass sie ihren Besitzern keinerlei Hilfestellung geben, welches Band sie an welchem Tag begehren. Im Gegenteil, viele von ihnen tun so, als ob sie ein Halsband gar nicht tangieren würde.

Alle Versuche von sogenannten Hundeflüsterern, Hundeastrologen und Hundepsychologen scheiterten bislang kläglich, in irgendeiner Weise die Schleifenneigung des Vierbeiners erkennen zu wollen. Die teils unmoralisch hohen finanziellen Mittel, die für diese Forschung von privater wie kommunaler Seite ausgegeben wurden, änderten daran leider auch nichts. Die Hunde blieben launische Schleifenträger, die nur dann freudig mit ihrem Schwanz wedelten, wenn Herrchen oder Frauchen die richtige Schleife für sie ausgesucht hatten. Aber ein gutgelaunter und gutbeschleifter Hund ließ eben auch seinen Besitzer erstrahlen.

Deshalb war es so wichtig, seinen geliebten Hund einer wirklich einfühlsamen Hundeschleifenberaterin wie Moni anzuvertrauen und nicht irgendwem. So nahmen die Beratungsgespräche im Geschäft in der Regel viel Zeit in Anspruch, zumal vielen Hundebesitzern das Wohl ihres vierbeinigen Freundes wichtiger war als das der eigenen Kinder.

Heute ließen sich die Kunden noch mehr Zeit als sonst. Denn wer selber lange hat warten müssen, bis er an der Reihe war, der genoss das Gefühl, die Leute hinter sich herumstehen zu lassen. Warteschlangen demütigen bekanntlich die Menschen nicht durch den Verlust an ungenutzter Zeit, sondern durch das Gefühl, nicht wichtig genug zu sein, um vorgelassen zu werden.

War man endlich an der Reihe, wurde die Floskel vom 'Kunden als König' bitter ernst genommen. Ein jeder verlangte von Moni, dass sie aus unzähligen Schubladen verschiedene Bänder herausholen möge und die Vorzüge und Nachteile von Loden, Rupfen oder Jute für den Hundehals erklären solle. Moni war durchaus klar, dass die meisten dieser wählerischen Kunden sich am Ende doch für ein klassisches blaugepunktetes Band aus Wildseide mittlerer Breite entscheiden würden. Wie fast jeden Tag.

Doch Moni lächelte trotzdem freundlich, bückte sich zu Pinscher oder Spitz herab und fertigte nach Wunsch eine Habermasbindung oder eine Adornoschleife und hörte sich dabei bereitwillig den immer gleichen Tratsch der Leute über die Giraffe, die Geranien und den Protest an.

Nur als die Mutter des Bürgermeisters in den Laden rauschte, Frau Rechzange mit dem Spitz und Frau Schorek, die sie begleitete, zur Seite schubste, um ihren Yorkshireterrier Pompl auf den Tresen zu setzen, verrutschte das Lächeln von Moni etwas nach unten. Sie grüßte die Mutter des Bürgermeisters übertrieben laut, denn sie wollte die beiden Männer in ihrem Büro im Hinterzimmer warnen, wer da gerade gekommen war.

Moni wusste, es würde kein entspannter Vormittag werden, wenn Anselm Scharrer und der Tierpfleger Schmidt hier in ihrem Laden auf die Mutter des Bürgermeisters treffen würden. Zu verletzend war, was sie als Anonymus im

'Pudel und Krone' über die Tierhaltung im Zoo und die Ausstellungspolitik im Museum geschrieben hatte.

Die beiden Männer, die für Moni frisch gelieferte Pakete mit perlenbestickten Bändern vom Zambezi auspackten, lauschten hinter der angelehnten Tür, wie die Mutter des Bürgermeisters den angeblich unbekannten Autor des Artikels über den grünen Klee lobte. Sie wies natürlich besonders auf das Bild ihres Sohnes in der Zeitung hin. „Da kommt er ganz nach mir", sagte die Mutter des Bürgermeisters stolz und strich sich durch die getönte Dauerwelle.

Niemand im Laden konnte dieser Frau etwas von dem Zerwürfnis mit ihrem Sohn anmerken. In der Öffentlichkeit spielte sie ihre Rolle als Erste Dame der Stadt weiter perfekt. Für sie war die Geschichte mit Elke sowieso nur eine kurze Marotte ihres kleinen Jungen. 'Auch der beste Bürgermeister macht mal eine Trotzphase durch', dachte sie sich.

Im Büro standen Scharrer und Schmidt lauschend hinter der Tür und wussten nicht, ob sie lachen oder weinen sollten vor so viel Dummdreistigkeit, die diese überhebliche Frau an den Tag legte. Dabei stand sie ganz in der Tradition ihrer Familie. Die hatte sich schon seit Generationen mit einer unglaublichen Kaltschnäuzigkeit über ihre mangelnden Talente hinweggesetzt und immer ihren Vorteil auf Kosten anderer gesucht. So manch eine Leiche, die auf das Konto der Bürgermeisterfamilie ging, soll in den tiefen und geheimen Kellern unter der Stadt verborgen sein. Gerüchteweise handelte es sich sogar bei dem berühmten Skelett des reitenden Kroaten in der Universitätsbibliothek gar nicht um einen dalmatischen Söldner des 30- jährigen Krieges, sondern um ein einheimisches Opfer der Bürgermeisterfamilie im 17. Jahrhundert.

Beim Hinausgehen rief die Bürgermeistermutter laut: „Morgen wird Anonymus bestimmt verkünden, dass die Namensvergabe für die neue Giraffe am Wochenende stattfinden wird. Mit Festumzug und großem Unterhaltungsprogramm. Da bin ich ganz sicher. Dieser Anonymus hat ja einen guten Riecher für alles, was in der Stadt vor sich geht."

Am frühen Samstagmorgen füllte sich der Marktplatz der kleinen Stadt erneut mit den Bürgern der Stadt. Die Wirte und Metzger bauten vor den Gasthäusern wieder ihre Grillstände auf, und die Lehrbuben kamen kaum nach mit dem Ausschank von Kakao mit Gin. In den Cafés war schon zu ungewohnt früher Stunde der Blaubeerkuchen ausverkauft. Es schien sich in der kleinen Stadt schon wieder alles zu wiederholen, und doch war an diesem Tag alles ganz anders.

Denn heute passierte nichts spontan. Alles war bis ins kleinste Detail von dem Vorzimmerfräulein Elke, die der Mutter des Bürgermeisters jede Einmischung in die Vorbereitung des Festtags strengstens verboten hatte, durchgeplant worden. Nichts wurde dem Zufall überlassen. Nach den Exzessen der letzten Tage sollte die Gemeinde nun sich selbst und dem Landkreis beweisen, dass man hier in der kleinen Stadt Disziplin hatte und Feste nach ordentlichen Regeln begehen konnte.

Selbst die Hunde trugen nicht irgendwelche Schleifen, sondern ausschließlich Bänder in den Farben der Stadt, rot und weiß, in der traditionsreichen Bindung nach Celtis oder Pirckheimer.

Von der Universität kamen die Professoren mit ihren Studenten, streng nach Fakultäten getrennt, in Reih und Glied marschiert. Sie sangen für den Anlass neu geschriebene Motetten, gespickt mit Formeln, Fremdwörtern und Fußnoten. Sie sollten ihr Lob auf die Stadt, vor allem aber auf den Bürgermeister und die Hoffnung auf Budgeterhöhungen für die Wissenschaftslehre, zum Ausdruck bringen.

Die Bürger sprachen aufgeregt über die Ereignisse der letzten Tage. Man hatte viel erlebt, und das musste man nun verarbeiten. Manch einer hatte sonderbare Erklärungen für das Geschehene. Doch weder die Männer, die glaubten, dass geheime Bünde im nördlichen Landkreis dahinter steckten, noch diejenigen, die sagten, die letzten Tage seien ein eindeutiges und mahnendes Zeichen für das kommende Ende der kleinen Stadt, fanden viel Gehör. Zu verwirrt waren diese Thesen, die nichts anderes als Allmachtsphantasien der Vortragenden ausdrückten.

Lieber lachten die Leute in Erinnerung an die dummen Gesichter, die der Bürgermeister, Meyerheim oder Scharrer in der einen oder anderen Situation gemacht hatten. Einige machte Witze über die schon fast vergessenen Demonstranten. Wenige bemitleideten die Holzkleiderbügelfachgeschäftsfilialleiterin Walburga, die für einen kurzen Augenblick eine glänzende Karriere vor sich gehabt hatte und nun so tief gefallen war.

Bei diesem Volksauflauf musste der Bürgermeister keine Angst vor dem berühmten Volkszorn haben. Im Gegenteil. Gemeinsam mit dem Vorzimmerfräulein Elke riss er alle Fenster im ersten Stock des alten Rathauses auf und steckte seine Nase begeistert in die Blumenkästen mit frisch gesetzten Petunien. Diese südamerikanischen Blumen dufteten zwar nach rein gar nichts, aber die Farbenpracht war viel größer als bei den eintönigen Geranien. Hätte sein ehemaliger Mitschüler Anselm Scharrer nur geahnt, welch interessante Züchtungsgeschichte diese Blumen in Mitteleuropa hatten, dann hätte er seinem Rosengarten nicht nachgetrauert, sondern sicher eine farbenfrohe Petunienzucht aufgebaut.

Der Bürgermeister strich zärtlich über seinen kugelrunden Bauch und lächelte Fräulein Elke verliebt an. Sie spuckte in ihre Handfläche und strich damit die einsame Haarsträhne des Bürgermeisters fest über seine Glatze. Dann legte sie ihm die schwere, goldene Amtskette um den Hals, streichelte seine frisch rasierte rosige Wange liebevoll und schob ihn vor sich aus dem Rathausportal.

Ein Jubel brandete auf, als die Menge den dicken Bürgermeister, der ihnen freundlich zuwinkte, sah. Nach all dem, was in den letzten Tagen geschehen war, freuten sich die Bürger einfach schon, wenn sie ihr Stadtoberhaupt friedlich winken sahen.

Die Molkereiburschen hatten ihre Posaunen mitgebracht und setzten sie für die Fanfaren an. Die Studenten setzten ihre Kappen mit den Bändern in Fakultätsfarben auf und stellten sich zum Spalier für den Bürgermeister in Reih und Glied auf. Die Hausfrauen zupften ihre Dauerwellen zurecht. Die Hunde machten alle brav 'Sitz' und hoben eine Pfote an. Die Rentner schwangen begeistert mit ihren Gehhilfen.

Der Bürgermeister nahm Elke unter den Arm und zog mit ihr winkend zum Zoo. Gefolgt von der gesamten Stadtbevölkerung in einem langen Festzug, der natürlich streng nach Rang und Namen geordnet war. Ein jeder hatte wieder seinen Platz in der Stadtgesellschaft gefunden und rief das von Marketingstrategen für diesen Festumzug erkorene Kennwort „Jubel", so oft er konnte.

Nur einige ältere Frauen wunderten sich, warum der Bürgermeister das Vorzimmerfräulein am Arm führte und wo seine Mutter sei. Frau Schorek aber war sich sicher, dass der Bürgermeister mit dieser Geste bestimmt nur die

Arbeit von Elke würdigen wollte und seine Mutter im Zoo schon auf ihn wartete.

Am Tor des Zoos hatte sich Elke mit der Planung der Festdekoration selbst übertroffen. Schlangen aus Papier, von den Kindern in Borrioboolah-Gha in bunten Farben und Mustern eiligst in Sonderschichten bemalt, waren rechts und links des Durchgangs an hohe Masten gehängt worden und flatterten nun im leichten Wind. Über dem Eingang hingen große ausgeschnittene Buchstaben aus farbigem Glanzpapier: „Hoch lebe der Bürgermeister! Hoch lebe unsere kleine Stadt! Jubel, Jubel, Jubel!"

Der Bürgermeister hielt inne und atmete tief durch. Diesen Moment musste er verinnerlichen. Von diesem Triumph durfte er kein Detail vergessen. Nicht nach all der Schmach in den letzten Tagen. Dies würde der größte Tag seines Lebens werden. Bedeutender und besser als seine Konfirmation, seine Fahrprüfung, seine Reifeprüfung oder seine erste Wahl zum Oberhaupt der kleinen Stadt. Er sog die Luft ein, ihm überkam eine unbekannte Energie.

Dann drehte er sich zum Vorzimmerfräulein und blickte lange in ihre eisgrauen Augen. Der Bürgermeister nahm die beiden zarten Hände von Elke, führte sie an seine mächtige Brust, näherte sich mit leicht geöffneten Lippen unter dem mächtigen Schnurrbart dem Mund der Sekretärin. Die Welt stand still. Das Volk hielt ungläubig den Atem an.

Da rief plötzlich Frau Rechzange laut: „Ein Kuß! Ein Kuß! Jubel! Viva el Bürgermeister und Fräulein Elke!", und warf ihren geflochtenen Plastikhut mit der rotweißen Stoffblume in die Höhe. Frau Schorek tat es ihr gleich. Der Löwe Dieter brüllte in seinem Käfig. Das phlegmatische Krokodil Senta rollte die Augen, was aber niemand sah. Alle fingen an zu jubeln. Die Last der letzten Tage fiel nun endgültig mit all ihren Irrungen und Wirrungen von den Menschen ab. Die Liebe hatte gesiegt!

Eva-Maria, die kleine Schwester von Moni, die am Garten Scharrers als erste überhaupt gewagt hatte, die neue Giraffe zu berühren, kam aus dem Zoologischen Garten auf den Bürgermeister zugelaufen, machte einen artigen Knicks und überreichte ihm im Namen aller Bürger der Stadt einen Strauß wundervoller moderner Rosen.

Fanatischer Jubel brach aus, als ob man niemals zuvor einen Mann mit Blumen in der Hand gesehen hätte. Pfarrer Meyer hob Eva-Maria auf seine Schultern. Es wurde um Ruhe gebeten. Das entzückende Kind begann mit seiner piepsigen Stimme, zu sprechen:

Was eines willenstarken Mannes Geist

Zum Schutz und Schirm der heimischen Penaten

Vollbringen kann an kühngeplanten Taten

Zum Heil der Stadt, die ihn als Vater preist:

Du hast es offenbart! Und wohlberaten -

Mit klugem Sinn, der in die Ferne weist

Und noch dem Enkel Erntelohn verheißt -

Großzügig ausgestreut der Zukunft Saaten.

Wohn seh´n wir - leicht erfaßt und kurz bedankt -

Die Welt an hohem Tun vorüberschreiten

Und in das Nichts es lautlos niedergleiten;

Doch, - wie auch des Verdienstes Waage schwankt -

Der Lorbeer, der um Deine Werke rankt

Wird fröhlich weiterblühn durch fernste Zeiten![8]

Mitten im Giraffengehege war eine Bühne aus dicken Holzbohlen aufgebaut. Mürrisch blickte die zur Seite gedrängte Giraffe Monika dorthin. Zootiere können sehr eifersüchtig sein, wenn sich nicht alles um sie dreht. Sie haben ja sonst nichts zu tun.

Heute ging es schon wieder ausschließlich um die neue Giraffe. Ein langer Hals genügt eben nicht, um für immer der Liebling der Zoobesucher zu sein. Die namenlose Giraffe war nicht nur neu, sie hatte auch eine aufsehenerregende Geschichte. Mehr kann ein Zootier nicht bieten.

Der Festzug machte eine große Runde durch den Tierpark. Die Leute zogen am brüllenden Löwen Dieter, „Jubel", am phlegmatischen Krokodil Senta, „Jubel" und an den wackelnden Pinguinen, „Jubel, Jubel" vorbei zum Gehege der Giraffen. An allen Käfigen hingen Transparente, die von den ehemals erbitterten Gegnern des Zoos liebevoll bemalt worden waren. Es waren Bilder von bunten Petunien oder Lobeshymnen auf die Haltung von Tieren hinter Gittern. Am häufigsten aber las man Elogen auf das Oberhaupt der kleinen Stadt.

Genau so etwas erwartete der Bürgermeister von seinen Untertanen. So kam er strahlend und zufrieden mit seiner Elke am Arm an der großen Holzbühne an und winkte mit dem Blumenstrauß in der freien Hand seinem braven Wahlvolk zu.

---

8 Ernst von Possart, Sonett an den Bürgermeister, o.O., o.J.

So mürrisch, wie die alte Giraffe blickte, so trotzig guckte die neue Giraffe über die Leute, die auf sie zukamen, hinweg. Giraffen in Gefangenschaft können Meister des Ignorierens von dummen Menschen sein. Sie haben ja genug Zeit, das zu üben. Die neue Giraffe war aber nicht ignorant. Sie hatte nur Sehnsucht. Sie wollte bei Anselm Scharrer sein und niemanden sonst.

Die Molkereiburschen hatten Anselm Scharrer und den Tierpfleger Schmidt nachts überfallen und an einen alten Nussbaum am anderen Ende der Stadt gebunden.

„Ein kleiner Streich", lachten sie die verdutzten Männer aus. „Habt Ihr keinen Humor?"

Mit rustikaler Gewalt, wie die Molkereiburschen es umschrieben, hatten sie die Giraffe aus Scharrers Garten in den Zoo entführt. Die schweren Eisenketten, mit denen sie das Tier festgebunden hatten, dienten nach ihren Aussagen lediglich zur Befestigung von bunten Papierschlangen. „Die wehen sonst weg."

Als Scharrer und Schmidt sich endlich von ihren Fesseln befreien konnten, raste Tierpfleger Schmidt sofort auf seinem klapprigen Damenfahrrad in den Zoologischen Garten und drängte durch die jubelnde Masse zu dem armen Giraffentier. Dem musste doch geholfen werden!

Doch die Leute sahen ihren Spaß durch den Tierschützer bedroht und schoben ihn äußerst unfreundlich durch den Hinterausgang aus dem Tiergarten.

Dort traf er auf die Mutter des Bürgermeisters. Aus ihrer fleischfarbenen Krokodillederimitathandtasche guckte ihr Yorkshireterrier Pompl. Er trug keine Schleife, und sein Fell war vollkommen zerzaust. Eigentlich sah er zum ersten Mal in seinem langen Leben dem ähnlich, was man allgemein als Hund bezeichnet. Glücklich wirkte Pompl darüber nicht.

Der Mutter des Bürgermeisters hingen ebenfalls die Haare strähnig ins Gesicht herab. Nichts war mehr geblieben von der überheblichen Frau, die jahrzehntelang auf jeden Bürger der Stadt verächtlich geblickt hatte. Ihr ganzer Stolz war gebrochen.

Selbst ein einfacher Mann wie der Tierpfleger Schmidt war nun gut genug für sie, um sich an dessen Brust zu lehnen und heftig zu schluchzen. Es dauerte lange, bis Schmidt, der um die Frau tröstend seinen Arm legte, verstand, was die Mutter des Bürgermeisters so furchtbar erschüttert hatte.

In der Nacht hatte sie ihr Sohn, für den sie doch ihr Leben lang alles getan hatte, endgültig verstoßen.

„Stellen sie sich vor", stieß sie unter Tränen hervor, „der Bub will in Zukunft seinen Kakao selber warm machen! Wie soll der Junge das denn schaffen?"

Aber das war bei weitem nicht das Schlimmste. Ihr Sohn hatte angekündigt, aus dem elterlichen Haus ausziehen zu wollen und sich mit Elke eine eigene Wohnung zu suchen. Alt genug sei er ja und Elke sei eine wunderbare Frau.

„Als ob dieses Frauenzimmer ihm sein Bett machen und die Kissen im Fernsehsessel aufschütteln würde? Der Bub wird zugrunde gehen", jammerte mit tränenerstickter Stimme die Frau. „Diese Elke weiß doch gar nicht, was der Kleine braucht. Die kann das sicher nicht. Was ist, wenn die Unterwäsche Falten hat?"

Schmidt nahm die weinende Frau an die Hand. „Ein kleiner Spaziergang wird ihnen gut tun."

„Ich kann nicht weg. Mein Kind braucht mich."

„Der will seine eigenen Fehler im Leben machen. So schmerzhaft das ist, aber wir können diejenigen, die wir lieben, nicht vor alles schützen."

So gingen die beiden bis zum alten Botanischen Garten, weit weg von dem Lärm und dem Trubel im Zoo. Sie setzten sich auf eine Bank zu Füßen einer bemoosten Herastatue und starrten eine Weile gedankenversunken auf die kleinen Kieselsteine vor ihnen. Ein jeder von ihnen dachte über die Liebe seines Lebens nach und über die Treue, die nie ewig hält.

Auf der Bühne war nun auch Zoodirektor Meyerheim dazugekommen und begrüßte den Bürgermeister und die Sekretärin Fräulein Elke mit einer überschwänglichen Lobeshymne auf die Leistungen der beiden. Hatte es je Unstimmigkeiten zwischen den beiden Männern gegeben? Nach dieser Rede wollte man dies kaum glauben.

Dann war der Bürgermeister an der Reihe, eine Rede zu halten, in der er die vergangenen Tage noch einmal in geschönten Tönen Revue passieren ließ. Er schloss mit den versöhnlichen Worten: „All der Ärger, die Missverständnisse und Streitereien haben etwas Gutes, liebe Bürger. Denn sie haben uns alle näher zusammengebracht, als wir es jemals waren."

Er griff nach der Hand von Elke und strahlte sie mit leuchtenden Augen an. „So wie diese Ereignisse um die Giraffe mich und meine Vorzimmerdame näher zusammengebracht haben."

Das phlegmatische Krokodil Senta verdrehte die Augen ganz weit nach oben. Aber das sah niemand.

„Jetzt aber bitte ich um Applaus für unseren offiziellen Taufpaten."

Als nun ein Herr im sauberem, dunkelgrün gestreiften Anzug, eine karierte Schleife um den Hals und mit einem akkuraten Seitenscheitel die Bühne betrat, war das Erstaunen groß. So hatte man Wieland seit seiner Konfirmation nicht mehr gesehen.

Eine einzige Nacht mit der Reporterin Heidrun Albern hatte aus dem Gammler einen angepassten Mann gemacht, der die Normen der Gesellschaft restlos akzeptierte. Nur seine Zähne hatte er nicht schnell genug reparieren lassen können, um die Jahrzehnte des Philosophierens auf den Straßen der kleinen Stadt vollkommen vergessen zu lassen.

Heidrun Albern stand in einiger Entfernung von der Bühne, gleich beim Krokodilgehege, und beobachtete stolz die Reaktionen auf ihr Werk. Was war schon ein gelungener Artikel im 'Pudel und Krone' gegen die Verwandlung eines Heilands zu einem durchschnittlichen und angepassten Mann?

Doch bevor Wieland die Ginflasche, die an einem langen Strick befestigt war, auf die Giraffe werfen konnte, damit endlich ihr immer noch geheimer Name bekannt werden konnte, sollte die vielgerühmte, göttlich schöne Grodon auftreten. Das war Elkes Idee gewesen. Der Taufe sollte damit mehr Glanz verliehen und zugleich die Spannung gesteigert werden.

Die Grodon wollte eine Arie aus dem Singspiel 'Die Giraffe in Wien' von Joseph Drechsler zum Besten geben.

Nun weiß ein jeder Musikliebhaber, dass diese Oper seit der Premiere 1828 im Leopoldstädter Theater in Wien nie wieder aufgeführt worden ist. Allerdings nicht, wie gerne behauptet wird, weil die Wiener sich damals ertappt gefühlt hatten, als der Librettist Adolf Bäuerle sich über die französische Giraffenmode lustig gemacht hatte. Denn so wie die Pariserinnen in ein 'Giraffenfieber' verfallen waren, als der osmanische Herrscher dem französischen Oberhaupt ein Langhalstier geschenkt hatte, so war auch ganz Wien verrückt nach allem, was an Giraffen erinnerte, als vom selben Sultan ein geflecktes Savannentier dem Kaiser zugeschickt worden war. Stoffe, Tapeten, Frisuren und selbst Torten waren damals in der 'Giraffenmode' gestaltet worden. Nein, die Persiflage auf die damalige Giraffophilie war nicht der Grund dafür, dass das Stück so lange in der Versenkung verschwunden war. Die 'Arie von dem langen Hals' war einfach so schwer zu singen, dass es erst eine Künstlerin wie die Grodon brauchte, um das Stück wieder aufführen zu können.

Die Diva kam strahlend auf die Bühne. Das Volk jubelte. Der Bürgermeister strahlte. Elke zupfte ihm eifersüchtig am Hemdsärmel. Wieland verbeugte sich tief vor der genialen Sängerin.

Die Grodon trug eine turmhohe künstliche Frisur mit zwei kleinen Hörnchen, extra lange Wimpern aus Plastik, die an die einer Giraffe erinnerten und den blaugepunkteten Schlafrock von Anselm Scharrer, den die Giraffe ihm gestohlen hatte. Mit dieser Kostümwahl wollte Meyerheim einen endgültigen Schlussstrich unter die ganze Giraffengeschichte ziehen. Das zumindest hatte er der Sängerin gesagt, als sie bei der Anprobe pikiert reagiert hatte.

Tatsächlich aber wollte der Zoodirektor die Chance nicht verstreichen lassen und seinem Erzfeind, dem Museumsdirektor, nochmals einen Stich versetzen. Ihn und seinen albernen blaugepunkteten Schlafrock lächerlich zu machen war ihm eine besondere Freude. Der Zoodirektor konnte seine Gemeinheiten nicht einmal an so einem feierlichen Tag lassen.

Doch was dann kam, damit hatte Meyerheim nicht gerechnet. Die große Grodon trippelte bis an den Rand der Bühne. Die Molkereiburschen hoben ihre Posaunen an. Die Sängerin senkte ihre Lider mit den langen schwarzen künstlichen Wimpern, ließ einen Moment verstreichen, in dem

sich das Publikum auf die kommende Glanzleistung innerlich vorbereiten konnte. Dann hob sie die schweren Augenlider, blickte verzückt in den Himmel, streckte ihren linken
Arm in die Höhe, spreizte ihre kurzen Finger grazil ab. Sie
zog ihren wohlgeformten runden Bauch ein und streckte
ihren nicht minder schönen Po weit nach hinten. Der
Schlafrock aus Seide umschmiegte ihren aphroditenhaften
Körper wie glänzendes Papier einen Schokoladentrüffel.
Der größte Star der kleinen Stadt öffnete seinen dunkelrot
bemalten Mund, holte noch einmal tief Luft, setzte an, die
berühmt-berüchtigte 'Arie von dem langen Hals' zu singen.

Die Malerin Borschárdt tunkte den Pinsel in einen Topf
blauer Farbe, um den historischen Moment festzuhalten
und rief dabei, aus Neid auf den Starrummel um die Grodon: „Oh la, la. Un chef-d'œuvre! Oh, la, la. Je suis un gé-
nie. Oh la la."

Genau in diesem Moment senkte die namenlose Giraffe
ganz tief ihren Kopf zur Sängerin herab. Ein gellender
Schrei durchdrang die Luft. Die Giraffe riss ihren Kopf empor. Im Maul den blaugepunkteten Seidenschlafrock.

Die Malerin griff nach einem zarten Rosa. Der Löwe
Dieter brüllte wie noch nie. Das lethargische Krokodil Senta schloss rücksichtsvoll die Augen. Frau Rechzange und
Frau Schorek verdeckten ein bisschen ihre Augen. Aber
nicht zu sehr, sie wollten ja später noch alles besprechen
können.

Der Bürgermeister streckte hilflos seine Arme in die
Höhe. Seine Verlobte Elke legte ohne zu zögern ihre Hände
auf seine Augen. Meyerheim stotterte sinnlos Konsonanten.
Die Borschárdt setzte einen dunklen Fleck zwischen die
Schenkel ihres Aktes und freute sich, dass ihr Halil Şerif Pa-
scha von hinten über die Schulter beim Malen zusah.

Wieland war der einzige, der dieses nackte, kreischende Bonbon auf der Bühne nicht dumm anglotzte, sondern handelte. Er streckte sich, doch an den Morgenmantel kam er nicht. Die Giraffe schwang ihren Kopf nach rechts, schon bedeckte der blaugetupfte Seidenrock ihr Haupt wie ein Turban. So riss Wieland behände eine regenbogenbunte Luftschlange von der Kette der Giraffe und bedeckte damit den rosengleichen Leib der göttlichen Grodon an den heikelsten Stellen. Bei einem Star, der eine jahrelange Schokoladentrüffeldiät hinter sich hat, waren das erdenklich viele.

Die Herren im Publikum ächzten enttäuscht, als die bezaubernde Grodon bedeckt war. Die Damen atmeten erleichtert auf. Aus dem nackten Skandal war nun eine ohnmächtige Sängerin im Luftschlangensalat geworden.

Nur der Museumswächter Reismund biss gelangweilt in seine mitgebrachte Gelbwurstsemmel und gab einen Kommentar ab, der keinen Sinn ergab: „Hätte sie mal lieber Gelbwurst statt Schokoladentrüffel gegessen."

Der Wirt vom 'Na Und' kam auf die Bühne gestürmt und trug die Künstlerin auf seinen starken, behaarten Armen davon. Hinter sich eine lange Luftschlange herziehend.

Die beiden Stadtpolizisten Schötz und Sahm begannen, den Zoo zu räumen: „Hier gibt es nichts zu sehen! Hier gibt es nichts zu schauen!"

Die Giraffe war aus dem Nirgendwo gekommen und hatte bis heute keinen Namen. Das war es, worüber sich Heidrun Albern in ihrer Glosse auf Seite Eins von 'Pudel und Krone' Gedanken machte. Der eigentliche Artikel über die gestrigen Ereignisse war von einem neuen Mitarbeiter des Blatts geschrieben worden. Er war noch näher am Geschehen dabei gewesen als sie selbst. Wieland entpuppte sich als hervorragender Autor mit einer leichten Feder.

Die Leute saßen bei Blaubeerkuchen und Kakao vor den Cafés auf dem Marktplatz, diskutierten, was sie im Zoo gesehen und erlebt hatten und verglichen dies mit dem, was in der Zeitung stand. Der Dichter und Astronomieprofessor Johann Leonhard Rost erinnerte an Valentin Zeileis, der wie vom Erdboden verschwunden war: „Vielleicht hat seine Elektroschocktherapie das respektlose Verhalten der Giraffe verursacht."

„Aber nein, die Giraffe war doch von Anfang an verrückt. Sie hat die historischen Rosen und die amtlichen Geranien lange vor der alternativen Heilmethode von Zeileis gefressen. Das Tier hatte einfach Sehnsucht nach Anselm Scharrer, und als sie den blaugepunkteten Schlafrock sah, war es um sie geschehen", befand Frau Rechzange, nahm ihren kleinen Spitz auf den Schoß und fütterte ihn mit Sahne und ausgewählten Blaubeeren von ihrem Kuchen.

Frau Schorek schlug vor: „Wir müssen der Giraffe ihren Willen lassen und sie in den Garten von Anselm Scharrer umsiedeln. Alles andere wäre die reinste Tierquälerei." Dann schob sie dem Spitz von Frau Rechzange ebenfalls etwas Sahne zu.

In dem Moment lief am Kaffeehaus eine Gruppe lachender Professoren vorbei. Sie hatten weder für die leckeren Blaubeerkuchen noch für Professor Rost einen Blick übrig.

„Wollen sie nicht mit ihren Kollegen mitgehen?"

„Nein, die wollen unter sich bleiben."

„So?"

„Sie haben einen ganz besonderen Stammtisch im 'Gasthaus zur Wolfsschlucht'."

Doch heute blieben die Professoren nicht ganz allein unter sich. Es hatte sich ein ungebetener Gast ins Wirtshaus geschlichen und unter einem alten Eichentisch in einer besonders dunklen Ecke versteckt.

Ängstlich beobachtete er das Eintreffen der Herren Georg Philipp Harsdörffer, Johann Christian Siebenkees, Georg Friedrich Deinlein, Jacob Friedrich Georg Emmrich und einiger anderer Professoren. Aber sie entdeckten ihn nicht. Die Gelehrten ließen sich von der Wirtstochter Gin mit Kakao in Zinnkrügen und kalte Bratwürstchen mit Apfelmus servieren. Dann musste auch sie den Saal verlassen, und die Türen wurden verriegelt.

Die Fenster waren mit schwarzen Tüchern verhangen worden, sodass kein Sonnenstrahl in den Raum eindrang. Nur die Bienenwachskerzen auf den mehrarmigen Zinnleuchtern verbreiteten ein schummriges Licht. Aus einer verschlossenen Truhe mit schweren Eisenbeschlägen holte einer der Professoren verschiedene Gegenstände und stellte sie zwischen die Krüge und die Kerzenleuchter in die Mitte des Tisches. Darunter waren Glaskugeln, rituelle Dolche, ein abgeschnittener Finger in einer Glasphiole und die altägyptische Mumie eines Krokodils, über und über beschrieben mit Hieroglyphen.

Siebenkees, Dichter und Rechtsgelehrter, legte seinen weinroten Rock und das leinene Hemd auf eine Stuhllehne ab und stellte sich stolz mit seinem nackten Oberkörper vor seine Mitstreiter. Die verbeugten sich tief vor dem Meister und entledigten sich ebenfalls ihrer Röcke und Hemden.

Sodann verfiel Siebenkees in ein dunkles Heulen, in das die anderen Professoren einstimmten, sich dabei gegenseitig an die Schultern packten und immer wieder tief nach vorne beugten.

Der heimliche Besucher, verborgen unter dem Tisch in der Ecke, staunte, als er erkannte, dass diese Gruppe von hochgebildeten Männern den Gesang eines Wolfsrudels imitierten. Das war also das Begrüßungsritual des geheimnisvollen Wolfsordens, zu dem einst auch der Maler Johann Kupetzky gehört hatte.

Im flackernden Kerzenlicht holte dann Siebenkees aus einem dunklen Lederbeutel ein altes, dickes Buch hervor. Der heimliche Eindringling erspähte die Bilder phantastischer Tierwesen und Pflanzen, wie er sie noch nie gesehen hatte. Dazwischen badeten nackte Frauen mit seltsamen Frisuren in großen Badezubern. Andere Seiten waren über und über mit Runen bedeckt.

„Fratres mei, hic noster libro sancti"[9]

Harsdörffer bestand darauf, in deutsch weiterzureden. Nicht umsonst beschäftigte er sich mit der Eindeutschung von Fremdwörtern. Warum sollte er diese Marotte, oder wie er sagen würde, diese Grille, nicht auch in seinem Wolfsbund durchsetzen?

Siebenkees fuhr fort: „Fratres mei, die letzten Tage waren stürmisch. Das uralte heilige Schriftwerk scheint von uns falsch gedeutet worden zu sein."

„So ist es, so ist es.", murmelten die halbnackten Professoren.

„Wir haben versagt in der Deutung der Botschaft."

„Nicht wir. Die gewöhnlichen Menschen konnten unser Geschenk nicht annehmen."

„Wir haben das Savannentier bestellt, wie es in der Schrift geschrieben steht."

„Und es ist uns noch in der ersten Nacht entwichen", rief Harsdörffer.

„Was dann geschah, ist allen bekannt. Gerade, als wir es einfangen wollten, kam dieser sturzbetrunkene Scharrer des Weges lang."

---

9 „Meine Brüder, hier ist unser heiliges Buch."
Mit Dank für die Übersetzung aus dem Lateinischen an Marcus Vanum.

„Und küsste das Langhalstier auf die Nase, der Narr."

„Besoffen, wie er war."

„Gab dem Tier von seinem Gin-Kakao, bis auch dieses nicht mehr gerade stehen konnte."

„Am nächsten Morgen war der historische Rosengarten zerstört. Der Schlafrock gestohlen. Die Geranien abgefressen."

„Bedenkt die Aufruhre vor dem Tiergarten, dem Museum und auf dem Marktplatz und noch vieles mehr."

„Es waren schlimme Tage", fiel Deinlein ein.

„Nun, immerhin haben wir die Grodon so gesehen, wie Gott sie schuf", lachte Harsdörffer laut auf.

„Aber war der Anblick dieser wunderschönen Frau all die Unordnung in der Stadtgesellschaft wert?", rief Siebenkees die sich zuprostenden Mitglieder des Geheimordens zur Ordnung.

„Es lag an den Sternen, ganz eindeutig. Wir haben das Langhalstier zur falschen Zeit geholt", legte der Sternenforscher Emmrich dar.

„Oder daran, dass wir den Text falsch gedeutet haben. Wie kann man aus einem Buch Wahrheiten ableiten, von dem man kein einziges Wort versteht?"

„Lieber Harsdörffer," entgegnete Siebenkees, „wir haben die Bilder. Die sagen mehr als Worte."

„Wir haben den Buchstaben Zahlenwerte gegeben und dann daraus eindeutig berechnet, dass wir die Giraffe bestellen mussten", ermahnte Professor Deinlein den kritischen Harsdörffer.

Doch der lachte nur. Denn woher solle man wissen, dass jeder Buchstabe für eine bestimmte Zahl stehe, wenn man den Sinn keines einzigen Buchstaben kenne? Wie wolle man die aufwendigen Zeichnungen der phantastischen Tiere deuten können, wenn niemand die Erklärungen im Buch dazu verstehe? Alles Mutmaßungen und Behauptungen. Willkür geteilt durch Vier im Quadrat hoch Zehn, schimpfte Georg Philipp Harsdörffer, und so stritten die Professoren, bis der Gin alle und die Kerzen abgebrannt waren.

Es waren unbequeme aber spannende Stunden für den heimlichen Gast gewesen. All seine Knochen taten weh, als er endlich unter dem Tisch hervorkriechen konnte, nachdem die Männer des Wolfsordens den Gastraum verlassen hatten. Er war dem Dichter Rost sehr dankbar, für seinen Hinweis über das Treffen der Geheimgesellschaft.

Mit zitternden Händen nahm der heimliche Beobachter das Buch zur Hand, über das die Professoren so lange gestritten hatten. Sie hatten es auf dem Tisch vergessen.

Ungläubig blätterte er die Seiten um. Was er da in den Händen hielt, war eine Sensation. Mindestens so sehr wie die Geschehnisse der letzten Tage. Nein, noch viel mehr als das. Er sah sich noch einmal vorsichtig um, dann steckte er das Buch unter sein Hemd, riss den schwarzen Wollstoff von einem Fenster, öffnete es und sprang hinaus.

Die Abendsonne blendete ihn, wie es manchmal eine neue Erkenntnis tut. Schnell lief er vom Tatort seines dreisten Diebstahls, dem 'Gasthaus zur Wolfsschlucht', in die nächste Gasse und prallte dort mit Walburga zusammen.

„Aua, pass doch auf."

„Entschuldige, ich habe dich nicht bemerkt. Ich war in Gedanken woanders."

„Das sehe ich."

Scharrer trat einen Schritt zurück und entdeckte jetzt erst, dass Walburga zwei schwere Koffer hinter sich herzog.

„Fährst du in den Urlaub?"

Walburga stutzte kurz. Dann schob sie ihre spitze Nase etwas nach vorne und sah ihren ehemaligen Mitschüler mit ihren eisgrauen Augen und den langen Wimpern traurig an.

„Dir kann ich es sagen, Anselm. Ich verlasse die Stadt. Für immer."

„Wally!"

„Was kann ich hier erwarten? Du hast studiert und leitest ein Museum. Meyerheim hat einen Zoo. Der Bürgermeister regiert die Stadt und Moni bindet im eigenen Laden die tollsten Hundeschleifen. Ich habe die gleiche Schulbildung wie ihr, aber mir blieb nichts als die Laufbahn einer Holzkleiderbügelfachgeschäftsfilialleiterin. Falls man das Karriere nennen darf. Aber nicht einmal mehr das wird mir bleiben nach den Ereignissen um die Giraffe in den letzten Tagen."

Was sollte er sagen. Scharrer wusste, wie Recht sie hatte. Sie alle hatten Eltern, die sie unterstützt, ihnen etwas vererbt oder sie zumindest in die richtigen gesellschaftlichen Kreise gebracht hatten. Aber Walburga konnte nur bleiben, was sie von Geburt an gewesen war. Ein Mensch der Unterschicht. Immer einen oder zwei Schritte hinterher. Schulbildung ändert in so einer Gesellschaft nicht viel. Er selbst hatte dem nie etwas entgegengesetzt, wie er sich eingestehen musste.

„Nach all dem Schlamassel mit der Protestbewegung sehe ich überhaupt keinen Platz mehr für mich in der kleinen Stadt. Ich ziehe in den nördlichen Landkreis."

„Werden wir uns wiedersehen?"

„Ich werde mich zur Lehrerin für luzides Träumen ausbilden lassen. Es gibt viele Chancen, dass wir uns wiedersehen. Du darfst einfach niemals aufhören zu träumen."

„Soll ich dir beim Tragen der Koffer helfen?"

„Nicht nötig. Da kommt schon jemand, der mir hilft."

Tatsächlich kam Reismund um die Ecke, in der Hand eine Gelbwurstsemmel und wackelte wie immer mit dem Kopf.

„Herr Scharrer, ich werde mit Walburga die kleine Stadt verlassen. Im nördlichen Landkreis soll es auch schöne Wolken geben." Dabei guckte er nicht in den Himmel, sondern verliebt Walburga in die Augen.

Traurig ging der Museumsdirektor weiter. Das gestohlene Buch fest unter sein Hemd geklemmt. Er kam zum Hundeschleifenladen von Moni. Die stand mit dem Zeitungsboten vor der Ladentür und hängte ein Schild ans Fenster: 'Zu verkaufen'.

„Moni, was soll denn das?"

„Anselm, es tut mir leid, aber wir haben beschlossen, die kleine Stadt zu verlassen."

„Ihr auch? Tu mir das nicht an!"

Doch Moni sah den Zeitungsboten verliebt in seine dunklen Augen, griff nach dessen Hand und sagte: „Wir fahren nach Korsika. Wir wollen uns ein anderes Leben aufbauen. Irgendwo müssen die Menschen doch friedlicher zueinander sein."

Als Scharrer am Stadtweiher vorbeikam, saß eine ältere schlecht geschminkte Frau mit einer halbleeren Flasche Kakao auf der Bank, auf der jahrelang Wieland gewohnt hatte, und bettelte ihn an. Der Museumsdirektor musste zweimal hinsehen, ehe er die Mutter des Bürgermeisters erkannte. Das war auch keine große Ratte, die auf ihrem Schoß saß, sondern ihr ungepflegter Hund Pompl! Yorkshireterrier, die altern und keine Schleife um den Hals tragen, sind selten ein schöner Anblick.

Peinlich berührt ging Scharrer weiter, als ihm ein bekanntes Gesicht auf der Terrasse des 'Na Und' auffiel. Da stand die große Grodon als Kellnerin im kurzen schwarzen Kleid mit weißer Rüschenschürze und einem Häubchen im Haar und winkte ihn zu sich.

„Was soll ich nach der Blamage im Zoo machen? Wer bietet einer Darstellerin, die einmal nackt auf der Bühne war, noch jemals eine ernsthafte Rolle an? Ich will Kunst machen und nicht Kokolores. Hier im 'Na Und'", jetzt strich sie dem neben sich sitzenden Wirt über seine spiegelnde Glatze, „habe ich ein neues künstlerisches Zuhause gefunden."

Der Wirt strahlte bis über beide Ohren: „Wir werden jeden Donnerstag Abend ein neues Programm zeigen. Mit Federboas, Discokugel, neuen Liedern. Statt in die Oper kannst du dann auch ins 'Na Und' kommen. Gute Kunst und guter Gin. Was willst du mehr?"

Am frühen Morgen kitzelten Sonnenstrahlen die Nasenspitze von Museumsdirektor Anselm Scharrer, der in seinem weichem Bett erwachte. Frohgemut über das gute Wetter sprang er auf und zog sich einen funkelnagelneuen blaugepunkteten Seidenschlafrock über.

Gutgelaunt trat er vor das kleine Fachwerkhaus, in dem er mit seinem geliebten Hund Franz lebte. Der Himmel war so blau, wie ihn nicht einmal die Borschárdt hätte besser malen können. Kein noch so kleines Wölkchen trübte den Eindruck eines wundervollen, strahlenden Tages. Die Vögel gaben ihr Morgenkonzert.

Da sprang Franz ihn mit lautem Gebell an. Vor ihnen stand der Tierpfleger Schmidt mit zwei Giraffen und einem kleinen Köfferchen in der Hand.

„Meyerheim ist noch griesgrämiger denn je. Er hat nicht verkraftet, dass Walburga mit Reismund zusammen verschwunden ist. Wie ein eingesperrter Tiger läuft er durch seine viel zu große Villa und faucht die wenigen Menschen, die er zu Gesicht bekommt, wüster an denn je. Er versucht sich jetzt, wie sein Urgroßonkel Paul Friedrich, in sogenannter Käfigmalerei und droht schon vor dem erstem Pinselstrich mit einem Prozess gegen dich, wenn du ihm nächstes Jahr keine große Ausstellung im Museum widmen willst. Obendrein will er Valentin Zeileis einladen, die Tiere im Zoo dauerhaft für seine esoterischen Versuche zu nutzen. Das sei ihm lieber als schreiende Kinder am Gehege. Vielleicht würde der Löwe Dieter dann nicht mehr so brüllen und das lethargische Krokodil Senta etwas lebhafter werden. Als ich protestiert habe, hat er mich mitsamt der beiden Giraffen aus dem Zoo hinausgeschmissen. Die neue Giraffe hätte ihn nur blamiert und Geld gekostet, die alte sei ihm nicht mehr frisch genug. Ich bin jetzt meine Arbeit und meine Dienstwohnung los. Dafür habe ich aber zwei Giraffen als Haustiere. Ich fürchte, auf dem freien Wohnungsmarkt wird es schwierig werden. Können wir bei dir unterkommen?"

In dem Moment schleckte die neue Giraffe dem Museumsmann mit ihrer breiten Zunge das ganze Gesicht und zupfte liebevoll an seinem blaugepunktetem Schlafrock. Mit ihren langen Wimpern blinzelte sie ihm vertrauensvoll zu. Doch diesmal lief er nicht schreiend davon, sondern lachte freudig auf. Zärtlich tätschelte er die Giraffe hinter den Ohren, dann nahm er den Koffer von Schmidt.

Kurze Zeit später saßen die beiden Männer auf der Terrasse, tranken warmen Kakao und sahen den beiden Giraffen zu, wie sie einen Nussbaum kahlfraßen.

„Wie heißt denn nun die neue Giraffe?", wollte Scharrer wissen.

„Lach mich nicht aus, aber ich habe sie einfach ohne irgendein Brimborium Jasintha genannt. Die Augen der Giraffe erinnerten mich an die großen, dunklen Augen der Jacinta von Fatima, und da die in der Rosenkranz-Basilika bestattet worden ist, fand ich den Namen passend."

„Ein schöner Name." Scharrer nahm einen großen Schluck Kakao und beobachtete gelassen, wie die Giraffen Monika und Jasintha zusammen nun seine Birke kahlfraßen.

„Weißt du, ich kann ganz gut ohne Rosen leben, wenn ich es bedenke. Man soll sich nicht immer nur auf eine Sache versteifen, sondern auch offen für Neues sein. Was sind schon historische Rosen gegen Giraffen im Garten? Die Kinder werden auf ihrem Schulweg viel glücklicher sein, wenn sie die Tiere statt dorniger Blumen sehen."

„Anselm, Du hast recht, man sollte Neues wagen." Dabei drückten sie sich fest die Hände und schauten sich sehr lange glücklich lächelnd an.

Das Buch, das Scharrer tags zuvor im Gasthaus zur Wolfsschlucht gestohlen hatte, lag derweilen unbeachtet in seinem Büro. Der erste Staub legte sich auf den uralten und bislang unbekannten zweiten Band des sogenannten Voynich-Manuskripts. In den nächsten Jahren würde sich noch viel mehr Staub auf dem alten, rätselhaften Buch ablegen, von dem nur einige verrückte Professoren etwas wussten, das sie aber schmerzlich vermissen würden.

In einer schiefen Dachkammer eines uralten Hauses in einer winkligen Gasse der kleinen Stadt saß der Poet Rost an seinem Pult, auf dem sich hunderte Zettel mit Romananfängen übereinander stapelten. Nie hatte er einen dieser Romane zu Ende geschrieben. Aber nun war er sich sicher. Er würde einen galanten Roman schreiben. Etwas, was zur Unterhaltung diente und zugleich auf den Ereignissen in den letzten Tagen hier vor Ort beruhte. Rost griff zur Feder, überlegte einen Augenblick, dann schrieb er den ersten Satz: „Hier fängt die Geschichte an."[10]

---

10 Walter Moers, Die Stadt der träumenden Bücher, München 2004